INK

文學叢書

082

閱讀的故事

唐諾◎著

目次

前言

這本書，本來是善意的，但最終的結果只能是誠實的。

這個原初的善意，至今仍保留在每一篇章的題名裡頭，比方說書讀不懂怎麼辦、沒時間讀書怎麼辦云云。這些篇章名如同一架侏儸紀的恐龍化石骸骨，證明它千真萬確存在過——

它原本，不僅試著要勸誘人閱讀，還想一個一個極實際的幫人解決閱讀途中可能遭遇的常見難題，想得很美。

然而，真寫下去之後，我總是駭然的發現，這些閱讀的尋常難題，儘管本身往往只是個不難去除的迷思而已，卻無可迴避的總是聯通著閱讀巨大的、本質性的困境，你要假裝這根本困境不存在嗎？要看著每一個相信你的好人傻傻走到此處一頭撞上去狼狽不堪嗎？果真閱讀的灰頭土臉地獄是用善意鋪成的對嗎？然後我們可以涼涼的站一旁一手指他另一手捧腹的哈哈大笑可以這樣嗎？

我只能誠實的去正視，去描述，並無可奈何的把自己有限的思考、有限的因應解決之道給「提供」（或應該用暴露）出來；也把這本仍叫「閱讀的故事」一書，寫成了「自己仔細想清楚到底要不要閱讀的故事」。

如斯狀態下，我近些年來斷續的、好心情寫下的一些有關閱讀的文字，便只能讓它們全數凋落化為塵土（只勉強保留了「書籍構築成人的基因之海」這個我以為滿美麗的想法，因為捨不得）；更麻煩是，我得另外找思考路徑、甚至找完全不同以往的「形式」，因為原來那些興高采烈的路及遠能力有限，我勢必得另闢蹊徑，甚至把自己逼入某一個陌生的書寫形式裡頭，看看這樣有沒有機會叫出來過往叫不出來的新東西——如果我們人的思維形狀真的像他們所說跟冰山一樣，我們總還有一些我們自己並不知道的記憶、思維材料乃至於潛能是沉在意識的海平面底下。

我一直相信困難對人的強大作用力量，我也一直相信人甚至得自討苦吃、記得一陣子就把自己逼到某種孤立無援的絕境裡去。

這就是《迷宮中的將軍》之於這本書的意義及所扮演的角色——我試著在每一個話題開始時，由賈西亞・馬奎茲的美好（但極節制）文字帶我走一小截。有時它線性的伸手指出一道隱約可見的往下思考路徑，有時它直接無情的跳到遠方某處，在那兒閃閃發光，引誘你想辦法突圍尋路去和它會合；有時候它什麼也不做，它只給你一個溫暖的好心情、給你一個「世界」而已，為你在蔓草叢生的前行路上，召喚來加勒比的自由海風，還有馬格達萊納河的帶著死亡新鮮腥氣和汨汨時間的流逝計算聲音。

為什麼是《迷宮中的將軍》這一本呢？這當然不是任意選擇的，它得是非常非常好的一本書，但老實說，我抓取時並沒想太多，只好把它歸諸於某種偶然或者說人生命中無盡的鬼使神差。如今，我想的是，如果不是《迷宮中的將軍》，而是契訶夫、是納布可夫、甚至是塞萬提斯的《唐・吉訶德》，那事情又會如何？又可能叫出什麼不大一樣的東西？我相信，換某一本一樣非常非常好的書，這個書寫嘗試仍是可以成立的，它們俱是來不及實現因此可惜隱沒的他種無盡可能，只是這一刻長途跋涉過來人有點累了，暫時還思考不起、想休息打個盹而已。

我只記得，我直覺的不想選用和「閱讀」一事距離太近的好書，文論的，議論的，我直覺的希望是一部小說，我感覺某種空間是我需要的；還有，有些具體的、獨特的、有經驗材料細節的東西也是我需要的，我不得不依賴並訴諸某種程度的想像，好對抗我對閱讀一事根本困境的思維空白，而想像，是活在實體世界裡的。

這本《閱讀的故事》，如果可能，我希望它第一個讀者是我昔日的同事黃秀如小姐，她理應是這本書的編輯人，但偶然和我個人書寫的遲滯，讓這書和她擦身而過，如今秀如轉到一家更好的出版公司任職。但季札一般，我一直耿耿於懷最原初的承諾，儘管這個可能性也隱沒了，但我仍希望她第一個讀，也好讓我提心吊膽的問她：

「怎樣？依你看這本書還可以出嗎？」

0. 書與冊

——一間本雅明的、不整理的書房

「書」和「冊」，如今都是名詞了，指的同樣的東西，通過思索、書寫、編輯、印製、到裝訂完成，然後我們花兩三百塊錢購得，便合法擁有了它。當然，取得的方式不限定購買，也可能來自贈與，如果來自書寫者本人，通常在扉頁那兒會附帶著簽名和一兩句謙遜但不必太當真的話；如果係來自買書花錢的長輩或友人，則往往添加了某種看不見的期盼或要求，使得這本書沉重起來，彷彿是個非實踐不可的義務，閱讀此書也變得意有所指了。還有，比方像我個人這樣浸泡在出版這沒出息的行業超過二十年的人，便生出了另一種「取得／擁有」的特殊方式，本質上接近某種特權（一種微不足道到國稅局都不屑一顧的可笑特權），形式則介於贈與和盜竊之間，通常我們就直接稱之為「拿」，「那本新書你拿到了沒有？」「有空哪天到我們出版社來我拿給你。」……於是，便順流而下還有再一種較天地不容的取得方式，那就是真真正正的偷了，純技藝性的，其來歷幾乎和書冊的歷史等長，也因為盜竊的標的物是書，遂讓它成為所有同類行為中最高貴最不好譴責入罪的一種，這就是書的動人力量。

其實，原來「書」的意思是書寫，動詞的，從甲骨文的原形看是一手執毛筆正待沾墨汁的生動模樣，也正是我們前述「思索、書寫、編輯、印製、到裝訂完成」此一製造過程的濃縮描繪；其產出物才是「冊」，甲骨文清楚顯示它就是竹簡，紙張發明出來之前中國人的獨特記錄記憶形式，曾經有諸多了不起的人都靠此物來學習、取得知識並再加工增殖傳遞給他人。比方說莊子講北方大海裡的大魚鯤和大海上的大鳥鵬之間的變身神話；講智慧永不具備特定形狀的流體本質和時時被容器暫時決定其外表樣式的分類洞見；講至今仍讓波赫士和卡爾維諾驚異並津津傳頌的「莊周／蝴蝶」美麗寓言，便都曾經裝載在這些素樸簡易的燻乾竹片之上綁好成「冊」，一路輾轉穿透時間和空間到二十世紀的阿根廷和義大利。因此，竹子曾經是上千年時間裡中國最聰明的植物，是智慧的守護神，嚴重參與過最重要的智慧鑄造和傳布大事，儘管現在它又靜靜復歸成最原初那種修長、纖弱、清涼、碧翠如煙的漂亮模樣。

有趣的是，從普遍的製造流程來看，「書」先於「冊」，有製作的「書」才能有閱讀的「冊」，然而，從個別人的一生實踐行為來看，「冊」卻往往先於「書」，我們得從「冊」中貪婪學習並將別人辛勞所得的思維成果據為己有，到某一個特殊時刻，如蓄積的水漫過堤岸，奮而提起毛筆沾好墨汁，大書特書——「書」與「冊」的這個

■《莊子》（立緒）

弔詭先後順序，我們把鏡頭拉遠來看，圖像就清楚的呈現出來，它是個鏈子狀的構造，你的「冊」接榫了前個人的「書」，你的「書」又串連了後個人的「冊」，由此綿綿的貫穿了過去現在和未來。

這裡，我們把今天其實都已成名詞、已成可替換同一物指稱的「書」與「冊」既分割又並列，則是想組合出另一幅美好的圖像，如傳說中渥特・本雅明的書房模樣——你看，楷字的「書」像不像一落橫放疊起的書呢？「冊」字則是直立陳列的、像書架上乖乖排好的書。有咨意橫擺，有直立積塵，有正在閱讀著順手置放乃至於一扔的書，有先買下來等待時日才開啟的書，更有看完用完復歸沉睡的書，這參差出一個動態的、進行中的自由而邋遢的閱讀生態模樣出來，把我們只白紙黑字讀過、無緣親臨其中的本雅明書房真實呈像出來。

宛如野放牛羊的書

渥特・本雅明的書（用「藏書」二字好像不妥），誰都曉得，和他大半輩子的寒傖經濟處境很不同，很多還是名貴的珍本珍版，從拍賣場裡敗家子般跟有錢人比舉手來的。他一生珍視書，已完全到戀物癖的地步，又是人類所知最好的讀書人（該不該用「之一」呢？），卻不是一般所謂的珍惜典藏，而是任憑它們堆疊散落，像野放的牛羊。於此，本雅明有一套狀似懶漢的動人哲學陳述，他以為這正是對書的解放，把它們從「有用」的市場秩序分離出來，置於人的關懷之下，讓書回復自由，回復自身的豐厚、渾圓和完整。由此，本雅明接上了馬克思對資本主義市場讓人削除成勞動力、讓人單維度工具化的著名控訴，只是，事情到本雅明身上就會這麼詩意，這麼舒服。

不想收拾書房便也罷了，幹嘛要把話講到這種地步呢？但這樣的小題大作有時會是非常非常有意思的，人類一些最動人的發見，常常便從神經質的小題大作出來的。

這裡，且讓我們庸俗的、實物性的解釋一下本雅明。寫《閱讀史》的加拿大人曼古埃爾曾試舉這麼個例子：「我們若是把喬納森．斯威夫特的《格列佛遊記》存檔在『小說類』的條目之下，那麼它就是一本幽默的冒險小說；若是將它放在『社會學』的條目之下，則變成一部對十八世紀英國的挖苦研究；如果將它放在『兒童文學類』的條目之下，則是一部關於侏儒和巨人和會說話的馬的有趣寓言；假使放在『異想類』的條目之下，則變成科幻小說的先驅；若是放在『旅行類』的條目之下，則是西方旅遊文學的典範之一。」——曼古埃爾的結語是（很明顯他那一刻心裡一定想著本雅明），所有的分類都是割裂的、排他的，專橫對待完整的書和完整的閱讀活動，強迫好奇的讀者、機警的讀者去把書給拯救出來。

■《閱讀地圖》（台灣商務）

這裡，我們其實還可以為《格列佛遊記》再多考慮一個分類試試——如果我們把此書不小心劃歸到「生物學」的條目之下，那我們又會得到什麼？著名的生物學者兼頂尖的專欄作家古爾德極可能這麼告訴我們，將成為一部完完全全是胡思亂想的一本書。因為生物的大小尺寸絕不是任意的，更不能只是外表的單純放大縮小而已，外表大小的變化，直接牽動了生物內部整個結構的重新全面調整，更嚴重牽動了生命本身和周遭環境生態的綿密配合。於此，古爾德舉了一堆我們一般人都可以聽懂的有趣虛擬實例，比方說，由於體積的增加速度遠大於表面積以及單純長度的增加速度（體積三次方而表面積只二次方，長度更只一次方），因此，格列佛碰到的巨人除非是另一種截然不同的生物，否則它將脆弱到不堪一擊，「我們絕不能再比現在高出兩倍，否則只要輕輕跌一跤，鐵定頭殼開花。因為在那種情況下，一頭撞在地上所產生的動能，將比現在大十六倍到三十二倍，而且我們雙腳早就無法支撐膨脹了八倍的體重。」至於格列佛所遇見的袖珍小人，他們勢必得活在一個和我們完全不同的世界，受不同力學支配的古怪世界。「一個像螞蟻大小的人可能可以穿上衣服，但表面附著力將使他脫不下來。還有，這個螞蟻般的小人根本不可能在洗澡時淋浴，因為水的表面張力會限制水滴形成的大小，對螞蟻小人來說，每顆噴出來的水滴就像一個個大石頭一樣。即使這個小人終於把身體弄濕了，但若他還想用浴巾擦乾身體，那可就糟了，因為他的身體會永遠黏在浴巾上面拔不下來。此外，他不但不能倒水，也不能點

■《格列佛遊記》（正中）

火（因為一個穩定的火源至少有好幾公釐）。或許他可以把金子打成很薄很薄的金箔來做書本，但表面附著力將使得他沒辦法翻動這本書的任何一頁。」

這個玩笑或說「錯誤」的分類，我們可以把它理解為分類的破壞或者解放，而我們也都看到了，只要有諸如古爾德這樣精采的知識、想像力和腦子，即便是荒謬一至於斯的分類，同樣可以聯結到或說跳躍到演化史和生命的奧祕，通往一個意想不到的、極其豐饒美麗的思維世界，如此，我們怎麼捨得不想方設法破壞那種單調的、唯一正確的專橫分類，甚至試著破壞一下我們書房的窗明几淨，好把書冊，當然也連同我們自己，一併給解放出來呢？

當然，本雅明的這番論述，我想，我們絕無意因此指稱那些有良好居家生活習慣的人就不會是好讀者，事實上，如果你恰好是那種處女座型的、總保持書架清爽有秩序的好人如小說家朱天文（朱天文是個好讀者），你大可把本雅明的話當隱喻來讀，最多，也許每隔一段時日，當你想換換書房氣氛或想勞動筋骨出出汗時，可考慮把你的書改改排列方式，讓它們彼此分久必合合久必分一下，不一樣的書籍圖像，也許會捎來不同的閱讀靈感或閱讀心情也說不定，至少，可讓閱讀不那麼理所當然，不那麼早有結論。

畢竟，這裡我們談的是「閱讀的故事」，關懷的只是閱讀，其他的，等哪天我們談「打掃的故事」時再好好來研究來討論。

■《格理弗遊記》（聯經）

保衛一個書房

一般而言，我們的書房總在整理與不整理、秩序與隨機性零亂的光譜中間，就像我們人的本性，總有尋求秩序的渴望，卻同時對秩序的不耐和不舒適，也想掙脫和超越。

我個人的經驗是，我是光譜中較偏向本雅明的，不那麼認真整理書（我不好意思說整理書房，因為它多功能的同時也是我睡眠和諸多家居活動之所），一批新書進來，它們會「暫時」堪稱體面的排列於書架上外形或基本概念相近的舊書中，如小心客氣遷入的新住戶，可能是同一作者、同一出版社、同一約定俗成學科或領域、同一種版本或裝幀形式云云隨機而定，也可能如買不起房子租賃而居的哪裡擠得下哪裡容身，本雅明式的「拯救」或說房間局部整潔的「破壞」並沒馬上在這階段就覺醒且姿態強硬的展開，真正的「拯救／破壞」作業得等到這批書真正被閱讀才啟動開來，自然的、綿密的、難以抵禦的啟動。相對於由上而下的、中央集權式的分類秩序，閱讀活動卻是游擊隊，它真正厲害之處在它直接源生於蕪雜的生活行為本身，充分了解而且完全融入於房間的整體生態，利用了每一可能的縫隙，因此，充滿著不易察覺的滲透力和顛覆力。閱讀一經啟動，很快的，而且總是為時已晚的，那些好好直立架上的「冊」，便花開花謝一般紛紛掉落地板我伸手可及之處而成了「書」的橫行模樣，自由奔放而且怡然自得到讓原本宰制它們的人寸步難行，得謙卑的請它們挪動兩分好找出一個可供躺下來睡覺的地方。

磵戶寂無人，紛紛自開落。自由果然要付代價的沒錯，不管是支持它的人，抑或抵禦它的不識趣之人。

我是講真的，儘管我很喜歡本雅明不分類整理書的動人論述，但我個人其實非常欣羨那些又能讀好書又能長期維持書房書架整齊有序的心思清醒安定之人。我說清醒，是因為他們在反覆進出書的世界和現實世界之間似乎那麼收放自如；說安定，是因為他們好像總能井然有序的一本書念完再念下一本，而且極有餘裕的在每天臨睡前結束一本書好將它歸還書架的從來之處。我以為這真的是很難堅持的。一方面，閱讀的時間節奏並不和我們生活作息節奏同步，更不易隨日夜更迭乃至於鐘錶的硬生生時間秩序而分割，它流水般漫漶過日月季節年歲，參差並牴觸著我們的上下班、三餐飲食以及睡眠，更多的時候，它只能在你不支睡去或匆忙趕赴的狀況下就地存放；另一方面，閱讀本身既會沉溺而且多跳躍（這經常是同件事），你會在一本書進行途中因為必要或心血來潮翻閱另一本書結果流連忘返而一路岔開去，你也極可能習慣以一本書調劑另一本書的同時進行好幾本書的閱讀，你更可能因為每天心情的微妙變化而換本書讀讀，你也會因為書寫一篇文字或專注追逐某一個疑問非得同時動用到一、二十本書不可云云，太多諸如此類情況了。總而言之一句話，閱讀很難乾淨的畫上句點，

■《啟迪——本雅明文選》（牛津大學）

它總是進行中、運動中，方方正正的固體書籍方便收拾安放，但書籍一旦變易成流體性的閱讀時，我們的書架就不易存放了。

分類或說秩序，究竟是自然的抑或文化的，這曾經是勢均力敵的爭議題目，時至今日，我們大致可清楚看到「宛如兩列火車對開，逆向直前」的轟轟然詭異圖像（此一火車意象係借用圍棋神人吳清源對碁局的著名描繪）——從學理上來說，大致是一道緩緩傾斜向人為文化的持續軌跡，因此，在有道理可講的思維領域之中，此一問題業已退縮成諸如「分類秩序究竟有多少自然成分？」比方說依質子數目整整齊齊排列成的原子週期表，的確天成的井然有序；又比方說生物學「界門綱目科屬種」的老分類法，依古爾德之見，最底層「種」的分割的確是有深刻的生物性基礎，嚴重關係著基因、染色體和生殖繁衍的首要大事，至於其上的「界門綱目科屬」則大致上是人為的一種分門別類結果，主要由歐洲人獨特的文化性視角所偶然決定（我們在比方說李維—史陀的著作中便可看到各個部落社群的不同生物分類法）。然而，從現實界的實用一面來看，我們卻再清楚不過看到另一道完全逆向的發展軌跡，分類秩序隨著社會負荷的持續加重（人口的增加、生活水平的提升要求云云），社會組織的相應日趨龐大而固著下來且不斷進行再分割，壁壘森嚴到彷彿成為「準自然」。這裡，不僅僅是我們置身其中（先你存在，而且在你死後還存在）往往習焉不察的問題而已，即使你時時警覺，但你抗拒的這個龐然大物，一方面它手握極其嚴酷的獎懲機制，你不把自己納入此一秩序之中，把自身「多餘」的部分毅然削去好乖乖扮演一個「有用」的人，你極可能連一己的存活都成問題，那個不整理書房、不到五十歲就自殺死去的本雅明一生便是個悲傷的實例。另一方面，森嚴分割之後的個別領域，又各自深向發展自成封閉性的天地，有外人難能窺知的一套專業遊戲規則、語言符號和經驗細節，像日本最後的世界級數學天才岡潔便感慨的斷言，往後數學原理的再發現已幾乎不可能了，因為「橋太遠了」，人光是要弄懂數千年來如山堆疊的數學成果，熟練的掌握其語言符號，進而看清楚其邊界，得有兩個不可缺的要件，一是天才，二是長壽，岡潔說，這兩樣很幸運我都有，但也就只能走到這裡而已。

也就是說，分類秩序，有自然基礎那當然更好，可讓它美麗而且更理直氣壯，如果沒有，那也無傷，反正它早已是某種巨大無匹的「現實」，而且不斷在擴張中的現實。

每一個真正誠實認真的心靈都承認，這幾乎是難以對抗的，遑論撼動或消滅。馬克思是最後一個樂觀的人，但失敗得很難看，到本雅明，儘管他終自己一生拒絕被分類、被納入秩序之中，但他負責任能跟別人主張的，也就只是個小小的書房，廣大世界裡一個僅有的「私人空間」，你能擁有並有機會保衛的陣地就這麼丁點大，你的意志只在這四壁圖書中有效。

偉大的世界革命退縮成這樣子，真讓人不曉得語從何起，但本雅明無疑更理解我們尋常之人的艱難處境，更同情我們的能力限制，沒硬要我們捨命去追逐我們做不到的事，因此，他的話又是可實踐的。

樹枝狀的閱讀路徑

不進行世界革命，我們於是就得分割自己，犧牲一定比例的自己，去安撫那個秩序大神。歷史裡絕大多數的人都這麼做，米開朗基羅不見得喜歡教會交代他的每一幅累人壁畫，莫札特得應付宮廷宴會的樂曲舞曲，賈西亞・馬奎茲在《百年孤寂》猶是幾幅心中的畫面的很長一段時日裡，做過一堆情非得已乃至於邋遢的瑣事，一度還四下推銷百科全書，不見得比你我隨興自由——而這些人，都曾經某種程度的改變了這個看來麻木不仁的無趣世界，人類歷史也的確在這樣半妥協半決志的討價還價中跌跌撞撞前進，不必然非賭那種全有全無的絕望一擊不可。

我們每天得打交道的大世界，是個以分類分工有效組織起來的社會，基本上它是目的性的，甚或功利性的，它只認可它要的我們某一部分，要求我們扮演「有用」的人（就像我們小時候寫作文的制式結尾：「我們要用功讀書，將來做個社會上有用的人。」），因此我們朝九晚五，為有用而辛苦勞動，其餘時候，如果我們夠聰明不就應

■《百年孤寂》（志文）

該讓自己復原成無用（非工具化）而舒適、自由、完完整整的人嗎？人世間，大概並不存在一種無窮盡、可無限提領的絕對自由，我們的有效自由，通常相對於限制，因著我們對限制的領會而得以掌握，因著我們對限制的料理而爭得，這裡限制，限制之外就是自由。

書冊橫行，我們已所不欲推己及書，不給予它們特定的分類位置，而是讓它們隨閱讀活動的展開不斷找到它們最舒服、最恰當的容身之處，關懷的是書，實則真正解放的是閱讀的我們自己。而這所謂的舒服恰當位置必是複數形式的、一直變換著的，因為真正的閱讀活動和單線的專業學習（可視為朝九晚五的延伸或加班，或至少為扮演某種有用的人做積極準備）並不一樣，它比較像馬克思革命後分工市場瓦解、天國降臨的「上午寫詩下午釣魚」準烏托邦描述，順從自己真正私密喜好的指引而不是順從社會對你的認定、期待和命令，而人的興趣、好奇心以及他多種且各自輻射的感官能力從來就不會是單維度的。我可以想像一個完全沒有書的家庭畫面，我個人這大半輩子過來也親眼目睹過如此實況，比方說我偶爾回宜蘭朋友親戚的家，老實說那並不可怕，你多少只是感慨今夕何夕民智未開並真實的為他們憂心而已；但我真的沒辦法想像只存放單一一類書冊的書房畫面，那種荒涼感，還有你登時浮上心頭那種書房主人完全被社會威嚇、摧毀的模樣，就個閱讀者來看，真的是全世界最讓人不寒而慄的景象，我記憶裡有過一回，那是大陸才開放時我踏入北京海淀區的新華書局看到的。

順從自己私密喜好所指引的閱讀必然是跨領域跨分類的，今天李嘉圖的老自由主義經濟學，明天錢鍾書辛辣缺德的小說云云，這是人完整生命的自然體現，也是如此體現所剩無幾的實踐場域。

然而，這本書和下本書，今天的書和明天的書，其實並不盡然只是跨領域的隨機性、斷裂性縱跳而已，其間仍存在著或鬆或緊、或死生攸關或漫漶聯想的聯繫，這聯繫可以只屬於閱讀者一個人，幾乎是全然自由的。幾年前，我個人曾擬過一個輕微噁心但原意真誠良善的閱讀活動slogan：「下本書在哪裡？下本書就藏在此時此刻你正閱讀的這本書裡。」只是，這本書究竟如何呼喚那本書呢？它們彼此怎麼搭建起聯繫的？怎麼樣的聯繫？這幾乎是沒法說準沒法說清楚的，因為它順從的是閱讀者各個不同的人心而不是一組固定的社會分類時，它便很像兩點之間非限定直線的連結一般，理論上有著無限多種可能了——有時，閱讀如米蘭・昆德拉講的被一個真實的疑問給「抓住」了，懸宕著心在書的世界中上窮碧落下黃泉的找，而一個質地真實的、有意義的問題通常不會正正好在某一本書中有不留缺憾的全部答案，更要命是，真實的問題幾乎總是跨學科跨領域的（比方說你去一趟上海，好奇的想追問一下這個甦醒中的歷史名城的今昔，掂量掂量它的未來，於是你要的東西既是歷史的、社會的、經濟的、政治的、地理的，還是文化的、民俗的、時尚的，甚至還得重讀張愛玲和王安憶的小說，以及侯孝賢的電影《海上花》），而且，它還一定帶著追問者本人獨特的心事、視角和微妙溫差，染著此時此地的現實色澤。因此，我們這麼說好了，你要的那種獨特答案總散落在數以十本百本的不同書裡，一個念頭一點疑惑，你把它丟進書裡，很容易它就搖身變成一趟旅程，你可以像戰國的屈原那樣不顧形容枯槁的追它一輩子誓不甘休，當然你也可以像東晉日暮途窮放聲大哭的阮籍般隨時喊停。在書的世界，你是佛利曼自由人，由你自己說最後一句話，只要你禁得住逗引，不好奇答案也許正正好就在下一本書裡。

當然，更多的時候事情沒這麼嚴重，你可能只是怡然沒意見的翻看一本書而已，並不像腳踩風火輪索命而來的復仇使者般進入書的世界，然而，疑問的陷阱仍然輕易讓你摔進去，就跟某些可敬的女士逛百貨公司逛精品mall的慣常經驗幾乎一模一樣，進去前你什麼也不缺什麼都不需要，出來時卻整整兩大袋——每一本像回事的書，對閱讀者而言，都不僅僅只是原書寫者的自問自答而已，它必然同時揭示了一個世界，對乍來的閱讀者而言一個陌生程度不同、疑問程度不同的新世界。這個世界處處是空洞處處是縫隙，時空的縫隙（你可能念的是三千年前古希臘人一次傳說中的壯麗遠征）、視角的縫隙（神經質的維吉妮亞・吳爾夫和你一定是不一樣的兩個人，看事情的方式也肯定跟你不同）、語言符號的縫隙（蔓越莓、覆盆子、番紅花、迷迭香等等我們有多長時間只在翻譯小說中見過並想像它的樣子和滋味香味）、知識的縫隙（黑體幅射到底是什麼東西、重力陷縮又是什麼東西）、經驗的縫隙（在西伯利亞太陽不

■《極上之夢——海上花電影全紀錄》（遠流）

沉落的白夜睡覺會不會很奇怪）云云，每一個都足以令你心生驚異好奇，你不追則已，一不小心你就會由此縫隙又掉到另一本又一個不同世界的不同書中。是的，就跟愛麗絲追那隻兔子掉入不思議世界一樣，半個世紀前李維—史陀同樣用過這個愛麗絲例子，對抗的也差不多是同樣的東西，李維—史陀認為這樣的摔落，是人躲開外面那個無個性、讓所有人趨於一致的無趣世界的有效自救之道。

疑問，不管生於閱讀前抑或閱讀中，都真實的啟動著閱讀；同時，它往往還是閱讀踏上這旅途時僅有的地圖。書的世界因此線索而生長出獨特的路徑，向著你一個人展開它一部分的面貌。這展開的樣子基本上是樹枝狀的，今天的古生物學者用圖像繪出生物的演化史便是這種形狀，他們稱之為「演化樹」，不斷的隨機分枝分岔，自然也多有走上歧路發展不下去的滅絕部分。生物學者用此演化樹來更替過去階梯狀拔升的演化圖示，少了對抗鬥爭，卻多了摸索嘗試和失敗，這當然是比較對的樣子，因為生命的自然秩序從不會是單線的、整飭的、完美對稱的，它一定保有著摸索嘗試時留下的零亂腳跡，以及失敗的不堪樣子，正因為有這麼多樣的摸索嘗試和失敗，古爾德說，才恰恰見證了生命在幾十億年演化路途上的複雜、艱辛、認真、充滿想像力和真真實實的壯麗，令觀者動容。古爾德因此把他的一本書命名為《生命的壯闊》。

閱讀，是生命的活動，走的當然也是這樣子的生命之路。

■《生命的壯闊》（時報）

三個話題，一本托克維爾

我們又提到了「秩序」二字，在我們抵抗分類的書房裡——是的，秩序的幽靈無孔不入，仍時時飄蕩在我們書房空氣之中，這我們難以完全消滅，但只要我們做得對，我們便有機會在我們書籍的地盤上馴服它，讓它像禁錮在神燈裡的巨人精靈般，長相嚇人，卻貼心的問我們：「主人，你要我幫你做什麼？」

全世界幾乎每個人都曾夢想有這麼個神燈精靈，在這個世界尚未說服我們的年幼時光。

分類秩序的難以消滅，是因為它原來是我們叩問渾沌世界的方法，是我們思維展開的路徑及其必要組織方式。徹底的自由，絕對的無序，說起來境界迷人，但在實踐上不僅僅是書房裡某一本書找不到的問題而已，而是思維根本就無從發生無法踏出任一步，這讓我們想到安伯托・艾可在《玫瑰的名字》書中神學模樣卻記號學實質的探問：「如果說上帝是全然自由的，這和講祂是不存在的，有不同嗎？」

因此，書冊橫七豎八的書房，秩序不僅還在，而且還非在不可，只是它不該只有一種，一治而不復亂（這是中國古來最糟糕的幻想之一），而是依著閱讀者層出不窮的疑問一次又一次建構起來的。不同的疑問，組合了不同的書群，改換並呈現新的秩序面貌，當疑問中止、失敗或暫時被擱置沉睡，書就回歸成無用而自由完整的本來面

■《玫瑰的名字》（皇冠）

目，本雅明的面目。

歷史資料闕如，我們無從得知本雅明是不是真的永不收拾他隨意置放的書冊，但我個人是會整理的，每隔一陣子總得整理個一次，也許說是「搬動」更對一些——近些年來，每寫一篇文章（這幾年來我個人疑問的最主要表現形式），之前我總得先找出一批和書寫題目相干的書，有新買新讀的，也有因此書寫得重讀的舊書，但這個事前的模糊想像和預備的書單永遠不夠，隨著書寫的進行疑問的展開，總隨機的從書架上吸下來更多的書到地板上，一旦文章完成，疑問暫告一段落（疑問從不曾真正解決過），地板上的書便是山洪爆發後的駭人景象，完全是霍布斯所說放任自由的必然可怖結果，霍布斯就是太怕這個，才轉頭擁抱那有森嚴秩序的怪物國家。

舊文章去，新文章來，地板上的書便得搬動更換了，這其實是很惆悵的一刻，你曾和一本書如此專注的相處並對話，它也不吝的將某個美好無匹的面向開放予你，但此刻它又再次闔上了，像再找不到入口山洞的桃花源，咫尺天涯。當然，你心裡明白，他日某一個新的疑問襲來，它仍會像聞聽正確咒語再次打開的禁錮之門，但不可能是原先這道路徑、這幅圖像了，它成了一本不一樣的書、不一樣的世界，卻似曾相識。

最近一次，我結束了有關契訶夫和屠格涅夫小說的書寫，知道接下來的文章題目和美國神蹟似的大法官制度及其兩百年動人歷史有關，於是原來的《巴赫金全集》、以撒・柏林《俄國思想家》、赫爾岑自傳《我的過去與思想》、李維—史陀《憂鬱的熱帶》，以及諸如昆德拉、波赫士、卡爾維諾等人的一堆精采文論云云，連同一托拉庫舊俄小說家的全集，便得讓位給諸如《傑佛遜傳》、《伊甸的號角》、《聯邦論》、《不得立法侵犯》、《憲政與權利》、《第一個新興國家》、《法意》和《利維坦》等書了。奇怪有一本我猜想一定用得著而且日前才又匆匆讀過的書怎麼也找不到了（這是不分類不收拾書房的必要代價，但可以忍受），那就是昔日法蘭西了不起政論家托克維爾的《美國的民主》上下兩冊，我手中的版本還是早年美國今日世界出版社的原初中譯本，大學時在光華商場的舊書攤很便宜買到的——今日世界出版的一些大美國觀點的書，對我個人，以及我們這一代人，有相當特殊的啟蒙意義，是我們年輕時踮腳瞻望外頭世界的一個奇異窗口，因為它由美國老大哥在背後撐腰，彼時對言論出版神經質管制的國民黨政府就是管不到這裡來，於是我們漏網般可念到像《美國的民主》這樣直接討論民主政治的書、《湖濱散記》這樣無政府主張的書、《美國工會制度》這樣有左翼聯想的書，當然，還有《白鯨記》以及福克納、海明威的小說。

最終，托克維爾的這部書還是在地板上找到，壓在十六巨冊的契訶夫全集最底下。我翻開有狗耳折頁的地方，上卷第三十三頁第十行，有我用紅筆畫的線，是一句這樣的話：「作者的真誠，提高了他語言的力量。」這原是托克維爾用來講十七世紀初剛剛上岸的清教徒史話，在面對新大陸只有上帝沒有親友故鄉的無垠土地，當時的

■《憂鬱的熱帶》（聯經）
《湖濱散記》（志文）

史家摩爾頓以極虔敬的宗教語言記憶了這段歷史，托克維爾給予的讚美之辭。

原來如此。我當初之所以留它在地板上還刻意做了註記，心裡想的大概是契訶夫素樸但真誠明澈的文字吧。但後來實際的書寫過程之中，心思一定被偶然引上別條道路去了，沒真的用上這句話，還完完全全給忘了。

順此記憶再溯源而上，我想起再之前寫阿特曼電影《謎霧莊園》的引介文字討論貴族與僕役階層時，也引用了托克維爾此書的另一段話。那是托克維爾談到原住北美的印第安人時的一番感慨，他說印第安人貧窮、無知，但絕不卑劣，因為他們平等而自由。托克維爾精采的指出，貧窮無知的人之所以陷入卑劣的悲慘境地，通常來自於他們得和富裕文明的人接觸相處，他們心生不平，卻不得不卑微的仰賴這些高高在上的人存活，這令他們自卑，更時時激怒他們，因此，「人們在貴族國家比在別處粗魯，在華麗的城市比在鄉區粗魯。」

我開心不已的順勢再讀一次托克維爾，他在我想契訶夫時和我對過話，在我談英國貴族階級社會時給過我啟示和印證，如今在美國違憲審查的憲法守護神大法官制度的此一疑問上頭，仍得持續參與持續發言。同一本書，連著三個天南地北的話題，在足球場上，這樣神奇的演出，我們稱之為「帽子戲法」。

熄燈睡覺時，托克維爾這回就躺在漢彌爾頓的《聯邦論》上頭，我明天伸手可及之處，托克維爾的任務未了，它還「有用」，暫時還不可回書架上，回復它完整自由的本來面貌。

■《聯邦論》（貓頭鷹）

1. 好書是不是愈來愈少了？

——有關閱讀的持續問題

那是給將軍讀的最後一本完整的書。他是一個沉默而貪婪的讀者，不管在戰爭間歇還是在愛情生活之餘都是這樣，但他讀書沒有一定的順序和方法。他每時每刻都要閱讀，不管在怎樣的光線下。有時他在樹下散步時讀，有時他在赤道直射的陽光下讀，有時在馬車沿著石子路走時的陰影裡讀，有時在吊床上一邊口授信件一邊搖晃著讀。一位利馬書商對他藏書的數量之多和種類之齊全深感驚訝，他的藏書一應俱全，從希臘哲學家的著作到看手相的專著，什麼都有。在年輕時代，由於受到他的老師西蒙•羅德里格斯的影響，他閱讀了大量浪漫派作家的作品，而且至今他依舊如飢似渴的閱讀這些書籍。由於他理想主義的狂熱性格，讀起那些書來猶如閱讀自己寫的作品。在他整個餘生中，他始終充滿讀書的激情。最後他讀遍了所有手頭的書籍。他沒有什麼偏愛的作家，各個不同時代的作家他都喜歡。他的書架上總是塞得滿滿的，臥室和走廊最後都變成了纍滿書籍的夾道，散亂的文件日益增多，堆積如山，直至使他生厭，只好到巻宗裡去尋求安慰。他從未把自己全部的藏書和文件讀完過。當他離開一個城市的時候，總是把書籍交給他最信賴的朋友照管，儘管他再也不會知道那些書的下落了。漂泊不定的戎馬生涯使他從玻利維亞到委內瑞拉兩千多公里的路途上都留下了書籍和文件的蹤跡。

在他開始失明之前，有時也讓他的書記官幫他閱讀，最後，他由於討厭眼鏡給他帶來的麻煩，便完全由書記官代勞了。但是與此同時，他對閱讀的興趣也逐漸減退，像每次一樣，他總把原因歸之於客觀。

「問題是好書愈來愈少了。」他常常這樣說。

在這段文字中，這位被稱之為將軍而不名、用書籍鋪設起兩千多公里征戰路途的閱讀者是西蒙・玻利瓦爾，是昔日拉丁美洲的大解放者。他把殖民已幾百年之久的西班牙人徹底趕出這片南半球的三角形大地，最終是要建造一個完整巨大的統一大南美國，但後面這個太宏大也太浪漫的歷史大夢在他生前就告破滅了，玻利瓦爾確實拿下過整塊大陸（當然包括了奉他之名的自發行動形式），然而轉頭各方割據力量又將它拆解開來，逐步形成今天諸國林立的樣態。比起來，西班牙人易與，真正難對付的是

■西蒙・玻利瓦爾（SIMÓN BOLÍVAR, 1783~1830）

這塊大陸不曾有過的一統記憶，要憑空創造一個不存在且無線索的想像說服所有不可能聽懂的人，就像書末玻利瓦爾自己絕望的說法：「美洲是難以駕馭和統治的，進行革命等於在大海上耕耘，這個國家將無可救藥的落在一群烏合之眾的手中，之後將被形形色色的、令人難以察覺的暴君所掌握。」

玻利瓦爾自己也只活到四十七歲而已，差不多就是我們「文字共和國」裡兩位了不起公民契訶夫和本雅明辭世的年紀。他流亡的最後一趟旅行始於哥倫比亞的高冷首都也是他欽選俯瞰整個大南美國首都的波哥大，沿馬格達萊納河向海而行，戛然止於有加勒比海溫暖洋流和海風拂拭的聖佩德羅・亞歷杭德里諾鄉間別墅。據說，他臨終行懺悔禮的最後一句不怎麼懺悔的話是：「他媽的！唉！我怎樣才能走出這座迷宮啊！」哥倫比亞籍的偉大小說家賈西亞・馬奎茲寫他的這本《迷宮中的將軍》，書名出處便是這個，內容也是這一趟馬格達萊納河十四天的最後死亡旅程。當然，對所有非南美洲人如我們而言，安安靜靜的《迷宮中的將軍》小說中寂寞死去的玻利瓦爾，顯然要比昔日叱吒不可一世的玻利瓦爾本人要真實可感，而且完全可斷言，必定隨著空間的展開以及時間的流逝更加如此，這就是書的力量。

隨著滿身痼疾的玻利瓦爾在小說中再次航行這趟旅行，書末當然是悲傷的，但如果我們也念過賈西亞・馬奎茲的另一短篇〈你好，總統先生〉，看南美洲層出不窮流亡到歐陸、緩緩腐朽於異鄉的一個個統治者，你也會對玻利瓦爾沒能橫越大西洋到倫

■《迷宮中的將軍》（允晨）

敦感到釋然多了。

玻利瓦爾，據賈西亞・馬奎茲講，從年輕時的貪婪閱讀者最終消褪了下來，不再讀書了，他自己找的理由是，「問題是好書愈來愈少了。」事實上，這句話我們聽來一點也不陌生，它也經常是我們不閱讀或不再閱讀時會跟別人講也會跟自己交代的一句話，我相信，這句話最實際的功能是讓我們心情好一些。但它會不會也是真的呢？

就讓我們從玻利瓦爾的這句話開始吧。

影響書好書壞的因素

書的世界廣大如海，我們每一個個人依自己的際遇和選擇，都只能局部性的和書相見相處，其間總會有些諸如遇人不淑的不幸情事發生，這種個人特殊經驗和整體真實圖像之間的種種參差背反，說起來沒完沒了，我想，比較正確而且公平的方式，還是得先整體的、宏觀的來。

好書是不是真的愈來愈少了呢？應該不會，這是有恆定的結構性理由的。當然，我們從供給面來看，書籍從書寫到製作到出版，的確有其不穩定的一面，沒辦法完全用固定生產線作業加品質管理這套工業機制來控制。然而，好也好在它不全然被納入這套作業系統之中，始終保有一定程度的手工技藝特質，這使得書長得不一樣，使得書自由，包括書寫這一端的自由，並由此衍生閱讀另一端的自由，在愈來愈強控制、個人獨特性泯滅的工業體制之下，這是所剩不多值得我們認真保衛的自由。

不穩定，恰恰說明了自由的健康存留。因此，從宏觀的供給面來看，說好書愈來愈少，一如說好書愈來愈多，大體上都不是恰當的，因為它只是不穩定，不穩定用曲線畫出來是某種上下起伏震盪的不規則圖形，而不是持續上升或下探的漂亮線條。如果我們還好奇怎麼個不穩定法，再進一步探究書籍出產的最根源處，也就是人的心靈，包括人的思維、人的理解、人的想像力及其不滿，我們不難發現，在歷史的時間之中，其軌跡往往是鬆緊交替的脈衝式節奏，而不是均勻平滑的流水般進行。因為個別心靈在孤獨面對一己獨特性的思考同時，也或彰或隱的聯繫著所有同時間的個別思維，在過往累積的思維成果之上，組合成一個大的對話，一個思考交替作用的場，這個普世性對話或場的存在，對個別心靈固然是個制約（也就是我們常說的，人難以超越或甚至不容易意識到的所謂「時代限制」），卻也是思考材料和啟示的不斷供應者，更提供了思考的基本視野和焦點，因此，一個人的瞻望和困惑，往往也是他那個時代所有人的瞻望和困惑，用不盡相同的語言和不盡一致的嘗試路徑在突圍。在某一個特別聰明、或特別幸運、或特別魯莽偏執的人衝出一個缺口之前，這個對話或說這個場，往往會一段時間彷彿停滯下來一樣的沉悶、焦躁並持續堆積壓力，一旦缺口打開，清風吹入，一個全新視野擺在所有人面前，這些像被困在壓力鍋裡流竄的強大力量，便像覓得生路般衝決而出，這就是豐收季節的來臨了，是思維兌現為實際成果的好時光，如踩中節時繁花盛開。

比方說，念物理學的人都曉得，歷代了不起的物理學家，從外表行為來看，往往還真像追逐流行時尚乃至於當紅歌手樂團的少男少女一般，一段時間誰都在談粒子，忽然又集體跑到場論裡去，再一轉眼大家又開口閉口都是弦。如此一窩蜂的乍看可笑現象，當然不免也摻雜有弄潮的成分，但其實更有著深沉而嚴肅的思維理由在，我們通常稱此為「思潮」，思考的集體樣態像持續拍岸又退回的海潮，一波起一波平，有波峰有波谷。

書籍記錄著思維的如此軌跡，同時也是如此思維成果的最主要載體，因此，它的供應遂也不得不跟著波濤起伏，某一段時日好書傾巢而來像來不及似的，接下來卻又跟雨老下不來般悶得人心慌。

當然，除開這種根源性的肇因於思維本身的不穩定特質而外，還有另一種較嚴重影響書好書壞的因素，那就是一時一地的特殊社會條件，就像我們的氣候晴雨受到四季更迭的普同制約，也同時隨你所居住地方的特殊地理位置和地形變化一樣。一般來講，這方面的作用遠較穩定，幾乎不太費勁就能觀察並預測出來，比方說一個社會資訊開放和流通的程度，比方說一個社會對思維和言論的寬容程度等等。正是這種特定社會的特定有效作用，才讓書籍的歷史、閱讀的歷史有了難計其數的辛酸記憶，寫錯書可以致命，就連讀錯書也一樣會腦袋不保。

如果我們不盡恰當的將書籍比擬成某種動物，找尋它維生的最主要食物，那大概就是「自由」。一個社會書籍的好壞、多寡、腴瘦，基本上又和該社會的自由進展（不只政治面，還包括經濟、文化傳統，乃至於宗教等等的整體結算）亦步亦趨，也因此，一個社會的書籍整體樣貌，倒過頭來又可成為我們檢查此一社會自由程度的一目了然指標。逛一趟書店，往往比你認真研究其政治體制及其運作還來得準確而且全面，畢竟，很多管制力量並不透過直接的政治暴力運用，很多自由的障礙是隱藏的，但這詭計騙不了書籍，自然也就胡弄不了真正夠格的讀者。

記得下次出國，撥點時間跑一下當地的代表性大書店，只要抬頭宏觀其書架，你就會看到意想不到的該地真相。

話到這裡，我幾乎想順勢武斷的說，一個喜歡書的人，不管是讀者的身分或書寫者的身分，都應該是自由的信仰者和擁護者，可惜這並不是真的，人類歷史的嚴酷實然並不支持這個應然的美麗斷言，太多專制的、集權的、唯我的，乃至於絲毫不能忍受別人想法作法而不惜通過迫害屠戮予以去除的人，私底下也都是很棒的書籍書寫者或是閱讀者，名字太多了，事例也太多了，我們只能嘴硬的套用昔日列寧的名言：他們都背叛了自己的出身，背叛了自己書寫者和讀者的身分。

■列寧（LENIN, 1780~1924）

無關係之人

從書籍供應這兩種有效作用力來看，玻利瓦爾的話對台灣的書籍總體圖像顯然是不合用的。總的來說，台灣的自由程度猶步履踉蹌的在往前進展中，當然，就絕對值來說我們距離像英國倫敦老書街查令十字路那種宛如所羅門王寶藏的美麗樣子確實還差很遠很遠，但它的確是一道掙扎向上的曲線，好書不斷在冒出來，不至於讓讀書的人興起無書可讀的喟歎。

更何況，書籍是累積的，一本書進入到社會，它便沒那麼容易就退出，也許無經濟實利可圖的連鎖書店會把它趕下書架，但它的讀者會收藏住它，收藏在自己書架上、記憶裡，還有他的言談文字之中。

然而，做為一個個別讀者，為什麼我們也三不五時會出現玻利瓦爾式的實質感受呢？為什麼我們站在比方說誠品書店這樣書籍鋪天蓋地的世界卻仍會生出無書可買可看的沮喪之心呢？明明你擁有的以及你真正讀過的書不及其十一、百一不是這樣子嗎？

讓我們公平一點來說，書不好，可能是真的，因為書籍因著社會自由開放程度的整體進展，通常意謂著好書增加，也無可避免搞出一票讓你慘不忍睹的爛書來。爛書的書寫和製作較不耗時間，因此生長速度永遠快於好書；而且通常比較合於庸俗的市場機制，因此也就像街頭的成群不良少年般杵在你非看到不可的最醒目位置，讓當下第一眼書籍風景荒涼可怖，我們這些不願惹事生非的人只能裹緊衣服怏怏離去回家。

然而，好的讀者永遠得勇敢些、堅韌些，像堅持要見到自己貞潔美麗妻子珮妮蘿普的猶力西士，不被攔路的怪獸嚇退，不被女妖的甜膩歌聲誘惑，走向那不作聲不叫囂不搔首弄姿的寂寞書架一角。

爛書一堆，但這只能是浩瀚書海的其中一部分，其他的，我們其實應該老實講是我們自己「不想看」「沒興趣」「看不懂」或「不曉得看那些書要幹什麼」等等，這些不同語言的表達方式其實可大致收攏成同一種心思，你無意要探究光子為什麼可以奇怪又是粒子又是波，你不想曉得凱因斯學派和新自由主義學派面紅耳赤到底有什麼天大的事要爭辯成這樣，你對遙遠薩摩亞青春期女孩的想法和生活方式沒半點好奇，你想不出自己為什麼要弄清楚利馬竇走了哪條路從義大利到中國，你也看不出來那些早就屍骨無存的十九世紀放逐庫頁島的可憐俄國苦役犯干你何事——

想知道這些問題的閱讀者隨隨便便都能告訴你，這裡有多少部精妙好看的書，海森堡的、波爾的、愛因斯坦的、佛利曼的、克魯曼的、瑪格麗特・米德的、契訶夫的云云。你不想知道，這一部分的世界對你而言就完全封閉了起來，聯繫於這部分世界的書籍也跟著全數闔上了，當所有的事你都不想知道，這一整個世界對你而言就沒有了、沒意義了，於是所有的書便都和你斷了聯繫，你也不再可能會是個閱讀者。

■《薩摩亞人的成年》（遠流）

日本人對此有個說法，就直接稱之為「無關係」，意思是某種素樸聯繫的完完全全斷絕，最終以一種徹底冷漠、徹底遺忘的形態體現出來。日本人用這個詞來說現代大都會裡原子化如一個個孤島的人們，也偶爾用來說他們這個毫無大國責任感、最終只能孤立於亞洲東北一隅的富裕島國。這裡，我們順手再來抄一段托克維爾的話，這原是他對兩百年前歐洲專制政體底下人民的某種實況描述，但相當傳神、相當實感的呈現一幅和周遭世界斷掉聯繫的無關係之人的肖像——「有些國家的本國人，認為他們自己是一種外來移民，毫不關心住在地的命運。一些最大的變化都未經他的贊同，不為他們所知道（除非機會偶爾通知他），而在該地發生；不，有甚於此，他村中的狀況，他街上的警察，他村教堂或牧師住宅的修繕，都與他無關，因為他把這一切都看成與他不相干的東西，看成一個他稱之為政府的有勢力陌生人的財產。他對這些東西，只有一種終身所有權，卻沒有物主身分或對之有任何改良的念頭。這種對本身事務的缺乏興趣，竟然發展到如此之遠，如果他本人或他子女的安全最後真的遭到了危險，他非但不去躲避危難，反而抄起雙手，等全國的人來幫助他。這個完完全全犧牲了他自身自由意志的人，將不會比任何其他的人愛好服從；不錯，他在最不足道的官吏面前也畏縮，但他帶著戰敗的精神，只要比他強的敵人力量後撤了，他立刻會不把法律放在眼裡；他永遠都在奴性和放縱之間搖擺。」

沒錯吧，我們隨隨便便都能找到一大把托克維爾講的這類人，就在此時此刻此地，我們的立身之處，我們這不幸的國家。

賊來迎賊，賊去迎官，我們可沒說這麼沉重的話，我們只說這樣的人不會要讀書，如果他之前沒讀書，那他顯然沒任何動機開始；如果他曾經讀書，那他也會很快的在任一個閱讀的困難方找上他時就退縮回去。

閱讀，做爲一種善念

這裡，且讓我們稍微回頭一下問個問題：為什麼我們關心的是第二階段的「為什麼閱讀持續不下去」，而不是從頭來的「為什麼人們不閱讀」——我自己的答案非常簡單，我始終相信人們是願意閱讀的，閱讀所碰到最致命的麻煩，不在人們不想讀讀書，而是起了頭卻進行不下去。

我個人幾乎把這個看法當成信念。儘管壞消息不斷傳來，比方說台灣社會價值逃散如崩，人們愈長愈像托克維爾當年憂心悄悄的模樣；比方說迷電腦、迷影像的年輕小孩子據說愈來愈不讀書了，而有能力的大人或因討好、或因要賣東西賺他們錢，更努力讓他們相信電腦和影像不僅可完全替代書籍，而且還會是一種「未來天國式的書籍」云云。情況愈來愈險惡，但我仍願意相信讀書一事源遠流長，跟人們相處千年以

■《民主在美國》（貓頭鷹）

上時光，不會馬上被徹底拔除破毀。今天，讀書大體上仍被認定是一件自明的好事，讀書的念頭仍被當成是生命中起勁的善念，在我們日子過著過著的漫漫人生之中，想開始讀讀書的念頭總會不吝惜襲來個幾回，且次數極可能還不少於春意燦爛、突然想談他個戀愛的次數。

有時這份善念一閃而逝，明天再說；有時我們也鄭重的付諸實踐，其化石證據便是書架上又多了幾具陣亡屍體般沒讀兩頁的新書招塵——也就是說，閱讀之難，不在於開始，而在於持續；動心起意是剎那之事，其間不會有困難容身之處，然而閱讀一旦展開卻是長日漫漫遲遲，於是麻煩、彆扭、懷疑、沮喪等等各種奇怪心思便大有生存繁殖的餘地。

念頭如火花，可以一直在著，不真的完全熄滅，但要蔚為燎原之火，你便得用一冊又一冊的書當材薪讓它延燒起來，這意謂了，在閱讀真的有致展開的過程之中，一定有一堆困難擋著，而且這些困難極可能和普遍人性傾向有關係，背反了我們某些基本人性，才導致念頭和實踐之間如此明確的落差。

先說有哪些常見的困難呢？除了玻利瓦爾所說好書愈來愈少之外。這每個人都可以從自己不止一次的失敗經驗中找出來並列表，包括太忙時間不夠、不知從哪本書下手好、書讀不懂、書買不到、書太貴、不知道讀了要幹嘛等等，這些常聽到的困難，不管只是迷思或巨大而真實，的確都持續折磨著或乾脆一下子澆熄閱讀者脆弱的善念，我們也希望在往後的談論中一個一個正面來對付。但是，容我們這樣子來說，什麼事會沒有麻煩和困難呢？千里迢迢跑電影院排隊並在爆米花甜膩的空氣中等待開場不難受嗎？買那麼昂貴而且動不動就要升級或淘汰的電腦，又要學習和它複雜的相處，又得時時忍受它當機中毒這不痛苦嗎？我個人這一年來固定在家附近的小學運動，總看到那些國中高中的小孩，在身體條件完全不夠的先天限制下，模仿著麥可・喬丹或科比・布萊恩的各種神奇動作，胯下交叉運球，轉身，收球墮步，拉桿跳投或換手挑籃（灌籃這部分不得已從略），揮汗如雨的一遍一遍來，可以一整個晚上只磨一兩個動作，而且還持續幾星期幾個月不回頭。苦不苦呢？客觀來看真的挺辛苦的，以這種精神和毅力來閱讀，大概量子力學或德希達的文字論述都不會太難懂。

更遑論之前一陣子流行極限運動的滑板時，那些在斜坡、在台階、在水泥短牆和鐵欄杆處摔得一身傷一臉血的英勇少年們。

所以講，困難既是具體且獨立的，又同時也是相對的。相對於什麼呢？相對於你的瞻望、相對於你心中日出般升起的某一幅璀璨圖像（喬丹那樣的聲名財富或只是同班女生的青睞），端看哪個壓倒哪個。圖像獲勝，困難往往只是一種有痛楚的充實存在感受；圖像消退杳逝，困難就像沒免疫力抵抗的病毒般大肆繁殖作怪了。

也就是說，如果我們庸人自擾的追問閱讀何以不容易持續，在解析具體困難之前，先得處理的極可能是閱讀者心中的圖像問題，是書籍做為一種中介物，人和他所

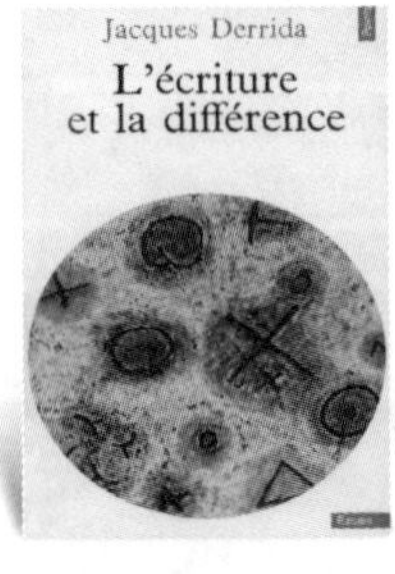

■《德希達》（立緒）
《書寫與差異》（Éditions du Seuil）

在世界的關係——他源於本能的好奇心何以消失？他對他者的關懷何以挫敗？他對自己可能只有一次的生命何以喪失了期待？他為什麼把自己豐盈且輻射性的感官給封閉起來，寧可讓自己成為一座孤島、成為一個無關係的人呢？

在不滿和絕望之間閱讀

世界太大，我們一己之身太小太短暫，對這個世界的某些領域、某些部分無緣發生聯繫，這我們可理解，甚至是贊同的，因為你得學會集中有限的心力時間和資源，在閱讀中找尋出最適、最可著力的領域來。這裡，真正值得閱讀者關心的是，曾經有過的聯繫為什麼斷絕掉？曾經建立起來的關心重又失去是什麼意思？甚至最終讓一整個世界視而不見形同消失，這又是發生了什麼事？

玻利瓦爾至少告訴我們兩個可能的答案：一是年老，或該說衰老（玻利瓦爾此時也才四十七歲而已），死亡將至，你再沒那個美國時間、也再榨不出足夠的肉體力氣和心智力氣去關心這個不跟你一起死去的世界了；另一是絕望，你被擊敗了，承認輸了，認定你不管怎麼想怎麼做都影響不了那個比你大的冷凝世界——對玻利瓦爾而言，這兩者幾乎戲劇性的同時抵達終點。賈西亞・馬奎茲的故事啟始於玻利瓦爾赤裸身子、睜著眼睛漂浮於浴缸淨化水中的肉身死亡意象，「他（何塞・帕拉西奧斯，侍候將軍最久的僕人）幾乎以為他已溺斃身亡」；而當玻利瓦爾騎驢離開他的南美之都波哥大，送行而來的陸海軍部長忽然喚住他，懇求他留下來，「為挽救祖國再做最後一次犧牲」，但玻利瓦爾回答，「不，埃蘭，我已沒有可以為之做犧牲的祖國了。」

人們通常比較害怕的是衰老和死亡，但對閱讀真正致命的卻是絕望，特別是絕望並不只長一種樣子而已，也不是一輩子只終結性的造訪你一次。它時時來，化妝成各種樣子，而且輕重深淺程度不一。當然，大多數時候並不凝事，它只是某種我們對外頭世界的不滿和荒涼感受，寥落之心會跟晨霧一般，只暫時迷濛了我們讀書的眼睛，很快自會煙消雲散沒發生過一樣；但有時它還真的是暴烈襲來，而且還長駐心中不去，凝固成某種走到世界盡頭的疲憊之感，其實不是書鋪開的路徑中止於斯，而是你自己不想走下去了，覺得沒意思了，或沒意義了，這尤其在外頭世界持續變壞時最容易到達臨界點。

如今，資本主義社會還帶給我們某種更難以抵禦、甚至連察覺都不容易的絕望方式，某種麻痺的、運行於單一軌道的、滿足於當下的、也許還相當快樂的絕望。你不覺得自己和這個世界分離，你的確有理由相信自己仍勤勤懇懇杵在第一線，各類流俗的意見包圍你，各種容貌的人群包圍你，這些浮光掠影的印象和理解，往往你只覺得太多而不感到匱乏，你會想做的是偶爾躲開（睡覺、度假、打電玩或發呆式的瞪著電視螢幕）而無意進入探究，於是，它替代了好奇，更替代了同情，直到一整個這麼大的世界，最終只剩那幾條街、那幾幢房子和那幾個人，還有那兩道你想都不用想自動會出門和回家的固定路線，危險多變的世界如今扁化成一幅安全重複的風景圖片。

這麼想起來，要讓人好生生把閱讀持續下去真的是有難度的，對我們收控並沒那麼自如的心志而言，閱讀能站立的位置並沒想像那麼寬廣，它大致只存活於不滿到尚未絕望的條狀地帶，絕望如玻利瓦爾那樣的人不會再要讀書，但對世界基本上滿意沒什麼意見的人如我們，也是很不容易打起精神把書讀下去的。

心中有事的閱讀者

但讀書都得這麼激越、這麼嚴厲嗎？就不能在愉快點輕鬆點的氣氛下持續嗎？——讀書當然是件愉快的事沒錯，歷來有心勸人誘拐人讀書的也總好心的報喜不報憂，把話集中在其繁美如花的部分，但我個人以為，人們在「受騙」展開閱讀的孤獨過程中，他們無力處理的不會是書籍帶給自己的快樂，而是此道旅程中必然屢屢出現的困厄。有人因為太快樂太成果豐碩所以不好意思把書讀下去你意思是這樣子嗎？

而且，世界持續在變，我們得說，閱讀的享樂成分的確跟著在持續流失之中。

閱讀的故事

我們這麼來說，很多人、很多時候，我們總把閱讀當成某種愉悅的、方便拿得出來的體面消遣，就像自我介紹的興趣一欄，包括網上援交者或演三級片的豔星，我們總看到人們說他平常最喜歡的是「看書、聽音樂、爬山游泳親近大自然」云云。

沒什麼不對，沒什麼不好，只除了些許引人狐疑的喬張作致。閱讀當然可以是消遣，也的確始終有著消遣的功能，然而，只用消遣去理解它，閱讀首先就喪失了它的獨特性，喪失了它真正的位置，它於是被拉下來和一堆不必當真的純消遣混一起，變成可替代了，這讓閱讀處在一個不恰當而且極其不利的競爭環境之中，往往撐不了多久、在第一個困難才來時人們就扔下書本真的跑出去親近大自然了，就像三國時代一起讀書消遣的管寧和華歆兩人，更熱鬧好玩的鑼鼓聲音門外響起，怦然心動的華歆就在第一時間跑掉了。

事態的發展愈來愈如此，閱讀的消遣意義也愈來愈險惡。狄更斯寫小說那個時代，沒電玩沒網路也沒電影電視收音機，寫實的、情節高低起伏恩怨情仇的長篇小說當然就是八點檔連續劇，讓人在壓抑自我一整天的忙累之後，有機會把情感不保留的釋放開來，如小舟一葉隨此波濤跌宕漂流，因此，彼時已識字的女傭在收拾完貴族主人的煩人晚餐之後，也在一燈如豆的廚房角落裡看小說，這是消遣，也是生命中唯一可實現的平等時刻，畢竟人在夢想中是可暫忘甚或超越森嚴的階級身分的。而女傭開始讀小說這件事，今天我們曉得了，在小說發展乃至於書冊出版歷史上意義杳遠，不僅確立了現代小說的穩定書寫，還改變了書冊的印製裝幀形態，降低了書冊的價格，讓書冊不再精美昂貴只容於貴族幽深閑置的書房。今天，我們買企鵝版平裝經典小說讀的人，都應該分神回憶一下昔年這樣子讀小說的廚房女傭，這是一種致敬的心意（最起碼你買這本書就因此省下不少錢），也已經永遠成為如此小說閱讀不可分割的一部分了。

但今天，閱讀卻再再發現自己陷入了四面楚歌的處境——誘惑太多了，女妖賽倫的甜美歌聲不絕於耳，既然都只是但求愉悅的消遣，又幹嘛抵死不從呢？去打電玩去看電影去逛街購物混pub不好嗎？除非除非，我們能找出閱讀一事之中不可替代、無法用其他更輕鬆更好玩的消遣形式予以滿足的特質，那我們就該在第一時間放下書本接受召喚。像昔日從特洛伊戰場返航的猶力西士，又要用臘丸塞耳朵，又要痛苦不堪把自己綁在船桅之上，如此自虐只有一種理由說得通，那就是他心中有事，他有他一定得去的某一獨特地方，我們曉得，這就是他的家鄉，還有他那個白天織晚上拆、可能已開始蒼老但此刻凍結在他記憶中仍那麼美麗的妻子珮妮蘿普。

因此，閱讀做為純粹消遣的日子，可能已忽焉不存在了，在關起門來閱讀的路途上有一堆可克服但永遠取消不了的困難等著人，而在閱讀的門外，更有一個鑼鼓喧天時時侵擾你的煩人世界。即使閱讀和消遣仍可共容不相互排斥，但能夠持續閱讀的人，心中總得有某種東西存留，非有不可——有些人的可能清晰可描繪，但通常只是

《雙城記》（桂冠、Penguin）

某種曖昧難以言喻的「心意」。閱讀的人對這個世界、對眼前的人們有著尚未消失的好奇和想像，甚至說好奇或想像可能都還嫌太有條理太具體了，毋寧更接近說他和這個世界以及人們仍保有某種素樸的聯繫，某種幽微的對話，他仍是人，仍是世界的一部分，閱讀的人時時懷疑卻又一直頑強的相信，時時不滿卻又始終不放手不徹底絕裂，他不見得非像玻利瓦爾那樣子不可，有一個非要改變眼前世界和人們的大夢驅趕他找答案找方法找歷史缺口，更多的時候，他只是把自己置放入書籍這個持續了成千上萬年的龐大無邊對話網絡之中，看看會發生什麼事，這在行動之先，甚至還在成形的意義之先，有點像逛市集的人，他很可能還沒有真的決定購買什麼，或者他原先想好要買的東西反而沒找到、找不全或很快被眼前一切這琳琳瑯瑯的一切給淹沒掉替代掉了，最後的購買清單暫時還停留在或還原成可能性的階段，而且由這麼多具體且眼花撩亂的可能性所交錯建構起來。

可能性，而不是答案，我個人堅信，這才是閱讀所能帶給我們真正的、最美好的禮物。閱讀的人窮盡一生之力，極其可能還是未能為自己心中大疑找到答案，但只要閱讀一天仍頑強進行，可能性就一天不消失。答案可能導向絕望，但可能性永遠不會，可能性正正是絕望的反義字，它永遠為人預留了一搏的餘地。

這話說起來有點弔詭有點兒繞口，但卻大體上真實可信——閱讀會因意義的喪失而絕望難以持續，然而，意義最豐饒的生長之地卻是在書籍的世界之中，人的原初善念只是火花，很容易在冷冽的現實世界空氣中熄滅，你得供應它持續延燒的材料，我們眼前這個貧瘠寒涼的世界總是貨源不足，因此，閱讀要持續下去，它真正能仰賴的就是持續不回頭的閱讀。

這是前提，不是完成，解決了這個，往下在閱讀實際展開的過程裡還會有一連串的麻煩一定會發生。在見招拆招、設法各個擊破這些困難之前，讓我們先來想一個較振奮士氣的話題，我們來檢視檢視自己有多少可用的裝備，可能攫取什麼動人的戰利品，像個興高采烈升帆待發的海盜——這就是閱讀世界的總體圖像：一個意義之海，一個可能性的世界。

2. 意義之海‧可能性的世界

——有關閱讀的整體圖像

白天，氣候又變得悶熱難熬，長尾猴和各種鳥兒鬧到了發瘋的地步，但夜晚卻是寂靜而涼爽的。鱷魚仍舊是幾小時幾小時的趴在岸上一動不動，張著大口捕捉蝴蝶。在這荒涼的村落附近，可以看到一片一片玉米田，田邊骨瘦如柴的狗向著河裡過往的船隻汪汪吠叫。在荒草野坡上，還設有獵貘的陷阱和搭曬著漁網，但是卻看不到一個人影。

這段文字是《迷宮中的將軍》書中馬格達萊納河航行瞥見的景象，一種鳥獸恣意喧囂的荒敗。在台灣讀小說，我們之中可能只有極少數有奇特機緣或性格怪異的人曾經同樣航過這條玻利瓦爾和賈西亞‧馬奎茲生命中不可抹滅之河，然而，以我個人讀賈西亞‧馬奎茲小說的一點經驗，我幾乎敢斷言，這就是馬格達萊納河的長相，如格雷安・葛林所說是真真正正實實在在馬格達萊納河的樣子，而不是某種文學書寫技藝，只為著玻利瓦爾將軍這一趟死亡旅行而在文字中荒敗。不會的，不可能這樣，馬格達萊納河不是工具不是配角不是配合演出可任意塗抹修改的荒敗的小說布景，航行中玻利瓦爾的絕望是真實的，但馬格達萊納河的荒敗也必定是真實的，對賈西亞・馬奎茲而言，這兩個真實一樣巨大，一樣重要。

然而，這段殘破風景之中，卻鑲嵌著一顆熠熠的文字鑽石，那就是張著大嘴巴捕蝴蝶的鱷魚。據信，賈西亞・馬奎茲最原初想寫的還不是玻利瓦爾這位傳奇浪漫的矮個子巨人，而是這條河。書成之後，他在接受訪問時也這麼坦承過：「你看，我從來沒有想到過我要寫關於玻利瓦爾的這本書。我想寫的是馬格達萊納河，我在這條河上來來去去旅行過十一次，我熟悉河畔的每一個村莊、每一棵樹木，我覺得要寫這條河流，最後就寫玻利瓦爾的最後一次旅行。」

特別是河邊張嘴捕蝴蝶的大鱷魚，賈西亞・馬奎茲最眷眷難忘的河上風景。我在Discovery頻道的影片中後來看到差不多同樣的奇景，是蝴蝶停在鱷魚閉著不動的長嘴上拍著翅膀，抓此鏡頭的攝影師大概也讀賈西亞・馬奎茲的小說。

事實上，這當然不是賈西亞・馬奎茲第一次用到這條河，甚至不是第一次用到蝴蝶和鱷魚。我們印象良深的至少就有《愛在瘟疫蔓延時》一書，戀愛並苦心等待了五十三年七個月又十一天的阿里薩和費爾米娜，最後高掛起黃色霍亂旗把外頭世界隔離

■《愛在瘟疫蔓延時》（允晨）

掉、永生永世在河上航行不止的燦爛奪目愛情之旅，這道被他們中止時間的河流就是馬格達萊納。而當時阿里薩和費爾米娜的馬格達萊納河也有捕蝴蝶的鱷魚，還在塔馬拉梅克河灘看到已被獵殺絕跡的大海牛，「有著巨大的乳房給幼畜餵奶、在河灘上像女人一樣傷心痛哭的海牛」。

賈西亞・馬奎茲自己說，他的小說總源生於一個形象，或直接講就是一個真實闖入的畫面，比方說他自認最好的短篇〈禮拜二午睡時刻〉，是他在某個荒涼小鎮看到一名身穿喪服、手打黑傘的女人領著一個也穿喪服的小姑娘在火辣驕陽下奔走的畫面；〈枯枝敗葉〉是一個老頭帶著孫子參加葬禮；〈沒人寫信給上校〉則是一個人在巴蘭基亞鬧市碼頭等渡船，沉默不語但心急如焚的模樣；而《百年孤寂》當然是全書開頭，一位祖父帶孫兒去看、去摸一大塊冰。

我不大曉得其他讀小說的人怎麼想事情，但對我個人而言，往後就算有莫名其妙的人生機緣，可以現場抵達馬格達萊納河一趟，我猜我大概都沒那勇氣前往，我想在那兒我只能看到馬格達萊納河的真實荒敗，卻無從尋覓賈西亞・馬奎茲所給我們看到那幅璀燦的荒敗圖像，我不要它被update掉。這兩種荒敗，我敢斷言天差地別，賈西亞・馬奎茲的馬格達萊納河圖像，係來自不同的時間、年份、季節和光影，來自不同的人的情感和眼睛，來自不同的傳說、猜測、記憶和一閃而逝的偶然機遇，是這樣子一點一點積存構成起來的，這些都是在只有「永恆當下」的現實界注定得流失的、是奔流不息的馬格達萊納河絕沒能力留住的東西，比留住它的鱷魚和大海牛還難還不可能。

我寧可讀小說，寧可相信書籍。

你去那兒找得到船上的歌聲嗎比方說？《愛在瘟疫蔓延時》書裡阿里薩那位酷愛歌劇又裝配了滿嘴假牙的船東叔父萊昂十二，「一個皓月當空之夜，船抵達加馬拉港，他跟一個德國土地測量員打賭說，他在船長的指揮台欄杆那兒唱〈那不勒斯浪漫曲〉，能把原始森林中的動物喚醒。他差點兒賭贏。船沿著河流航行，在蒼茫的夜色中，可以感覺到沼澤地裡鷺鷥拍出翅膀聲，鱷魚甩動尾巴聲，鯡魚跳到陸地上的怪聲，但是當他唱到最高的音符時，他擔心歌聲的高亢會使他這位歌唱家血管崩裂，於是，最後呼了一口氣，結果，假牙從嘴裡飛了出來，沉沒於水中。」這還沒完，「為了給他裝一副應急的假牙，輪船不得不在特涅里費港滯留三天。新假牙做得完美無缺，可是，返航時，叔父萊昂十二試圖給船長解釋前一副假牙是怎麼丟失的，他深深吸一口原始森林中的悶熱空氣，扯起嗓子高歌一曲，並把高音盡力拖長，想把連眼都不眨一下的、曬著太陽在那兒看著輪船通過的鱷魚嚇跑，然而，那副新假牙也隨之沉入流水之中。」

相對於萊昂十二的高亢，《迷宮中的將軍》書中阿古斯丁・伊圖爾維德的不復存留歌聲則柔美而哀傷，卻完成了萊昂十二的憾事，「將軍靠著他坐了下來，當知道他

■《愛在瘟疫蔓延時》（Mondadori）

唱的內容時便用他那可憐的歌喉跟他一起唱起來。他從沒有聽到過具有如此深沉之愛的歌聲，也不記得有如此憂傷的歌曲，然而如今卻真真切切的坐在他的身旁聽他唱著，他感到無限的幸福和歡愉。……伊圖爾維德和將軍繼續唱了下去，直到大森林中動物的喧鬧聲把睡在岸上的鱷魚嚇得逃進了河裡，河水像遇上地震似的翻滾著。將軍被整個大自然那可怕的甦醒驚呆了，依舊坐在地上，直到地平線上出現一條橘紅色的彩帶，天亮了。這時，他扶著伊圖爾維德的肩膀站起身來。『謝謝，上尉。』他對他說，『假如有十個人能像您這樣唱歌，我們就可以挽救整個世界了。』『唉，將軍。』伊圖爾維德嘆道，『我多麼願意我媽媽聽到您對我的誇獎啊！』」

把馬格達萊納河這兩次歌聲放在一起，變成了一個比〈北風和太陽〉更好的寓言故事，有聲音、有情感、有人狼狽和滑稽，而且還有具象可感的風景。

這裡，我們不挽救世界，但我們來談一個更大更厚的世界，書籍的世界，也就是我們之前講過的，一個意義之海，一個用無盡可能性構築成的世界。

書籍的基因之海

說到海洋，我自己幾年前也用過同樣的這個辭彙、這個意象描繪過一次書籍世界的豐饒圖像——那會兒我的心思比較與人為善，很樂於扮演書籍推銷員兼閱讀啦啦隊的角色，因此報喜不報憂，說的方式和內容也就比較興高采烈一些。

我們曉得，在生物演化的嚴酷路途上，「變異」是很重要的大事，適者生存之難在於你千方百計投其所好的環境不是固著不動的，你是在追逐一個持續改變移動的生存判準。從這個角度來說，改行有性生殖的生物是對此做出了相當聰明的回應，新一代的染色體由父體和母體兩方交錯組合而成，提高了變異的機率，不像單細胞那樣單純的分裂複製。

但如果因為我們比原核生物或真核生物懂做愛這檔子事，從而洋洋得意我們果然站在較進步、較高階的演化位置，那可能就有些自大得可恥了。生物學者告訴我們，行分裂複製的單細胞生物世界，其實有比我們更準確、更高效率的變異方式，那就是它們可以直接進行基因交換。也就是說，整個單細胞生物世界，等於是一個巨大且共有的基因之海，彼此取用交換。因此，它們對環境的新變動新敵意有著驚人而且快速無比的適應能力，像細菌對藥物的快速抗藥性，其根本奧祕便在於這個基因之海的存在。

不考慮性愛帶來的生之歡愉（或挫敗沮喪），不去想佛洛伊德，不把繁衍傳種功利性目的之外的種種「副作用」計算其中，純粹就無趣的生存演化來說，我們真的可以宣稱我們的做法比較聰明、比較進步嗎？

從這個角度來想，我們會想到人類世界的「浪費」，浪費到令人心疼的地步。我們人窮盡一生認真學習的成果，總在生命的終端復歸於空無，聰明如卡爾維諾，博學如小彌爾，縝密專注如康德，我想，人類幾近是普世性的靈魂不滅想法，應該多少是意識到如此荒謬浪費的某種焦躁、某種不太甘願，怎麼可能這麼簡單就全數化為烏有呢？這麼扎實、這麼來之不易的學習思維成果，總該有某種超越機制、總該有某種特別的存留方式、總該至少至少有某些模糊的記憶或該說痕跡吧。但偏偏我們在每一個新生小兒亮藍的眼中看到的，又正如名小說家阿城說的「乾淨得什麼都沒有」，一切都得重新來過，因此，我們只好無奈的相信，這是造化者惡意的設計，我們總要通過忘川之水一類的老式記憶清除裝置，才獲准回轉這一度熟悉的人間世界。

由此，法國的生物學者拉馬克曾給了我們一線希望，他主張後天學習的成果、後天的性狀可以通過遺傳存留，這比蘇格拉底在《斐德拉斯篇》裡所猜測的，人的所知所得其實都只是前世記憶、都只是想起我們已然遺忘的神祕說法要好，一來因為蘇格拉底這話是他臨死之前安慰一干好友學生的話語，另一方面拉馬克說的比較像科學語言，只可惜這個動人的拉馬克主張仍不是真的。

然而，從實際歷史演化的末端成果來看，人類卻一定沒有全然流失一代一代的後天學習成果才對。我們每一代的新生者從零開始沒錯，卻絕不是從頭來過，我們很容易就學到地球是繞著太陽在轉，學到萬物係由微小不可見的粒子構成，學到遙遠北邊

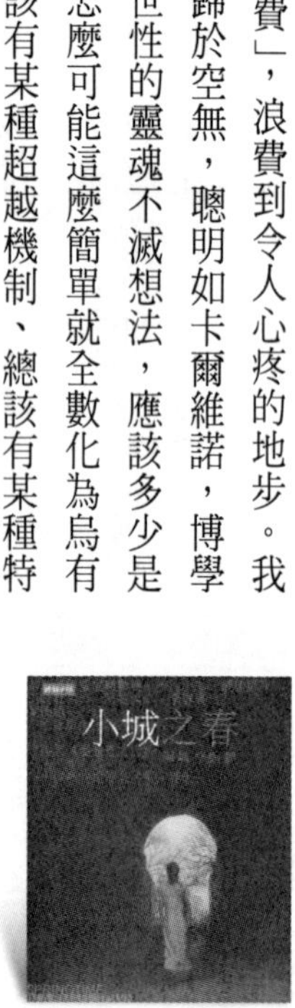

■《小城之春》（時報）

有一個名叫格陵蘭的冰封大島，學到價格基本上由供給和需求所交互決定，我們可以飛上天空如鳥，潛行海中如魚（這比較難一些，因為你得想辦法加入名額極有限的中華民國海軍潛艇部隊，或至少學會潛水），這每一樣原來都是人們摸索了成千上萬年才會的極度艱難之事。

因此，不在基因密碼中，不在生殖遺傳裡，人類終究成功建構起來屬於他的基因之海，在記憶未被死亡悍然抹消之前——尤其在人們成功創造出文字、進而發明了書籍之後，原先藉由口語、藉由音波傳遞的脆弱存放方式，改由對時間浸蝕力量有著堅實抵禦能力且方便複製的白紙黑字來守護，至此，我們可放心讓愛因斯坦或卡爾維諾死去沒關係，只要記得讓他們在告別之前把所學所思寫下來，用一本一本書籍好生保存並廣為流傳，像翦徑或開黑店洗劫過往旅人的盜匪強梁，一丈青扈三娘，或做人肉包的孫大娘。

這就是我個人過往的書籍總體圖像，一個人類不無僥倖成分所艱苦創造出的獨特基因之海——科學的進展太快了，事隔幾年我已經不敢確定這個單細胞生物世界的基因交換取用說法是否還成立，但我仍堅信這個睿智而且璀燦的書籍總圖像是禁得住捶打的，就像不信拉馬克主義的古生物學者古爾德所指出的，人類的生物性演化係遵循達爾文的天擇機制，然而人類文化的演化卻是拉馬克主義的，而且「文化演化的速度是達爾文式的演化不能望其項背的，如今達爾文式的演化雖然仍在進行，但是速度卻

■《斐多》（時報）

已經慢到不會對人類造成任何衝擊了。」這樣的話由忠貞達爾文主義者的古爾德來說，效力尤其宏大。

諸多更好的世界

如今，我打算直接來談閱讀更深更廣的另一處海洋——意義的海洋，可能性的海洋。

我們講過，人的基本閱讀位置，是生根於對眼前實存世界的不滿到絕望之間的這個條狀地帶。這樣子的一句話，可以挾帶著很清晰的意志、很堅決很激越的語氣說出來，比方說一生耿介、鬥士一樣的了不起知識分子米爾斯，他就認為我們和眼前實存世界的關係基本上是「對抗」——對抗意義的流失，對抗人們尤其是自身的冷漠和絕望傾向，對抗流俗的一致性刻板印象，對抗某種不必思索的理所當然，對抗存在即真理的實然世界之外一切可能性的喪失云云（記得，卡爾維諾曾說過，死亡，或說死亡真正的可怖之處，正是所有可能性的永恆失落）。

我個人是極敬仰米爾斯的，然而，如果有人不樂意「對抗」這個詞，嫌它殺氣騰騰不太對得上風簷展書的沉靜閱讀模樣，而且擔憂可能嚇跑稟性溫和、從來就奉公守

■《權力菁英》（桂冠）

法的好人同志，那我們可以試著換另外一種語氣、另外一個詞：「不滿意」，對眼前實存世界整體的或某一部分的不滿意。這樣是不是好多了？

這麼說，也就把問題拉回到一般人的普遍經驗範疇來：我們每一個人，漫漫一生，沒有從搖籃滿意到墳墓這麼幸福（或這麼可怕）的事，遲早遲早總會觸景生情出某些狐疑和不滿來，會諸如此類的自問，我這輩子真的就這樣子了嗎？老婆就這一個了嗎？就重複幾十年只做這些事到死嗎？我眼前這個世界非長這樣子不可以嗎？……

美國名小說家馮內果講過個趣事，說他一位著名小說家同行有回在宴會中喝醉了，當眾表演鋼琴演奏，忽然嚎啕大哭起來：「我這輩子一直夢想成為鋼琴家，但這把年紀了，你們說我成了什麼樣了？我只是個小說家——」

說到小說家，很多人講過，小說家重寫社會實際發生過的事，那是因為他要告訴這個世界「事情不是像你想的那麼簡單」，這也正是對實然世界某一部分描述或解釋的不滿意其中一種，而賈西亞・馬奎茲寫玻利瓦爾，他也親口承認「這是一本報復性的書，報復那些隨心所欲寫玻利瓦爾的人。」從這個角度往下看，事實上，每一種書寫也都意味著書寫者的某種不滿意——生命的起源我相信絕不是你們講的那樣、原子真的不能再分割下去嗎我不信、弱勢的勞工會永遠甘心受黑心資本家的剝削宰制不起身反擊嗎、性愛姿勢就只這幾種是嗎、除了奧斯華一個之外還有誰也想殺甘迺迪、我們人死後究竟到哪裡去云云。每一本書於是也通過駁斥、質疑、描述、解釋、想像，

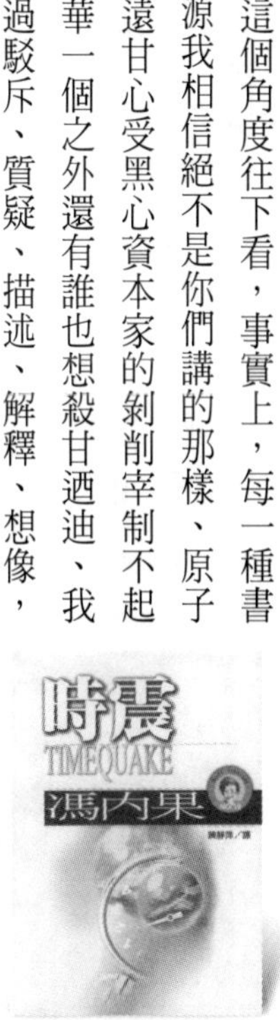

■《時震》（麥田）

揭示著整個或局部世界的某一種他認定的模樣和底層真相，每一本書，都是一個可能的世界。

這就是亞歷山大・赫爾岑所相信的開放性人類歷史圖像──「歷史同時敲千家萬戶的門」，但只有其中一扇搶先被打開而成為實然，其餘的可能性只能被消滅或隱退下來，存放在人的各自思維之中、存放在一冊冊的書裡醞釀並靜靜等待。至於憑什麼決定哪扇門打開，自由主義的赫爾岑以為那是歷史難講道理的機遇使然（赫爾岑說：「人類歷史是一部瘋子的自傳。」），也就是說，唯一被實現的這個或這種世界，既不會恰好是其中最善的一種，也不會恰好是其中最富意義的一種，一定有一個或諸多更善的、更富意義的可能性，很浪費的被拋擲到人類歷史蛛網密布的積塵倉庫之中。

因此，閱讀者和唯一實然世界的所謂「對抗」，便不見得如馬克思那樣的非起來暴力革命不可。他可能憤怒，讀書學劍意不平；但也可能只是惋惜之心和同情之心，要認真喚回一個更好的世界；更加可能有著尋寶人的興高采烈或尋道者的堅定平靜，孤獨的在故紙世界中翻找。這些不同的心緒因不同的閱讀者而異，也可能是單一閱讀者在不同閱讀時刻、階段的不同心理變化，隨手中書籍的不同而高低起伏。然而，在這些如水花如波濤如漩渦的種種心緒底下，終究有一股穩定沉靜的洋流──這是一種講道理的對抗，閱讀者不是天生反骨非跟眼前世界過不去不可，而是他深知這個世界可以更好，而且這更好的世界可以說已完成了，彷彿伸手可及，它就只差被實踐這一

■《他鄉──以撒・柏林傳》（立緒）

小步而已。

一去不返的最美麗陷阱

事實上，念過赫爾岑精采著作（比方說《我的過去與思想》，洋洋百萬字的赫爾岑自傳，以撒・柏林心目中十九世紀最了不起的自由主義之書，中國大陸那邊有中譯本）的人一定都看得出來，赫爾岑中性的把唯一實存世界視之為歷史的偶然機運決定，這已經是他不逼人太甚的留情之語了，依我個人對赫爾岑的理解，他若實話實說必定斷言這是一個比較「壞」的世界，相較於存放在書籍之中的諸多可能世界，更公義的、更人性的、更道德的、更自由的、更幸福的——

我想，這倒不是什麼心懷悲憤的詛咒之言，而是有其心平氣和的道理加堅實可信的經驗佐證。畢竟，今天我們此一實存世界的種種形貌係人類集體性的產物，意思是，它不僅是無數次現實「妥協」的成果，而且它的鑄造根本上就必然受限於一代一代之人的平均值、的最大公約數，因此，它美好不到哪裡去的，至多只是某種意義的「安全」，某種因為通過了集體性無奈認可而得到的合法性安全而已。

這麼說當然就有幾分柏拉圖「理型世界／現實世界」的對立褒貶味道了，但這

■《柏拉圖理想國》（聯經）

裡，我個人比較喜歡的閱讀者態度，並非要將這兩者勢不兩立起來從而以這個來直接替換那個，事實上，我們最終的工作場域、存活場域、實踐場域，乃至於我們眷念的一個個真實可感的、會愛會痛苦的活人活物所生長所活動的場域，到頭來仍舊是這個不免讓你咬牙切齒的實存世界——你在美好的書籍世界裡尋尋覓覓，你也很容易喜歡那裡面的世界，但記得你最原初的心意，你是為著此時此刻這個世界才前往的不是嗎？

為什麼要特別說這話呢？因為這裡包藏著另一個閱讀的陷阱，一個只供最堅定真誠閱讀者摔進去的最美麗陷阱。

料應厭做人間語，愛聽秋墳鬼唱詩。柏拉圖其實也不算說錯，對一個熱切的、重度的閱讀者而言，這是相當可能成立的——有這麼多背反於眼前世界的更美好世界時時召喚著你，這是閱讀終極性的溫柔不祥，它預告了另一種形態、另一種意義的閱讀中止，或更正確的說，預告了我們兩腳站立於實存世界的閱讀中止。

真的，某個更好世界的察知、尋求到持續尋獲到並會心了解，剛開始總是讓人興奮不已的，這通常也是閱讀者最勇猛精進的最快樂時光，遍地是寶，簡直就來不及撿拾一樣。但很快的，你會驚覺自己已走太遠了，而且像童話故事裡撒麵包屑註記來時之路的傻瓜小孩，回頭才發現已經讓鳥雀給統統吃掉了，你很難再尋回有親人等吃晚餐的家了。

閱讀者愈受書籍中更好世界的誘引，相對便離開眼前的世界愈遠；愈理解存放在書籍中種種更好的世界，相對便愈容易看清眼前世界的貧薄、粗陋、乏味和不義，甚至到達難以忍受的地步。而更刺激的是，閱讀者所看到並視之為珍寶的這些更好的世界，直截了當說，卻通常是一個一個「被擊敗」的世界——被歷史的偶然機遇擊敗、被習焉不察的流俗擊敗、被人們的粗疏、懶怠、不講道理和壞品味壞程度擊敗。它們好像愈精緻、在書籍中的世界活得愈欣然，就愈難移植到五濁惡世的現實空氣中存活似的。於是，閱讀者等於是以兩倍的速度和眼前的世界分離，正義感和鑑賞力尤其在其中扮演推進器的角色，很容易把認真的閱讀者拋到一個被彼此不斷遠離的應然世界和實然世界暴烈拉扯的尷尬位置，彷彿要他要錢還要命的二選一。

也因此，不全然都是廉價的肉麻和自憐自傷，閱讀者的確會油然生出某種孤獨感，愈往深處走去就愈清楚愈具體，最終，你發現人間的語言原來這麼簡陋不夠用，你簡直無法用現實世界的有限流通語言去描述出你真的看到的豐饒世界，更遑論說服和辯論。柏拉圖著名的「洞窟寓言」要幸運進入這個豐饒世界的哲人別樂不思蜀，要他們不論再怎麼不情願都得回現實世界來，把看到的美好世界模樣說給那些他認為是「被鐵鍊鎖在洞窟，背對真實只能看到岩壁上模糊投影」的可憐人們聽，但柏拉圖不曉得，真正有大麻煩的不是那些聽者，而是說者自己；回頭下降到洞窟的老現實世界容易，那只需要一些感情用事的決志，要怎麼講才是要命的大問題。

■《柏拉圖全集》（左岸）

這真的是一個極不容易平衡、不好長時間站穩腳跟的拉扯位置。的確，閱讀者是比誰都容易覺得幸福。這種幸福，我想，首先來自於他好像聽到了別人接聽不到的異樣聲音，生起一種被眷顧的惶恐幸福；由此，眼前世界像唸了魔咒一般朝他一人打開來，讓他看到尋常人等無緣目睹的深度和奇特變化，在別人只有當下「這一個」世界同時，他彷彿擁有一個又一個交疊呼應還一路衍生的不同世界。這是一種有沉沉重量的豐饒幸福，但把這麼多幸福全扛一人身上還是很累的，需要相當的耐力和體力；而且，緊抱著這麼多幸福充滿心中四肢百骸卻沒法跟別人展示更是孤寂，如錦衣夜行。

這麼一樁耗力而且孤單的事，於是便時時考驗著閱讀者的心智韌性，也考驗著閱讀者對眼前世界和人們總是有限度提領的同情和眷念，最終還生物性的考驗閱讀者一路在衰竭腐朽的肉身，就跟昔日的玻利瓦爾一樣——閱讀者站在自己熟悉的實存世界，卻發現自己是異鄉人，語言居然也是異鄉異時的語言，他鼓起勇氣大聲說出來，但往往只能把聽者設定為以後的人，希冀時間大神幫忙，在他肉身或已不存的遙遙將來有人慢慢會聽懂。

回頭才看見家鄉

玻利瓦爾在自己一手解放的土地流放自己，循馬格達萊納河順流而下——閱讀，我很喜歡把它想成是旅程，我們在熟悉的實存世界裡流放自己。我們可能也會想起佛洛斯特說得很好的一句話：「閱讀，讓我們成為移民。」

一趟旅程，我們也許求其吉利諱言但不至於真不知道，它總有各式各樣的風險。日本已故小說家井上靖生平寫得最好的一本書《天平之甍》，故事說的就是中國唐代時候日本四名遣唐留學僧為了弘法訂律乘船到中土的一趟旅程，最終，清秀但柔弱的玄朗在中國還俗娶了長安街市的女子；粗獷且性格獨特的戒融，如柏拉圖所擔心的，打開始就不打算再回日本，他只想利用此行更往西去要到佛陀家鄉的印度半島；意志最堅強也最像大哥的耿直榮叡不幸病故於任務未成的中土；只剩沉靜不多說話、事事看在眼裡如鏡的普照一人經歷了六次凶險的渡海，最絕望的一次還被暴風雨打到海南島才獲救登岸，最後他成功迎回了相貌威武如「故國武將」、但因海風長期浸蝕雙目全盲的大和尚鑑真。今天還靜靜居於古都奈良一隅的名剎唐招提寺，就是宛如佛門波赫士的鑑真憑他記憶口述建成的仿唐寺廟——一趟旅程，四種人生，還不包括那個在異國建寺、異地圓寂的老和尚。

唐招提寺遊人不多，但一直是我和朱天心有限日本旅遊經驗中不動第一的最喜歡

■《天平之甍》（花田）

寺廟。年輕時候比較容易激動的朱天心還特別為此寺寫過一篇文字，說這才真正是用「心」建造的寺廟（因為日本人總說京都的龍安寺是用「心」造的）。但要稍加提醒的是，如今唐招提寺正全面整修中，要遲自二〇〇六年才能恢復舊觀；還有，寺後鑑真的墳墓還在，但內部已空，昔年鄧小平訪日時，說了句宛如召魂的話：「老和尚該回家了。」如今鑑真的金骨安睡於他所從來的中國揚州名剎大明寺；還有，唐招提寺的荷花池裡還活著一莖國父孫先生手植的荷花，碉戶無人，自在的開落。

旅程中儘管不免始料未及的風險，也可能就此一去不返，但這畢竟不是閱讀者最原初的心意。那個比較差比較單薄貧乏的眼前世界的思索和不服氣，仍是這一切之所以發生的起點，能夠的話，也希望是這一切的終點。

旅行的人，有因人因時因地不同的立即明白目的，然而，不管在不在意識之中，總有這麼一種意義存在並真實的作用在我們身上，包括心智，還包括身體——我們抵達一個異鄉，抵達一個異質的世界，一個你不能再靠習慣、靠著不假思索「準本能」過活的土地了。家鄉如果是一個你閉著眼睛都可以通行無阻、都能每天順利出門安然回家的地方，那你現在是來到了一個必須時時睜大眼睛才不會出事、至少才不會出糗懊惱的所在。這裡，人不一樣，過馬路的方式不一樣，飄進耳中的話語聲音不一樣，市招文字如謎如偈不一樣，就連理應普世一致的連鎖超商如7-eleven都讓你驚覺不一樣：貨品不同，擺放的格局不同，櫃台人員收錢找錢的愚庸俐落程度不同，你付出的貨幣和找回手中的輔幣銅板也個個長相不同得飛快在心中計算一下才放心。不同，帶來了興奮、警覺和危險，還累積著疲憊，路途中還會時時讓你念起你平日打死不會想起、其實見鬼才那麼有感情的從來家鄉。思鄉，一開始其實是渴望回歸於某種不耗心神的安全和舒適，家鄉，是如此異鄉種種所創造出來的。

旅行之人的如此心理兼生理感受，我個人印象良深的有，一是小說家阿城講的，鄉愁是某種消化酶，是對自己身體習慣消化吸收食物的依賴和眷念；另一是美國大鬍子比爾·布萊森平生首次抵達歐洲彈丸小國盧森堡的神經病反應——他們都是盧森堡人欸，沒騙人每一個都是盧森堡人欸，好奇怪沒有一個不是，世界上盧森堡人才幾個，怎麼會他們每個都是全在這裡……

不用到思維和反省的深奧層次，人的最基本意識，係起自於異質事物的發生或入侵，人的命名行為，也不是從最熟悉的事物開始，而是要辨識、分別並安置異質的事物，讓世界回復成可控制的安全渾然狀態。而在這個吞噬消化的必要過程之中，你原來熟悉不假思索的「全部」世界不可避免的被對比了出來，被壓縮出邊界而逐步成為可辨識、可思索的對象，異質的事物逼迫你暫時踏出你渾然無間的世界外頭，你才有機會看到「一個」家鄉。所以薩依德一再告訴我們，思考的位置在危險的邊緣之地，是危險，才把你逼到邊緣；也因為在邊緣，危險才源源不絕。

然而，旅行總是耗時而且昂貴的，而閱讀便是最廉價最方便的旅行方式，是異質世界最有效的召喚魔術，是最快速把世界轉變成家鄉的方法。童話點來說，它簡直就是旅行的機器貓小叮噹（現在被日方正名為書寫起來不倫不類的「哆啦A夢」）任意門，免簽證，不必訂機票旅店，不必提前兩小時通關等飛機，不用苦候我們耗時七年還沒開始、奇怪之字形路線還停十六站的奇怪機場「快線」建造完成。你舒舒服服打開一本書，便閃身進入到一個完全異質的世界之中，這樣的奇蹟，真實人生之中已經不多了。

奇妙的是，你不僅進入一個又一個更好的世界，還因此多了一個你一直視而不見的實存世界。

不隨時間殞沒的世界

存放於書籍中的世界，不僅是空間的，還有是時間的，那是現實世界中你再有錢有閑也去不了的地方，因此，和左派庸俗實踐論不一樣的是，真正見多識廣的人，不是船員不是空中小姐也還不是專業的旅行家，而是沉靜、充滿好奇心的寬闊閱讀者。

這使我想起一個埃及旅遊的老笑話，說某位遊客聽見有個小販叫賣圖騰卡門的頭骨，詢問價格合理就掏錢買下了，隔天又碰到同一個小販同樣在叫賣圖騰卡門的頭骨，遊客氣沖沖的質問這搞什麼，小販說：「哦，這個比較小，是他十一歲時候的頭骨。」

實存世界是受制於流逝時間的當下世界，是一個如古希臘哲人所說你不可能伸手到同一個圖騰卡門頭骨兩次的稍縱即逝世界；而書籍的世界在這個意義上是豁脫時間的，那裡不僅保有圖騰卡門十一歲的小號頭骨，就連他初生囟門未合攏的軟軟頭骨都可能有得買。

卡爾維諾不那麼樂意人們單一的、明確的、函數式一對一的去理解文字的豐饒寓意，但也許我們可甘冒一次不韙的來讀他的名著《看不見的城市》。書中，旅行人馬可孛羅為忽必烈大汗揭示了五十五個不同城市，但其實馬可孛羅只見過十一個城市，是十一個城市在五個不同時間中呈現的五十五個不同姿貌，而馬可孛羅還詭譎的告訴我們，這五十五個城市最終居然都是他的家鄉威尼斯！

在卡爾維諾最好讀的另一部小說《馬可瓦多》中，卡爾維諾為新寫實主義造型的小工馬可瓦多這可憐的一家子寫了十二個系列性短篇，十二個不同世界，而它仍然是同一個羅馬，同一個小人物家庭，是3×4在三年之中春夏秋冬四季的流轉變化，所以這本書的副題正是「一個城市在季節裡的風貌」。

我相信這才是佛洛斯特閱讀移民說法的真正豐饒意涵，閱讀者在空間中成為移民，掙開實存的世界飛去；還在時間中放逐自己，掙開當下這個世界漂流。

■《看不見的城市》（時報）
《馬可瓦多》（時報）

最近，聽到過一次海峽兩岸名小說家的對談，題目是小說和家鄉故土的關係之類的。台灣代表，來自我個人同一家鄉宜蘭的黃春明說他和那方小三角形沖積扇土地的關係就是「愛」；而大陸代表，來自山東高密狐鬼傳說之鄉、而今客居北京的莫言則說了一段複雜深沉的話，大意是，他和故土的糾纏關係那是愛恨情仇什麼都有，一言難盡，現在他每年再回高密老家，甚至還覺得到了異鄉，記憶裡那些該有的東西好像都不在了——

是啊，何止是愛恨情仇而已，何止一言難盡，如若一字一言可窮盡，那小說家還需要一本一本書的書寫、還需要那麼艱辛跟自己的記憶和疑問搏鬥不休嗎？在小說雜語的、眾聲喧譁的世界中，有比這一臉無辜裝可愛的「愛」字更空洞的字眼嗎？黃春明說的是官方的語言、是閑著沒事政治表態的語言，而莫言說的則是肺腑的小說家語言、是不懈閱讀者思考者不為勢劫語言。做為一個閱讀世界的公民，一個古老文字共和國的公民，在這場恰成黑白的談話中，我們不得不成為「共匪同路人」，站到莫言那一邊去。

還是我們更乾脆站到法國名詩人蘭波那邊去——這個一雙清澈大眼睛的自由敏感詩人，二十歲之前連一張車票錢都沒有，便三番兩次逃離家鄉，甚至因此被關入看守所都嚇不退他。終蘭波一生，他都以鄙夷譏諷之心看待自己由來的乏味小鎮，永遠讓他的家鄉在詩作中扮演丑角。

■《紅耳朵》（麥田）
《蘭波詩文集》
（The Chicago University Press）

馬克思談無產階級革命的終極性解放，指出當資產階級消滅於歷史灰燼之中以後，人類世界於是只留無產階級這一個階級，也就是說大家全都同一個樣子了，因此，只剩一個階級的世界等於不再有階級。這個美麗的大夢沒成為真的，但邏輯沒錯；同樣的，當我們和眼前世界只剩一種關係，意義也就同時隱沒了，我們實質上也等於是和這個世界斷掉了所有的聯繫了。

只剩眼前的實存世界，也正是這唯一的世界在我們眼前消失的時候。

3. 書讀不懂怎麼辦？

——有關閱讀的困惑

為了制止災難性結果的發生，將軍返回聖菲時帶了一支部隊，並期望在途中集結更多的兵力，以便再一次開始他推進統一的努力，當時他曾表示，那是他一生中關鍵的時刻，就像他奔赴委內瑞拉制止那裡的分離活動時說的那樣。如果他能稍微反思一下，他就會明白，二十多年來他生命中沒有哪一刻不是決定性的時刻。「全體教會、全體軍隊和民族的絕大多數都是支持我的。」後來當他回憶當時的那些日子時，他這樣寫道。儘管存在所有這一切的優勢，他說，已經反覆的證明，當他離開南方去北方或離開北方去南方時，他留下的地方就在他背後丟失，新的內戰就使它變成廢墟。這就是他的命運。

儘管暫時把這一切困阨歸結為命運，好治療自己的不解和創傷，但《迷宮中的將軍》清楚顯示，玻利瓦爾並沒因此停止他痛苦的思索，他的命運歸結處理也從未上升並凝結成宗教性的歸皈，從而得著「凡勞苦背重擔的人到我這裡都能卸下」的不必思考安息。玻利瓦爾還是要問答案，問他解放的大南美國何以一眨眼間又復歸分裂瓦解，他在此困惑如迷宮的突圍行動至死方休，或甚至不休，他最終的絕望遺言是這麼說的，而根據他這遺言所取的書名「迷宮中的將軍」也顯示是這樣子。

能不能就說，賈西亞・馬奎茲這部他輝煌小說生涯中最滿意的作品，說的就是「困惑」二字呢？——這種問法，很容易讓我們想到胡適之，想到他讀張愛玲小說《秧歌》在序言中說的話。事實上，胡適之還說得更簡潔，他只用了一半的字數，也就是一個字：「餓」，他慷慨斷言，張愛玲用了十萬字，只為了寫一個「餓」字，不曉得這是對小說家繞圈子說話本事的無上恭維呢？還是對小說家囉里囉嗦習性的抹角罵人法？

沒關係，歷史上畢竟很少見像胡適之這樣，如此樂於談文學不倦卻又對文學懂這麼少的怪人。這裡，我們的確要來想「困惑」這個題目，或白話些具體些，書讀不懂時怎麼辦——這真的是個很困難的題目，我們極可能連具備安慰程度的有限答案都得不到，而我們又同時都心知肚明，這極可能就是閱讀的最大一個障礙，而且當頭棒喝，總是在才開始閱讀，既未讓閱讀成為習慣又未在思維形成足夠韌性和有效抵禦縱深時就一斧頭砍下來，當者披靡。

■《秧歌》（皇冠）

為此，我們先找來一段話放著，做為理解的背景，更做為心理安慰的必要措施，說話的人一樣來自南美洲，更南些的阿根廷，他就是波赫士，一個偉大的作家，一個了不起的閱讀者，而且真的聰明絕頂。和玻利瓦爾一樣，他也是個終身疑惑至死不休的人，但波赫士說這段話時卻是喜悅的、享受的，語氣中彷彿有音樂跳動。

這是波赫士一九六七至六八年間在哈佛大學諾頓講座第一講〈詩之謎〉開頭的開頭就講的：

> 事實上我沒有什麼驚世的大發現可以奉告。我的大半輩子都花在閱讀、分析、寫作（或者是說試著讓自己寫作），以及享受上。……所以，正如我說過的，我只有滿腔的困惑可以告訴你。我已經快要七十歲了，我把生命中最重要的部分都貢獻給了文學，不過我能告訴你的還是只有疑惑而已。
>
> 偉大的英國作家與夢想家湯馬士・迪昆西寫過——他的著作有十四巨冊，篇幅長達幾千頁——發現新問題跟發現解決老問題的辦法比較起來，其實是同樣重要的。不過儘管如此，我還是無法告訴你解決問題的辦法；我只能提供你一些經年累月以來的困惑而已。而且，我為什麼需要擔這個心呢？哲學史為何物？哲學不過是一段記錄印度人、中國人、希臘人、經院學者、柏克萊主教、休謨、叔本華，以及所有種種的困惑史而已。我只不過想與你分享這些困惑而已。

■《波赫士談詩論藝》（時報）

波赫士當然是謙遜的，但我更加相信他的真誠和慷慨，因為困惑統治著無垠無涯的思維王國，相較起來，有著明確答案的地方，只是零星散落其間的城市，只談這個，真的是個太小的題目了。

除了「原來連波赫士這樣的腦子也困惑」之外，我們更感覺鼓舞的是，波赫士的興味盎然和玻利瓦爾的絕望歎息恰成對比（我個人堅信記錄者和翻譯者在語氣的掌握上都是盡職的），也許這正是告訴我們，困惑從人生現實轉進閱讀的思維世界之中，面貌會慈眉善目得多。我覺得我們有理由相信，它儘管仍舊嚴酷的考驗著我們的心志承受能力，但至少它不再毀滅我們什麼，不再奪去我們什麼，就像它破壞玻利瓦爾的南美洲統一國家大夢，把他征戰得來的土地再一塊一塊拿走一樣。我們一無所失，只除了單單純純的不解、不滿足、不甘心、不相信、還有一顆始終懸浮著放不下來的心而已。

陌生‧困惑的童年樣貌

在談困惑之前，我們先來談陌生，一種小小的困惑，一個困惑的年幼時光——陌生，是我們所稱「書讀不懂」的第一階段樣貌，是進入閱讀世界一定得下決心跨越的門檻，好消息是，它只需要決心就可以打敗。

其實豈止是進入閱讀世界而已，我們每進入到每一個新的世界、新的領域，首先迎面襲來的，便是這個混雜了害怕、不解、羞怯、眼花撩亂、不知所措、察覺到危險，但可能也帶了一點點興奮的陌生感覺，包括我們第一次上學，置身在滿滿是陌生同學的教室之中；我們第一次搬家，整個新社區分不清東西南北；第一次當兵，那些搞不清軍階高低但肯定每一個都比你大、都打算整你個半死的陌生壞人；第一次上班，闖入一個他們彼此熟悉談笑只有你聽不懂的新辦公室；第一次到女朋友鄉下老家拜訪，深切覺得自己一定是動物園跑出來引人圍觀並不斷被餵食的某珍禽異獸；第一次出國，終於清清楚楚懂了什麼叫異鄉人異國人……

當然，還有第一次上床這樁生命大事，這請翻閱名小說家駱以軍的任一本小說，這事他比較會寫，也最敢寫。

之所以提到這些，其實只是想指出來，我們每個人這輩子對「陌生」這件事其實都是有足夠經驗的，不是什麼空前絕後的可怕事情，我們也都成功克服過它而且活下來，方式很簡單，深呼吸，杵原地不落跑，面帶微笑，逢人和善的點頭致意，並假裝沒事般專注想著那個侮辱過台灣的英國威士忌系列廣告詞 keep walking，讓時間料理它，讓時間如爐火般把生的煨成熟的。

■《遠方》（印刻）

也請記得，每一次陌生，不都代表你人生的一次擴展嗎？

然而，為什麼進入閱讀領域的陌生感會比較不容易成功克服呢？我猜，有兩面的原因。

第一面是來自書籍的本質。我們說過，每本書都是個不同的世界、異質的世界，從時空、語言、視角、思考方式到事物細節。書籍構成了一個太密集又太遼闊的陌生世界群，走馬燈般不斷掠過我們眼前，很容易讓我們暈眩，搞不清自己置身何處，所有破碎的印象全糾結在一起，就像參加那種「九天七國」超值旅行團一樣：「如果今天是禮拜二，那這裡一定是比利時……」

另一面則是責無旁貸的我們自己，我們能跑就跑的動人閃躲本能。畢竟，生活中襲來的陌生感，不管它是上學、搬家、當兵、上班、提親或出國旅遊，你都知道此去不能回頭，因此也就會給自己某種埋骨何需鄉梓地、人間到處有青山的赴死決心；相對來說，闔上一本書的動作太容易了，代價小（一本書浪費不看也才幾百塊錢），而且又沒人看見不丟臉。

就是因為這樣，進入閱讀世界便需要多一分勉強多一點決心，尤其在最開始時，可能還要有某種「徒勞無功閱讀」的犧牲打必要——這說來慚愧也是我個人年輕時日跨領域念經濟學和物理學的真實慘痛經驗，總至少有半年以上的時間吧，你一本一本書的讀（有的活生生啃完，有的實在沒皮條半途廢在那裡），第一次深刻感覺到文字符號的神祕，奇怪你每個字都認得，可是它們為什麼會在一起？它們這樣子擠在一起是打算告訴我什麼？

你當然沒這樣就懂量子力學或凱因斯的一般理論，事實上那些生吞活剝的書日後再讀也跟新的一樣（只除了很多地方莫名其妙畫了紅線，想不出憑什麼），但確實你也在不知不覺中對這個領域的特殊語言、思維方式及其脈絡、歷史發展和掌故還有一些基本原理有了點概念，你知道自己可以上路了，取得了當一名學生的資格了。

這樣的經驗對往後的閱讀很有意義，畢竟，就跟我們生活中仍不時得進出陌生之地、和陌生人打交道一樣，在閱讀的世界裡，永遠有而你也天天會遇到你未曾涉足的新領域，在你熟稔的領域裡也永遠有新的書，在你念過的舊書之中也永遠存在著你不理解或還大有深入理解餘地的空隙之處，但再來你的心情就篤定太多了，你對陌生這件事不再陌生了，你知道了它的邊界和限度，你已經知道怎麼對付它，或至少怎麼忍受它了。

距離我們當下能力太遠的書當然可選擇不看，但如果你壯哉其志打算進行如此「徒勞無功的閱讀」，嘗試逼自己硬生生讀完超越自己能力的陌生之書，既然我個人鼓勵人家做如此傻事，就得相對提供可能之道：日本最好的小說家大江健三郎提供過一個背水一戰式的讀書方法，這也是他自身的實戰經驗，非常有意思——這個經過大江寫成了〈樹上的讀書之家〉一文。小時候，他在一棵大楓樹的枝幹分杈處鋪上木板，建造成他一個人的讀書之家，專門用來讀最難讀下去的書，「要是沒書可讀的話，也必須每天至少上去一次，看看樹上之家的狀況。我帶著書爬上樹，在這裡不讀其他書。這樣一來，不知不覺間，就可以看完一本困難的書了。」長大後大江離開四國鄉下和他的專用書屋，但這個「找個地方讀最困難之書」的概念仍被他攜帶著持續下去，他改在無處可去的電車行程上讀，當然沒楓樹書屋那樣的風情，但大江說效果是一樣的。

這真的相當值得取法（你看，我並不是反對讀書方法的人吧），不是真要費神去找楓樹或一段行程夠長的捷運（台北大概只北淡線可用），而是跟自己做個約定，並賦予一個抖擻精神的特殊閱讀形式甚或儀式，不問青紅皂白的拚它一段時日，的確不難有坦克般不可阻擋的聲威和頑強碾過各種障礙的好效果。尤其大江的做法又是常設性的，不是一次性使用，他的閱讀生命中於是就永遠有了對抗陌生難讀之書的機制，除了死亡，看來什麼都攔不住他。

某物．就在某處

好，陌生的可以在持續閱讀的時間流淌聲中變熟悉，讀不下去的書可以靠一點決心甚至某些特殊的設計安排把它念完，這都不是太困難的部分，至少都是可假以時日解除有望的部分，真正麻煩的是和閱讀如影隨形的困惑，好像只會膨脹不會消滅的永生困惑。

閱讀世界的困惑，正如波赫士所說的，是沒徹底解除辦法的，因為它不是某一個或某一組特定難題，事實上，閱讀開向龐雜無序的人類總體世界，它所面對的可能困惑，恰恰好是人類世界可記錄的所有難題總和。也許我們應該說，比起我們待在現實世界所可能察覺的困惑遠遠要多要嚴重，原因很簡單，只因為我們現實生活的主體內容是行動而不是思索，有些太過沉重、會妨礙行動的思維並不合適攜帶在身上（比方說你很難時時刻刻想死亡的問題過日子），必須以遺忘或至少暫時擱置不理來處理。但書籍卻直接就是思維的產物，是探詢的具體形式，它飛蛾撲火般生來就是要問問題的（衝突理論的大將達蘭道夫堅持每一部著作皆應存在「問題意識」，當然也有某些書從頭到尾不存在問題，這我們通常稱之為呻吟），還帶著所有閱讀它追隨它的可憐讀者，問那些最深邃的、最遙遠的、最隱密的、最不現實的、以及最尖銳難受的問題，還問那些我們不必假裝不知道的、根本就不會有終極答案的大哉問題。

我是阿爾法，我是俄美嘎，對閱讀者來說，困惑的總體形貌大約就是如此，早於你存在，又在你歸於塵土之後存留——誠實是美德，希望這麼說不會嚇到誰。

這麼說，並不意味著任何困擾我們的疑問都沒答案，就像勒維納斯說的「是毫無復歸的出發，毫無已知條件的問題，純粹的問號」。勒維納斯指的是死亡，而不是一切閱讀時困擾我們的難題。

放心，1＋1真的等於2，光的行進速度的確每秒約三十萬公里，我們東北邊也不必懷疑是有個愛吃生魚的島國叫日本的，甚至一定要的話，就連勒維納斯所謂「純粹問號」的死亡都有答案，而且還不止一個，all you can eat的任君選擇（葛林講過，教會對所有問題都有答案）。在閱讀的漫漫長路之中，困惑之所以徘徊不去，不是它個別不死，而是因為它源源不絕，像科幻片裡某種自體快速繁殖的外星怪物，一個舊的困惑好容易轉變成你愉悅的心領神會理解而消滅，卻總在同時間誕生出更多新的困惑出來。它和理解共生，既是理解的產物又是其先驅，既光明又晦暗，既揮之不去又召之不來（你沒夠分量的理解就生不出夠分量的困惑），既讓我們快樂莫名又讓我們痛苦不堪——我們這麼說絕不是安慰人或自我安慰的空話，而是信而有徵的真感受，所以湯馬士・迪昆西說發現一個新問題和解決一個老問題一樣有價值（不止他一個，太多人都講過同樣意思的話，包括近在香港的經濟學家張五常，其中還不少人主張找到新問題更有價值，因為它為我們拓展更大的視野，答案常常是因它而生的合理推演而已）；米蘭・昆德拉說「人被認識的激情給『抓住』了」，顯示著一種深澈的、情不自禁的狂喜；而波赫士，我們都看到了，把它和「享受」一辭聯在一起，讓困惑煥發著一層寧靜、杳遠、幾近是透明的知性光暈。

■《笑忘書》（皇冠）

很清楚，困惑和無知是完全全不一樣的東西。無知是一種沒問題存在、因此思維亦無從發動的茫然蒙昧狀態，是全然靜止的。而困惑則是動的、意圖前行的，它是思維被困住因此也被叫喚出潛力的拉鋸酣戰，是不止不進的時刻。所以，困惑是有感受的，而且感受異常深刻到甚至丟不開；是有線索的，而且線索往往還太多太零亂還編組不起來；是有方向的，儘管明晰模糊的程度不一；甚至，我們還可能已察覺到，有某某東西就已經在那裡了，就伸手可及了，只是它一直躲開你而已。

在台灣今天價值破碎逃散的大虛無氣息之中，我個人總非常非常猶豫有些話我們該不該再說下去，倒不是怕招來什麼冷眼或訕笑，這我們都有經驗到生出抗體了，而是你懷疑這根本沒意義。話語抽走了意義，便只剩某種喋喋不休的蠢而已，你只是不喜歡自己哪天居然也變成此種德性的尷尬人——但也許也許，還不至於每個人都這樣吧。有些時候樂觀和信任還是很要緊的，就算沒什麼根據。

好，我說我個人尤其喜歡那種「你察覺到有某個東西就在那裡」的心悸感受，這讓我們眼前這個平板、重複、好像不會有什麼好事發生的世界一下子不一樣了，它有了祕密，顯現了某種深奧，還生出了意義——一種你可以用想像、用各種知識和神話、用未來心志跟它一直對話下去的意義，一種你可以精神抖擻為它做準備的意義，就像當年要出發去找金羊毛的年輕阿果號希臘人。這是困惑最美好最誘人的樣子，讓等待和辛苦值得，一直是我們思維的最強大驅動力量。

只是，祕密、世界的深奧感、尤其是意義，你確定現在還有誰在乎這些玩意兒嗎？已經完全忘掉但猶好奇這種「某物，一定在某處」美好感受的人，我建議可以試著回想一下童年的自己，那是它最容易找回來的地方——曾經，我們眼前的世界之於我們就是個巨大的謎，處處是問題，處處是空洞和縫隙，你浸泡其中，經常心生畏懼（小時候我們總比較膽小，怕鬼，因為太多的未知事物包圍著我們），但並不特別難受，尤其很少沮喪或無聊。偶然，其中某個祕密抓住了你，你好像窺見了其中天大的什麼東西，讓你一下子振奮起來，那一刻，你明顯察覺到自己身體好像變大了，也強壯了，你彷彿朝向眼前的世界跨近了一大步，這個世界也相應著你的陡然變化，花朵一般好像有某一個部分專門為你綻放開來。而你窺見什麼察覺什麼呢？回想起來往往是荒唐可笑的，可能是你不曉得為什麼堅信地底下埋了黃金寶物或可以挖通一條隧道到地球相對彼端的美國（大約是學到「地球是圓的」的後遺症，由此實踐我們生命中第一次的美國夢）；可能是你每天抬眼看那堆包圍你全部世界的山，哪天忽然想到山後頭究竟是什麼樣的世界住到底跟你一不一樣的人；也可能具體清晰到就是跟你同班好幾年的某個女生，你忽然發現她不僅功課好而且每天乾乾淨淨的好像怎麼玩都不流汗不髒跟所有人都不一樣；更可能是暑假找不到玩伴躺自家樓頂第一次看一朵層層疊疊變來變去的雲好幾個鐘頭頭都暈眩了；還有你剛知道橫亙半個夜空最亮的那幾顆星原來可聯成個大獵人，老師才告訴你們它的名字叫獵戶星座；還有遠遠堤防那邊你感覺到震動和聲音，一行像蛇又像星的夜行列車好清楚可以看到亮燈的車窗，以及每個車窗奇怪都像電影裡的人；或者是寫完功課的禮拜天下午，忽然一下子沒車沒人、完全空曠下來時間凝結下來、彷彿直直消失在天邊卻又被柏油熱汽蒸騰扭曲不像真的那條你家門前的灰色大馬路……

凡此種種。比較奇特的是史帝芬・金，他的居然是一具屍體，出現在遠處的橋那一頭，這就是後來也拍成電影的《站在我這邊》，四個無聊小鬼半蹺家半探險的相偕去尋訪這具屍體，成了生命中最難抹滅的一趟旅程。同名的好聽主題曲，我到很後來才曉得原來約翰・藍儂居然翻唱過，對藍儂這樣ego奇大又高傲獨行的人，這當然是很不尋常不可思議的舉動，我猜，藍儂大概也是想起自己利物浦童年的什麼事吧。

曾經，我們認識這個世界，就是這樣子一次一次的開始，一次一次的來，海浪一般，總是伴隨了困惑，跟了一大堆問題，包括讓周遭每個大人都煩擾不堪的問題，包括更多無人可問也不曉得從何問起的問題，也有你壓根不想讓人曉得打算當一己祕密收藏的問題。多年之後，這些問題有一部分懂了，解決掉了；有一部分知道不成立了，問題消滅了；有一部分原來大人給你的答案完全胡說八道，可能他們胡弄你也可能當時人的知識水平就這樣子；也還有相當一部分一直存留到現在，到今天你還不知道為什麼，可能是它根本就沒答案，也可能是你忘記了或無所謂再不打算深究了。也就是說，我們認識這個世界，由困惑開始，但並非仰靠答案而完成，更絕不是按著一

■《藍儂回憶》（滾石文化）

問一答的機械方式來。沒錯，在那時候我們是再認真不過想得到答案，一心想解謎，但浸泡其中真正獲得的卻是某種視野，某個眼界的層層打開，某道通往世界的特殊前進路徑。我們一邊學，也被迫一邊想像好填補去除不了的理解空白隙縫。認識是一趟不斷修改的曲折路徑，在理解和困惑的夾縫中蹣跚而行。

就是瞻望

把閱讀想回成一個連續的旅程，我們就更懂了，原來困惑不過就是瞻望，它不見得源自於我們的冥頑，更多是來自我們踮著腳跟的好奇，遠方有某一物某一點還沒看清楚，只因為跟你當下的所在距離太遠，你的目力還不可及。

事實上波赫士差不多也這樣子講，儘管他這一番話原來回應的是小說書寫的問題

> 我可以舉康拉德的例子來說明我身上發生的事情：康拉德說他是個航海家，把地平線看成一個黑點，他知道這個黑點就是非洲，也就是說，這個黑點是有森林、河流、人群、神話和野獸的大陸，可實際上他看到的東西就只是一個點。我的情

■《康拉德》（貓頭鷹）

形也是如此，我隱約看到一個可能是島嶼的東西，我只看到它的兩端，一個角和另一個角，但是我不知道中間這段有什麼。我依稀看到了故事的開端和結尾。但是，看到這種模糊的東西時，我還不知道屬於哪個國家、哪個時代。隨著我不斷的考慮這個題材或者我不斷的寫下去，它的面貌就逐漸的暴露在我的面前。我犯下的錯誤通常是屬於這個尚且黑暗、尚未光明的地區的錯誤。

兩個小說家的例子

好，想看清楚非洲，我們讓船航近些，你就看見黑點原來是森林、河流、人和獸群等等，但你如何「看見」神話呢？波赫士並未費神解釋給我們聽，我們得自己想。

神話，乃至於一切具象事物背後的關係、道理、情感和概念等等，並不是視覺的對象，我們得仰靠「心靈之眼」來看它們，這正是最大麻煩所在。我們的心靈之眼，亦即理解，不像我們的視覺感官那樣直接、明晰、有看就有，而且方便意志操控，此外，我們視覺耗費的時間取決於光的行進速度，謝天謝地這傢伙是全宇宙跑最快的一個，因此我們還感覺視覺是不需要時間的——理解不同於此，它負責對付的是更難更隱密的東西，它清楚的需要時間，而且往往不是我們意志所能操控，也正因為如此，

■《黑暗之心》（志文、印刻）

它才稀罕而珍貴，從浮泛的、誰都會誰都能的直接感官世界分別出來。

又需要時間、又非意志可操控，這兩下加起來是什麼意思？是理解的詭異時間感。真的，理解絕對是我們閱讀世界中最沒時間觀念的部分，它習慣性的遲到，不在我們預期的時間來，尤其幾乎從不在我們最需要它的時候來，等我們放棄了、不理它了，你往往才發現它不知道何時那麼清晰明白的就站在燈火闌珊之處——考過試的人，大概都曾有過諸如此類的被捉弄痛苦經驗。

有關理解的這個詭異時間延遲本質，我個人曾用兩部小說為實例來說明，一部是勞倫斯・卜洛克的冷硬偵探小說《刀鋒之先》，另一部是格雷安・葛林的《輸家全拿》，台灣的譯本把它改名為軟綿綿的《賭城緣遇》——以下照著再講一遍。

在《刀鋒之先》書中，主人翁無牌私家偵探馬修・史卡德辦案陷入泥淖，他有一種拿人錢財卻無力替人消災的沮喪，他的前共產黨員女友薇拉安慰他：「你做了你應做的了。」（You've done your work.）史卡德用了work這個字的雙關語來回答，work，物理學上我們稱之為「功」，公式是力量和距離的乘積，比方說一物重二十磅，你往前推了六呎，你就等於做了一百二十呎磅的「功」。史卡德說，而他所做的卻像是推一堵牆，推了一整天也沒能讓牆移動分毫，因此，儘管你是拚盡了全力沒錯，你就是沒一分一毫的done your"work"。

葛林則在《輸家全拿》書中再次展現了他無與倫比的編故事能耐，這整部小說的

■《刀鋒之先》（臉譜）

關鍵轉折點出現在葛林的一個有趣發想：書中主人翁流落賭城，在絕望時刻偶爾從一個老頭手上得到一個必然贏錢的賭方，但這個最後一定大贏的賭方非常詭異非常磨人，它必須先挨過一定階段的輸錢，只能輸不能贏，而且明知是輸亦一步不能省——也寫小說的葛林迷朱天心尤其喜歡這個例子，她在新小說順利開筆之前，一樣總要經歷著同樣的短則數日長可數星期的枯坐思索（在小說題材乃至內容已完全鎖定備妥的情況下），明明知道一定空手而回仍得每天帶著書、草稿本和筆到寫作的咖啡館報到，她出門時的口頭禪便是：「去輸錢。」

這兩部小說的「實例」，因為太有趣也太準確了，我總忍不住把它們當成是理解一事的隱喻。它們完全一致的告訴我們，那就是解決困惑過程的階段性不均勻，它不是好心人說的「一分耕耘一分收穫」式的每投入一分心力就得著一分進展，沒這等好事，相反的，過程中你像整個人浸泡在彷彿無際無垠的困境之中，除了困惑和徒勞什麼也沒有，然後，就如同跨過了某個不可預見的臨界點，忽然有一天牆開始動了，賭錢的輪盤夢一樣開始跳出你押的數字來。

兩個例子不同之處在於，葛林比較好心，讓我們看到辛苦長路末端的光明終點，你挨夠了輸錢就能大贏；卜洛克很冷酷，他提醒我們，你推的極可能就是一堵根本不會動的牆。

也就是說，理解，除了習慣性的遲到，它還會索性爽約不來。

等上一段時間

如此要命的理解本質，於是扮演了有志閱讀者最銳利的致命一擊殺手，因為這實在太扞格太背反我們的基本人性傾向了——我們可以付出，但總期待有所回報；我們樂意辛苦，但總該讓我們感覺到有代價有反應有進展。這種對「報稱系統」的素樸盼望是極普遍極人性的，缺乏這樣循環性的安慰，事情很難一直單向的持續。所以我們才說，閱讀被認為是好事卻不易持續性的實踐，一定有它悖於我們人性之常的地方，這就是。

有虔誠宗教信仰的人可否告訴我們，一個仁慈而且萬能的上帝會這麼整我們嗎？——無神論的波赫士說只要一次牙疼，就夠他否認上帝的存在。我們的理解本質和人性傾向矛盾如此，至少也夠我們狐疑了不是嗎？

因此，在書籍鋪成的道路上瞻望並蹣跚前行，你的一部分決心還得先換成耐心，把發願決心的銳氣磨為沉靜耐心的鈍力，以等待一個，呃，可能不見得會來的東西如等待一個沒說好一定赴約的情人。

波赫士話講得很白，建議我們至少跟自己約定個期限，「不久前，我曾經給自己規定了一個期限。我心裡說：好吧，咱們再等六十天。假如這期間沒有發生任何事情，眼下這種狀況也沒有改變，那我就自殺。如果發生了什麼事情，那更好。不管怎麼玩吧，要自殺的人都感覺自己是個英雄，覺得渾身有力氣。」

基於人道和社會責任，我比較推薦大江健三郎的說法和辦法。大江那本為下一代孩子溫柔寫成的《為什麼孩子要上學》書中，最後一篇文字便是〈請再等上一段時間〉，是大江最終的諄諄叮嚀：

> 我想說的是：對小孩子來說「等待一段時間的力量」非常重要。不論是孩子還是大人都一樣，在生活中，遇上真正困難的問題來找碴時，暫且就把它放入括弧內，放置「一段時間」之後再看看。這麼做之後，再來計算活著的這條龐大的算式，這和一開始就逃避問題並不一樣。在等待的期間裡，有時括弧內的問題會自然解開了。……經過了「一段時間」再來看看括號，如果問題還是老樣子，這次就要正面面對了。可是，親愛的孩子們，在拚命忍耐的「一段時間」當中，你們會發現自己也成長了，變得更健壯了。……我在高中到大學畢業的那段期間，就是這樣撐過來的。而現在，我還活著。

放入括弧內的困惑

我個人尤其喜歡「放入括弧」這個想法。困惑被包裹起來，變得有焦點而且可攜

■《為什麼孩子要上學》（時報）

帶，既專注又好整以暇；更好的是，這有點像船艦設計的「隔堵設備」，把問題局部化了，不讓它泛溢到整體，一處大破洞進水，其他部分仍運行如常不受影響，馬照跑舞照跳書照讀——當年鐵達尼郵輪之所以沉沒，便是隔堵設備漏算了這種冰山撞擊方式，郵輪在做緊急閃避時冰山刮過整個右舷，遂造成千人罹難的歷史上最慘痛單一沉船悲劇。

把困惑放入括弧之內，不讓這單一困惑恣意膨脹到甚至讓我們心神大亂懷疑起自己的智商、精神狀態和人生價值，我們正常的閱讀仍可持續進行沒被絆住，我特別要強調的是，正正因為正常的閱讀仍持續，你才會「成長」「變健壯了」，問題也往往因此才「自動解開」。

「問題自動解開」，這是我們每個人認真回想一下都有的經驗，而且極可能就是理解造訪我們最基本的樣式，我們漫漫人生所學會的這一點點東西，絕大多數不都是這樣子不知不覺懂了的不是嗎？如此不免帶著幾絲神祕意味的理解方式，有人喜孜孜的稱之為靈感，有人因此努力仿製尋求所謂的「頓悟」，但諸如此類的說法我個人並不喜歡而且極其不放心。當然沒錯，從不懂到懂、困惑豁然打開那一剎那的確是非時間的、是「要有光就有光」的方式，因此也就有著某種天啟的，宛如神靈慷慨賜予的驚喜，我們因此謙卑的滿心感謝是好的，但這其實只是理解漫漫長路末端最甜美收割的一刻，它絕絕對對不是無來由而且可分解的獨立現象，可以讓你不費勁的只擷取這個而不要之前的辛苦浸泡過程，天底下沒白吃的頓悟。

更積極來說，理解不同於證明，它對付的是我們自己而不是說服他人，通常需要的並不是直線式的「證據」，而更多是迂迴不可逆料的觸類旁通，一個歷史學難題可能因一份人類學報告或一則神話而柳暗花明，一個物理學的關鍵啟示可能來自一部小說、一首詩或僅僅就是不相干書裡的一句話。把問題放入括弧內，不僅正常閱讀能持續進行，更因為閱讀的持續才更讓你無法預見的啟示和觸類旁通成為可能，提高此一難題日後解開的機率。

大致上，這便是我們理解的自在詭異本質，我們無法完全操控，更無法改變它，因此剩下來所能調整的便只有我們自己，這是無可奈何的事。調整的極致是什麼呢？很簡單也很常聽到，那就是乾脆拋開這些計較，讓閱讀單純成為一種習慣，還能夠的話，更好是讓閱讀成為波赫士所說的「享受」，不去神經質的掂量收穫，不懶怠的枯等不可靠的啟示跑來一頭撞上你，不時時錙銖必較的計算投入和產出的損益平衡，讓它變成某種不知而行的儀式行為，甚至像呼吸一樣自在自然，隨時帶本書在身上，有空就看看讀讀，臨睡前用它來召喚對現代人而言愈來愈難得的安然入眠，最好能做到每天不看看書就跟沒洗澡沒刷牙那樣不對勁。

大江說得好，這和一開始就逃避難題並不一樣，讓閱讀成為習慣，我們不過是要找出一個安頓得了困惑、讓我們可以和困惑長期相處的明智辦法，好紓緩壓力，解除那種不確定的沮喪感，而不是要迴避困難，這正如卡爾維諾說的，我們不時時直接瞪視它，但並不是丟開它，「我們仍把它攜帶在身上，做為自己獨特的負擔」——如果說閱讀有什麼真正不可讓渡的底線，那必定是困惑。取消了困惑，閱讀就不在了。

作同一種夢的人

至於大江所說，如果等上一段時間括弧內的問題仍未解開，就必須正面去面對。這是大江對自己的嚴酷要求，我個人沒敢做這樣的建議，畢竟，正如我們談過的，書籍的世界包容了人類世界可記錄的所有困惑，而且面對如此渾厚綿密的完整世界，我們又只能語言的、分類的去有限思索它叩問它，沒有人可能讀完所有的書，可以跨越過不同假設、不同視角、不同語言的思維分工領域，窮盡人類至今所堆積的全部知識和智慧成果，更遑論那些只會更廣漠的人類未知領域、那些不會有返回的、終極的純粹困惑，所以波赫士坦承：

> 我不得不藏身到那不可戰勝的無知黑洞裡去了。但是，我知道自己是個無知的人。我很想了解一些化學知識，也曾經想學習一些物理。我很想了解汽車是個什

> 麼東西，自行車是個什麼玩意兒，可我就是到死也沒法弄明白了。多奇怪？有時我自己也納悶，心裡想：我不知道自行車是個什麼東西，可是卻能夠了解宇宙是什麼或者時間是什麼。或者因此我最後能夠知道我是誰或者我是個什麼，可是別的人卻能夠知道我永遠學不會的東西。

以有涯的閱讀之身，面對無涯的閱讀之海，我們終究得做出抉擇，並心痛的放棄某些東西，不必等到死亡悍厲的阻止這一切。當然，這麼說可能是有風險的，一不小心就成為某種懶人的藉口，但一個閱讀者要不要誠實面對自己，這是旁人不好多嘴的，我們最多只能善盡提醒的言責。

波赫士所說：「但是，我知道我自己是個無知的人。」這份清楚的自覺可以一路上溯到古希臘的蘇格拉底。從昔日的德爾斐神諭我們知道，這是個智慧的譜系，絕對不是懶人一族，因此我們可知，承認自己的（某部分）無知，其實可以是更積極的，其中最富意義的差別便在於，這句話是說在思維困惑之路的末端，而不是出自於才乍乍開始的初級閱讀者之口，一樣的話，不同時間和心思來說，意思當然完完全全不一樣。

有時你放棄正面攻打某個領域的堅城，為的是集結自己有限的心力資源去瞻望自己更重要更不可棄守的夢想；你不讀化學分子式不訂閱汽車玩家雜誌，是因為有關宇宙和時間的浩瀚之謎更吸引你、更是你一生志業所向。波赫士的話我們可別聽錯了，或故意聽錯，選我們自己要的聽。

我還想多說兩句的是，有時肯坦言自己的無知，並不見得一定伴隨著放棄的結論，這一點，在蘇格拉底身上，我們可能比在波赫士的話語中看得更清晰——我們完完全全知道有太多的問題不會有終極答案，你了然於胸，偏偏這樣的問題又是真的，時時折磨且誘引著你，某種昆德拉所說「認識的激情」抓住了你，推著你半不由自主的邊問邊前行。蘇格拉底用天神的旨意來支撐自己的大疑，今天我們則改用信念、價值、責任、宿命等等超越了理性的語言來言志。正因為你不是為著終極解答而來的，因此你往往還比那些相信有答案才來的人更強韌更禁得住受挫，也走得更遠。畢竟，那些人一旦發現地底下沒黃金或認為不划算，通常會在第一時間掉頭他去。

閱讀者最終會走到哪裡呢？對不起，我個人實在不知道，我個人只知道在這道書籍鋪成的永恆困惑之路上，你雖一人踽踽獨行，但前方極目之處永遠看得到遠遠走在你前方的堅定人影，你甚至認得出來那是誰，那些都是你最尊敬的人，你很榮幸能和他們居然真走在同一條路上，感覺到芸芸世間你有朝一日沒想到可以和這些人成為同一個族裔，問同樣的問題，被同樣的好奇所召喚，這不只讓你感到安慰而已，你簡直忍不住的覺得光榮與雀躍，你也一定會想到布魯斯．賈溫所說那段美麗的話：

> 每個圖騰的始祖在漫遊全國時，沿途撒下語言和音符，織成「夢的路徑」，如果他依循歌之路，必會遇見和他作同一種夢的人。

■《波赫斯詩文集》（桂冠）

4. 第一本書在哪裡?
——有關閱讀的開始及其代價

我一生的遭遇似乎是鬼使神差。

《迷宮中的將軍》書中，這句話並不是賈西亞·馬奎茲想出來寫出來的，而是真的出自玻利瓦爾本人的手筆，取之於一八二三年八月四日他給桑坦德的信。這句話也沒在小說內出現，儘管小說中通過記憶和回溯是這樣來看玻利瓦爾盡可以比附成宗教天啟的輝煌一生沒錯（小說裡寫到，玻利瓦爾送給他沒上成床卻讓他躲過一次暗殺的英國外交官美麗女兒米蘭達·林達薩一枚圓形頸飾，所附的短箋只寫一句話：「我命裡注定要過戲劇般的生活。」）賈西亞·馬奎茲把這句話單獨放在一切開始之前的扉頁，拉開故事的序幕。

卡爾維諾說過：「生命差點不能成其為生命，我們差點做不成我們自己。」其實，每個人若誠實的回憶自己一生，都很容易覺得真是鬼使神差，那麼多細碎的、完全無法控制無從察覺的偶然不偏不倚的鑄造成我們如今的人生模樣，簡直像單行道一般；而我們又同時再心知肚明不過了，這每一個偶然都是可更替的、可在冥冥中一念改變的，在一個叉路口不往左而改向右，放過這班車換搭兩分鐘後的下一班，生命也就轉向了，結婚的會變成如今完全不識的另一名女子，生兩個如今在無何有之鄉的一男一女。人的一生如卡爾維諾所言總在回憶中特別危險，危險到你現下所堅實擁有、生根般趕都趕不走或受國家法令明文登錄並保護的一切，好像都可能眨個眼就蒸發無蹤，因此，我們往往被迫轉而相信其中一定有某種神祕性的命定力量幫我們揀擇幫我們安排，好對抗如此顫危危的生命偶然搭建，一定得恰好就是這樣，恰好就是她，否則我們要如何在流砂般的生命土壤裡深植情感挖掘意義呢？

生命如此鬼使神差，閱讀於是也就一樣非如此不可，畢竟它包含其中，只是我們生命的一部分、一種行為。尤其是我們讀的第一本書更得是鬼使神差，因為它通常發生在年幼的時日，是我們對自身和對外在世界兩皆茫茫的時日；同時，它是閱讀之始，在一切判準和線索之先，它可能誘發出下一本書，但沒有它之前的任一本書誘發它，因此它只能是自在的、任意的，又彷彿命中注定。於此，小說家格雷安．葛林講了一段同時揭示著偶然性和宿命性的精采話語：「一個人日後會成為怎麼樣一種人，端看他父親書架上放著哪幾本書來決定。」

■《帕洛瑪先生》（時報）

收信的桑坦德是誰?這可能之於我們的話題不重要，他是建造今天我們看到這個生產咖啡、翠、毒品毒梟，還有本世紀最偉大小說家的哥倫比亞國的那個人（有沒發現?咖啡、翠、毒品，以及神奇魔幻的小說，好像都是刺激人心生幻覺之物，這真是個奇特的國度）。桑坦德原本當然也是玻利瓦爾偉大解放陣營的一員，日後卻是讓哥倫比亞從玻利瓦爾宏大南美國分裂出來的主要力量，一九二七年玻利瓦爾正式和他徹底決裂。相對於玻利瓦爾的浪漫，桑坦德則是個現實性的人，因此兩人的矛盾和結局大致上也殊無意外，浪漫的玻利瓦爾解放整個南美洲，他的力量爆發於大歷史的開闔舞台，現實的桑坦德則控制住有限邊界的哥倫比亞，在權力的封閉角力場獲勝——想想浪漫革命家托洛斯基和現實統治者史大林，歷史不也是這樣子演嗎?

從之前揭示的書目中我們已經知道了，無書不讀的玻利瓦爾尤其熱愛浪漫派作家的作品。這位雄性獅子座的大解放者，他準貴族的富裕家世，支撐起他當時南美洲人還未有的超越視野和鑑賞力（班納迪克・安德森的當代經典名著《想像的共同體：民族主義的起源與散布》書中提到：「當時也談不上有什麼知識階層。因為，『在那安靜的殖民歲月之中，人們那高貴而硬充紳士派頭的生活韻律很少被閱讀所打斷。』如同我們在前面所看到的，第一本西班牙文的美洲小說要到一八一六年，也就是獨立戰爭爆發很久之後才出版的。」）更重要的，還實質性的支撐他如敗家子似的豪奢熱情。賈西亞・馬奎茲在他的馬格達萊納河之航終點處回溯了玻利瓦爾年輕未革命時在

■《想像的共同體：民族主義的起源與 散布》（時報）

歐陸的漫遊之事，那是他第二次到巴黎：

當時，他剛滿二十歲，為共濟會成員，殷實富有，喪偶不久，他對拿破崙・波拿巴的登基加冕大惑不解；他高聲背誦盧梭的《愛彌兒》和《新愛洛綺絲》裡所喜愛的片斷，這兩本書多少年來都是他的床頭讀物；在老師的照顧之下，他身背背包，徒步穿越了幾乎整個歐洲。一次，在一座山頂之上，俯瞰著腳下的羅馬城，西蒙・羅德里格斯給他說了句有關美洲各國命運的豪壯的預言。對於這一點他看得更加清楚。

「對這些討厭的西班牙人，應該做的就是把他們從委內瑞拉攆走，」他說，「我向您發誓，我將這樣去幹。」

登高望遠，山巔之地是思索塵世萬國權力的油然位置，昔日的年輕耶穌在此徘徊了整整四十晝夜，往後，玻利瓦爾還選擇了高寒俯瞰的波哥大為南美世界之都——喜歡玻利瓦爾的賈西亞・馬奎茲則從未喜歡過這個高地大城，用「遙遠、混濁」來說它，還說，「從第一次到達波哥大時起，我便感到自己比在任何其他城市都更像個異鄉人。」顯見賈西亞・馬奎茲絕不是個跟權力宰制有緣分的人，他喜歡馬格達萊納河下游一端的加勒比海溫暖平坦海岸。

■《愛彌兒》(五南)

我們該如何看待玻利瓦爾這二十歲的年輕誓言呢?可以當真,也可以不當真,我們大家也都年輕瘦削過,年輕是發誓的年紀,那時觸景生情指天立下的毒誓那可多了,大大小小收集起來可以如百工圖,我相信,彼時發願過要逐走西班牙統治者的南美洲人何止千千萬萬,斷不可能只有二十歲的玻利瓦爾一個人,只是鬼使神差成為大解放者的就他單操一名。

不信我們把小說緊接著讀下去,看胸懷大志的玻利瓦爾然後怎麼過日子:

當他到達成人年齡並終於能夠支配遺產後,便開始了一種適應於當時的狂熱和他本人性格特點的生活,三個月裡,他花去了十五萬法郎。在巴黎最豪華的旅館包有數個最昂貴的房間,隨身跟有兩個制服筆挺的僕人,進出是一輛配有土耳其車伕、幾匹純白良馬拉著的馬車,在不同的場合攜帶不同的情婦,有陪他去喜愛的普羅科佩咖啡館喝咖啡的,有陪他去蒙馬特跳舞的,還有陪他去歌劇院他的私人包廂看戲的,他向所有相信他的人講述怎麼在一個倒楣的夜裡玩輪盤賭,一下輸了三千比索。

這像個無私而迫切的解放者嗎?

但這才是玻利瓦爾,超越了只是大解放者單一層面的渾然玻利瓦爾。我想起以前台灣拍造神電影《國父傳》，名導演楊德昌不知怎的也看了，說：「那個國父，好像知道了長大後會成為國父，才五、六歲小B羊就嗎的用眼神感召革命同志，遜得！」

抱歉，既然我們一路把小說原文念到此處，我建議我們是否再往下多讀一段？我們不能說這是全小說最棒的一段（好小說從沒有所謂最棒的一段或一句話），但這是馬格達萊納河航行的終點，緊跟在年少回憶和現實苦澀挫敗的夾岸，我們看到江流驀然一轉眼前一亮：

這是一個萬籟俱寂的夜晚，就像在利亞諾無垠的河灘上，靜得數萊瓜以外兩個人的悄聲密談都能聽得清清楚楚。克里斯托瓦爾・哥倫布曾經歷過這樣的時刻，他在日記裡這樣寫道：「整個夜裡我能感到飛鳥的聲音。」因為經過了六十九天的航行，陸地終於近在眼前了。將軍也感到了飛鳥的聲音。鳥兒差不多是八點鐘開始飛過的，當時卡雷尼奧已沉入夢鄉，一個小時後，他頭頂的鳥兒之多，翅膀搧起的風比颳的風還大。過了一會兒，由於水底映出的星星而迷失方向的數條大魚，從舢舨下面游了過去，東北方向腐物發出的臭氣，也一陣陣的撲面而來。那種即將獲得自由的奇特感覺在大家心裡產生的無情的力量，無需要看見它才去承認它。「天哪！」將軍長嘆了一聲：「我們到了！」確實，大海就在那兒，海的那一邊就是世界。

第一本書的犯錯代價

那種即將獲得自由的奇特感覺在大家心裡產生的無情的力量，無需要看到它才去承認它——這兩句話讓我們記起來好嗎？

我們人生所念的第一本書究竟是什麼，也許有人還清楚記得，也許更多人早讓內容連帶書名全沉沒到遺忘的黑暗世界裡去了，然而不管書好書壞，是深刻的啟蒙或單純的無從記憶，其實都沒多大關係了，現在的你就是現在的你，不會因記得與否而有什麼改變，而且也別太相信佛洛伊德那套童年決定論述，我們的人生太多事發生了，從不曾被單一事物所決定，當然一本書再厲害也沒這份能耐。

我個人童年的啟蒙之書，大家回憶起來很榮幸跟在北京長大的小說家阿城居然是同一本，都是房龍《人類的故事》，差別只在於阿城是在彼時仍遍地是寶的琉璃廠書架一角無心看到的，我則是在宜蘭市中山路光復路丁字路口底端，如今已關店二十年的賣參考書金隆書店同樣鬼使神差買得的（錢則是我二哥一名同學付的），當時阿城與我都不是一口氣讀完，也都不是我們平生所看所擁有的第一本書——重要的是啟蒙，是打開視野和心眼，是神奇的就這樣把一個異質的世界排闥送到你的面前，至於它是第一本第二本第十本半點不重要。哪能每次都那麼準的？

好，Let by gones be by gones，台語歌詞裡的現成翻譯叫：「往事不免越頭看，

■《人類的故事》（志文）

將伊當做夢一般。」這裡，如果我們把「第一本書」的意義，拿到此時此刻來，也就是說，如果我們打算讓閱讀重新來過，這回我們有些年歲和人生歷練了，不必也不願意全憑機運從父親誰誰的書架隨便抽一本，我們帶了一個所謂的閱讀的善念，也帶了錢，不失堅決的站在比方說敦南誠品二十四小時書店的小小書籍之海前面，這回我們從哪一本書開始？

一定不能回答「你管他從哪本開始，從你順眼的那一本開始」對不對？儘管這其實是誠心不過的回答——實話，總是最傷害人的，所以蘇聯官方以前查禁過某一本書，理由便是「這本書寫得太真實了」。

或者就像我們這本《迷宮中的將軍》，它當然沒被查禁，但書評家說：「這是赤裸裸的玻利瓦爾，拜託給他穿點衣服吧。」

讓我們換個口氣說。我個人還沒虛無到那種地步，也不打算說鄉愿的話（覺不覺得？鄉愿其實就是某種膽小鬼的虛無），我不認為你閉著眼睛挑都對，每一本書都好都有價值端看你怎麼讀它而已云云，沒這等好事，相反的，書籍世界聯繫著我們千瘡百孔的實存世界，有太多無聊不值一讀的爛書，只是這不等於它們就合當被消滅，該一傢伙全送進士林廢紙廠還原為再生紙漿。爛書仍然有它生存流傳的權利，至不濟它做為某種不掩飾的病徵也有機會佐證真相帶來啟示，看我們把世界搞成怎麼一個鬼樣子，就跟實存世界那一堆爛人一樣，都有他不可讓渡的生存權利，不可以把他們送回大地還原為再生塵土。

我願意忍受它們，但休想我進一步為其辯護，門都沒有，我可不是我好心腸的老友詹宏志。

書海浩瀚，雞兔同籠，但此番我們卻也並非全無線索，我們大致知道自己的程度和興趣所在，我們也在生活中多多少少堆累了一些有關書籍的訊息和評價，書名、作者名、出版社名乃至於封面和整體長相也都構成意義，這些都可以是有效的參考點，降低懊惱的機率，但仍無法精準的徹底避免我們買「錯」書，包括買到對此刻的我們而言太差或太好的書（比方說《波赫士全集》或本雅明《德國悲劇的起源》便沒必要人手一冊，要新來乍到的閱讀者從這裡開始）——我個人是個悲觀傾向的人，習慣往最壞的地方預想。後果會怎樣？我們買錯一本書讀錯一本書，這錯誤的代價我們付得起挺得住嗎？

這個問題我每隔一段時日就會自問一次，但答案總是無趣的一成不變——不就三百塊錢（目前）左右的物質代價，以及頂多一晚上的時間和心力虛耗嗎？還有什麼是我疏忽掉的？

大致上，這是絕大多數人、絕大多數時候都承受得住的代價，比我們生活中的絕大多數必要抉擇代價都小，包括買個冰箱或分期付款汽車房子、毅然選個國家旅行去、寫自傳履歷找份工作，更遑論生命中最冒險的，追個女孩娶個很難退貨或丟書架

■《波赫士全集》（台灣商務）

一角永遠不再滋擾你的老婆。這麼小的代價，意思是自由，意思是你非常非常有本錢麼什麼起一試再試，於是意思也就是，你一定不難找到你可以在心中吆喝一聲「開始囉！」的那本書。

卡爾維諾的閱讀姿勢

對不起，我把話說得輕佻了些，之所以這樣，其實多少是為著對抗某種常見的迷思，希望我們把心思舒展在閱讀，而不是尖銳集中在所謂的「第一次」——有些第一次可能意義深遠，有些第一次則就只是第一次罷了。太意識到自己要開啟閱讀的神聖性，太慎重，太悲憤，太風蕭蕭易水寒，覺得全世界都該在此歷史一刻屏息等待你，這時候有必要澆一盆冷水，我們只是讀本書看看，不是要去刺殺秦王嬴政。

卡爾維諾的名小說《如果在冬夜，一個旅人》並不是一本容易念的書，亦不合適當閱讀的起點，但小說一開始卻溫暖體貼而且很好看，它是這麼來的——

> 你就要開始讀伊塔羅•卡爾維諾的新小說《如果在冬夜，一個旅人》。放鬆心情，集中精神，什麼都不要想，讓周圍的世界漸漸消失。最好去關門，隔壁總是

■《如果在冬夜，一個旅人》(時報)

在看電視，立刻去告訴他們：「我不想看電視！」大聲點——否則他們聽不見的——「我在看書！不要打擾我！」他們太喧譁了，也許還沒聽見；那就更大聲點，用吼的：「我要開始讀伊塔羅・卡爾維諾的新小說啦！」或者，你乾脆一句話也不說；但願他們不來打擾你。

然後，卡爾維諾要我們找到個最舒服的讀書姿勢，安樂椅、沙發、搖椅、帆布椅、膝墊或吊床什麼都成，隨便你要坐著、平躺著、側臥、俯臥甚至瑜伽式的倒立，總之是你感覺最舒服就好；再來就是調整燈光，把香菸和菸灰缸放伸手可及之處；或是你先去小個便，免得讀了一半被打斷……

還原回真實世界，這位了不起的小說家對我們讀他小說的建言或說要求也就只這樣不是嗎？

倒不是你期待從這本書獲得什麼特別的東西。大致上，你已不會對任何事有所期盼……你知道你所能期望的，充其量不過是避免最壞的事發生。這是你從個人生活、從一般事務，甚至從國際事務所得到的結論。至於書本呢？就是因為你否認了在其他方面可以享受到期待的樂趣，所以在像書籍這個謹慎規畫的領域裡，你相信自己可以名正言順的期待獲得年輕人期待的喜悅，無論你運氣好不好，至少在其中，失望的風險不嚴重。

■《古都》（印刻）

我們太想到這是第一次，是茫茫人生亡羊歧路前的一次重大決定，閱讀便容易附生一堆沉重的儀式性行為，像朱天心短篇小說〈第凡內早餐〉裡那個神經兮兮宛如藍波整裝出發宰人、但其實只是到百貨公司為自己買顆第凡內單鑽戒指的年輕女孩，慎重得令人辛酸發笑（但人家起碼花了好幾萬元，兩個月不吃不喝的薪水）。如此，在本來可支付的三百塊錢和一晚上時光的有限風險之外，我們便極不聰明的又放入了太多真的支付不起的東西了，也就是說，你是把閱讀的最動人優勢給取消掉了，你把它幾近不擇地皆可實踐的自在舒適轉變成一場輸不得的人生豪賭，只為著贏回一個滿足ego的空洞紀念，你成為一個疑神疑鬼擔心被奸人所害的無助之人，卡爾維諾那種舒服放鬆的讀書姿勢你只能悲傷的欣羨。

如果閱讀真如離鄉遠行，請記得長程旅行者的第一守則，背囊一定要輕，尤其別放進太多沒必要的情感。

一次只做一件事

不要用諸如「專注」、「專心」這麼嚴重而且往往意有其他所指的詞，卡爾維諾要我們讓周圍的世界漸漸消失，不被打擾，不被看電視不讀書的鄰居打擾，也不要被自己打擾（包括上廁所、抽菸和失望的風險云云），因為閱讀就只是閱讀，一次最好只做一件事情。

做一件事情，包括閱讀，通常我們的動機總是複雜多樣的，事後對我們的影響也是複雜多樣的，但動機頂好在你閱讀開始進行，就跟著周遭世界漸漸消失，至於事後的作用更犯不著記掛著，它自己自動會來，你叫不叫喚它都一樣，就跟你舒服享受一頓好晚餐，它必定對你的內臟、骨頭、血液、腹肌二頭肌、免疫系統，乃至頭皮下的腦子連帶頭皮上的毛髮都有影響，但你管它！

我個人通常比較神經質的是某種項莊舞劍式的常見閱讀方式，是某種記掛著書的內容之外遠方鴻鵠將至的閱讀方式——旅日的韓裔高段碁士趙治勳，是人格高度有限但技藝高超、一生頭銜數目少有匹敵的頂尖好手，有一度勤練書法（日本人稱之為書道），同儕碁士跟他開玩笑要簽名，趙治勳氣鼓鼓的說：「我寫字，是為著學習統一精神，不是要練習為人家簽名。」動機良善，言之成理，但事情不能這麼來。寫字就是寫字，就是努力把字寫好，在認真寫字的同時，精神的專注能力和韌度的確會自動跟著長進；相反的，你手中寫著字，心裡卻喃喃唸著我要統一精神要統一精神，非常合理的結局是字沒練起來，人還更心浮氣躁，如失眠跟自己講了一整夜要趕快睡著趕快睡著至東方既白的人。

趙治勳其實應該用他那一筆遠遜於他碁藝的毛筆字為自己寫句話掛起來看，那是大國手吳清源昔日收林海峰少年為徒時的贈言：「逐二兔不得一兔。」

人有諸多更自苦更尖銳的自我修煉方式，不同民族不同駭人程度的來，像日本人冰雪天裸身站瀑布底下，像印度人直視日頭不眨眼或終身單腳站立，像民族誌裡人用仙人掌刺滿全身或用一層皮拖曳重物云云，在身體條件允許的狀況下，當然我們也儘可一試，和閱讀並不相排斥，但記得分別來做，不要貪心一併進行。

吳清源在那場不幸車禍發生之前，不僅隻身擊敗一整個日本的碁手，還讓他們全降了級，完成圍碁世界天神一樣的功業，有人問他致勝之道，吳清源正色的回答：「技藝」——不是人格修養，不是道德水平，更沒有裝神弄鬼的霧沙沙哲理，就只是圍碁。這乾乾淨淨的回答，是一名碁士的真正謙遜，也才是真正的專注。但我們知道，吳清源同時也是人格最高潔的碁手，就像他的碁那般自由、廣闊而且永遠有超越了勝負的華麗想像力，如今年過九十，依然精神抖擻兩眼明亮，講解碁局一站就幾個小時不倦。名小說家阿城整理他的碁局生平，編寫他的電影和紀錄片劇本，和吳清源見過好幾面。大風大浪走過來沒什麼嚇得了他的阿城，講起吳清源居然有幾分激動：「很好看一個老頭。」阿城還說吳清源元氣長壽之道，在於他「不接受暗示」，意思是浮世裡那些人到四十會怎樣人到七十身體哪部分又會如何如何，從來無法打入吳清源用黑白碁子築成的廣闊堅實人生大模樣裡，因此世俗時間的汨汨流逝彷彿對他全不生作用。阿城鐵口直斷：「吳清源會活到一百二。」阿城還透露，吳清源說他正打算開始念《易經》。

未完成的書

好，找到你最舒服的姿勢，你也開始試著沉靜下來讀你生命中第二回的「第一本書」了，你還是覺得多少該有什麼所得對不對？最起碼也該感覺到自己哪裡有點不一樣了不是嗎？

最好不要這樣想——或者說，你想太多了也想太早了，這問題等半年一年後、五本十本書之後再掂量都只嫌早不嫌遲。

實在忍不住一定要量度，我個人的經驗是，那你就乾脆量化到底直接算頁數，今天五十頁明天三十頁，而且你還可以想著中國以前的讀書人宋濂，號稱「讀書日盈寸」的好學之人，彼時的書頁較厚、字較大、行較稀，因此你不難告訴自己，我顯然是比宋濂還好學不倦的人，這樣的洋洋自得夠不夠？

至於質變的部分，相信馬克思吧，量變到一個程度自會帶來的。

如果說一定要有什麼反應立即在你心裡發生，比較正常的是茫然、不明所以、看不懂的地方遠遠比因此解開的困惑要多，謙遜一點的人懷疑自己的程度和理解能力，急性子點的人懊惱自己是不是做了件蠢事。但卡爾維諾溫和的提醒我們留意，空氣中還是有某些東西不太一樣了，眼前世界的明白線條好像也開始蒸騰扭曲、開始不那麼明確起來，這也可以是興奮的可喜的，「事實上，清醒思考一下，你發現自己比較喜歡這樣子，面對某些東西，卻不甚清楚它是什麼。」

「每一本書都是獨特的、完整的存在，仿若一個自在自足的小小宇宙。」不少人愛這麼講也一再白紙黑字寫過，老實說除了太情調了點太「徜徉」了點難免讓你狐疑這傢伙是不是打算就這本書這個小小宇宙而外，這麼說也沒什麼錯。但我自己喜歡往另一頭想，我個人比較傾向把心思放在每一本書的開放性、暫時性及其未完成，甚至誇張一點來說，書有點像蜜蜂像螞蟻，只剩單獨一隻是活不了的，也是沒意義的，一本書只是我們思維網絡的一次發言，一個回答。

赫布斯邦這位英籍的當代左翼大史家，不至於不理解每一個國族、每一個文化不可化約的、宛如繁花盛開的歷史獨特性自主性，但他仍然相信並小心翼翼的問道：「研究歷史，最終難道不是為著找尋出某種通則嗎？」——因此，儘管議論縱橫，彼此水火不共容，甚至風馬牛般各談各的聲氣全不相通，但我們可不可以說，所有的書籍，仍然是向著「同一個世界」發言呢？位置不同、視角不同、所使用的語言（包括思考的和表述的）不同，因此描繪的方式、發出的疑問及其試擬的回答當然也不同，

■《論歷史》（麥田）

但它終究不是全然的無序全然的混亂，否則它的獨特性將等同於全然的斷裂，成為不容任何異人外物侵入的最堅硬無縫外殼，不僅不可理解，而且無意義。

在無涯無垠的渾然世界和我們有限有結束時候的生命之間，原本就存在一個先天性無以踰越的荒謬鴻溝，你得老實承認很多東西是我們無力窮盡的；一樣，每一本書也是有封面有封底有頁碼的有限之物，如莊子精準指出的，是某個被賦予了特定形狀的語言性容器（「巵言」），它所能裝載的也就只能是這無盡世界空間中的「一截」，以及時間中的「一段」，而且在這有形有限的「一截」、「一段」之中，它還是語言性的，意思是說，它不能放任其中的所有細節保有它們的連續性及其蔓生能力，它得做出選擇，把其中大部分的細節暫時化約、固著下來，只讓它所關注的焦點部分保持運動、變化和延伸，就像火車穿梭行進於如靜物風景的廣闊田野之中，萬物皆動皆同時喧嚷發聲的世界是站不住雙腳的，遑論思考。

成千上萬年來，很多哲人都曾經停步在這道洋洋鴻溝之前，發出過類似的疲憊感慨之言，這裡我們只舉幾個近代點的例子，一來這幾位名字大家熟悉，他們的書坊間也容易買得，方便大家動心起念去查看去閱讀從頭；再者他們的語言「觸感」和說話方式、氣息也和我們這代人較相近，不產生陌生排拒——安伯托・艾可仍以他一貫惡魔般的玩笑方式講了一則寓言，告訴我們要繪製一張和實際世界一樣大、且細節部分完全一致的地圖那是不可能的；卡爾維諾則在《給下一輪太平盛世的備忘錄》最後一

■《給下一輪太平盛世的備忘錄》（時報）
《包法利夫人》（EDDL）

講的〈繁〉中，以福樓拜最後十年搏命演出的百科全書式的小說《鮑華與貝庫歇》為例，「書中那兩位十九世紀科學主義的唐•吉訶德遨遊浩瀚的知識之海，航程既教人同情又令人興奮，到頭來卻變成一連串的船難。」這兩人原本想科學性的窮盡一切人類知識的細節，完成某種完整世界的「統一場理論」，卻發現「這些世界卻都互相排斥，或至少互相矛盾」，於是他倆放棄了理解整體世界的野望，認命的轉向抄寫，決心致力於謄抄這個世界圖書館的所有書籍。為了支撐筆下這兩個傢伙的異想奇志，福樓拜本人被迫進行瘋狂無止盡的閱讀。一八七三年，他為此讀了一百九十四本書；到得一八七四年，數目上升到二百九十四；一八八〇年一月，他在筆記本裡寫下這宛如被囚於知識死牢者的絕望牆壁上刻痕：「你可知道我為了我兩良友，必須吸收多少冊書籍嗎？超過一千五百！」

讀完一千五百部書？多可怕的數字，但你曉得今天光是台灣一地這個出版世界的邊陲小鄉小鎮一年有多少新書問世嗎？差不多三萬五千種之譜！

福樓拜曾經想為這部小說加個副標題，叫〈談科學方法的匱乏〉；更早前，他在一封信裡也說過：「我想寫的，是一本關於虛無的書。」——卡爾維諾再聰明不過的由此問道：「我們應否下結論說，在鮑華和貝庫歇的經歷中，『淵博』和『虛無』已混成一體？」

因此，李維—史陀講得非常對，這就是他的「小模型」概念——當然，他的切入

■福樓拜（Gustave Flaubert, 1821~1880）

點是繪畫，而不是書籍，他用以說明的實例是一幅克羅埃的女人肖像，但道理完全是通的。該畫，畫家把焦點放在該女性的花邊狀假領上，極其逼真的進行逐線逐條的描繪，由此引發觀畫者深沉的美感情緒。

「小模型」，指的不是大小尺寸的縮減（儘管尺寸通常也是縮小的），而是對實存描繪對象某方面「細節的遺棄」。「比例越小，它似乎在質上也簡化了。說得更準確些，量的變化使我們掌握物的一個相似物的能力擴大了，也多樣化了。借助於這種能力，我們可以在一瞥之下把這個相似物加以把握、估量和領會。」

一樣的，每一本書，也都是這樣的一個個小模型。不同焦點的逐條逐線仔細描繪，並同時對其他部分的細節遺棄，從這層意義來看，每一本書都是當時當地的一次凝視，都是未完整也沒完成的，這本書遺棄掉的部分，你得到另外一本書裡去尋找——而李維—史陀最令人會心的是，他靈敏無比的揭示了，在令人沮喪的終極淵博和虛無到來之前，「我們掌握物的一個相似物的能力擴大了」，像地層底下沉靜穩定的水脈，連通了見似各據一隅的土地和森林，讓微妙的、我們常不免時時懷疑的書籍間相呼應聲息，成為可信。

答案・答案在茫茫的數十上百本書裡

尤其是你心中擺著某個特定疑問進行閱讀，想為這個令你寢食難安的疑問找尋完滿解答之時，你通常會很懊惱，天下之大，書海淘淘，就沒有這麼一本書恰恰好針對著你的全部需要作答，就沒有人恰恰好跟你所思所想完全一致，你要談獨特性，這就是獨特性，以及與獨特性必然並存逃不掉的孤寂。

即便你是不帶太清晰意見的、沒特定目的的閱讀（這其實才是閱讀行為的主旋律），或是算你運氣好讀到命題和提問方式與你大致相合的書，你還是一定察覺到其間有著參差，你放心不下的縫隙部分，書寫者全不猶豫的一語帶過，你以為常識部分的，他老兄困惑不已，同樣的問題，卻有著不一樣的色度、溫度、深度和向度，令你爽然若失，還令你更生疑問。

你要的完滿答案在哪裡呢？如果你咬牙繼續在書裡找下去，你通常會發現，你希冀而且感到舒適的答案東一處西一處，散落在數十上百本不同的書裡面，所以本雅明才說，找尋書收藏書的極致，是你自己最終寫出這樣的一本書來。這本書是你寫的，為你自身獨特的問題ＤＩＹ作答；但它同時也是某種收集和編纂，是你採擷自數十上百本書如佛經說「採四海之花釀酒」的整理收拾，你要談獨特性，這就是獨特性的一次美好完成。

所以啊，急著找第一本書、丈量第一本書的成果，不是太跟自己過不去嗎？

獨特性的歷史迷思

老招式老法子，我個人覺得比較有意思的問題，不是第一本書在哪裡，而是第二本書在哪裡——找尋第一本書只是意志的宣達，找尋第二本書才真正是閱讀的開始；第一本書可以是任意的，第二本書則多少是有線索的。

第二本書，也就是下一本書在哪裡呢？

我說過，我個人喜歡這麼回答：「下一本書，就藏在此時此刻你正念著的這本書裡頭。」——這樣子有點噁心有點湊格言形式的回答，想說的就是書籍暫時性的、未完成的本質，以及書與書之間的聯繫和彼此召喚，一本書靠另一本書說明，這本書所遺棄的細節，在另一本書裡被逐線逐條的描繪，這本書裡被凍結成靜態風景的部分，在另一本書裡卻生猛的運動起來，這本書所懸缺的答覆，你在另一本書裡也許可多發現完整答案的變形蟲似的另一角拼圖……

婉轉曲折的，會引領你看到書籍匯成的大海，那個可能性的、意義的大海，就像航行了十四天之後的玻利瓦爾一樣。

這個聯繫著這本書和那本書的線索是複數的，不是單行道，並且因為你獨特的存在、獨特的需求和疑問而成立並且變異——第二本書，在實際的閱讀行為中，它可能是同一個書寫者，因為這個作者已引起你的興致，你好奇他在寫這本書之前之後在想什麼；它可能來自同一個出版社，因為你對他們的選書和編輯方式生出了信心，封面設計也挺好看，可以再多花三百塊錢和另一個晚上時光跟它一搏；它可能是同一思維領域而且不斷被這本書所引述的重要著作，你想追這個領域下去，得補滿理解所需的必要知識縫隙；它可能是單一命題比方說古今中外的殺人刺客從春秋戰國的豫讓到狙擊甘迺迪的奧斯華；它可能是這本書腳註中不起眼但被你一眼看中的有意思人名和書名；它可能來自同一個有趣的遙遠國度像賈西亞・馬奎茲之於拉丁美洲、昆德拉之於捷克東歐、契訶夫之於廣漠沉睡的俄羅斯和那一整片冰封的最大平原西伯利亞；它可能是一條河流、一種植物、一個日期、一幅插圖插畫、一個譯名、一個模糊說不清為什麼但你難以忘記的心中圖像如腦子裡趕不走的一段旋律……

李維—史陀在那幅克羅埃的女人肖像畫談「小模型」時，事實上還講了一段精采的話：

> 選擇一種解決方法牽扯到其他解決方法本來會導致的某種結果的改變。而且實際上同時呈現於觀賞者的是某一特殊解決方法所提出的一幅諸多變換的總圖，因此

■契訶夫（Anton Pavlovich Chekhov, 1860~1904）

觀賞者被轉變成了一個參與者的因素，而他本人對此甚至一無所知，只有在凝視畫面時他才彷彿把握了同一作品的其他可能的形式。而且他模模糊糊的感到自己比創作者本人更有權利成為那些其他可能形式的創作者，因為創作者本人放棄了它們，把它們排除於自己的創作之外。這些其他形式就構成了向已實現的作品敞開的許多其他可能的補充圖景。換言之，一幅小型圖像的固有價值在於，它由於獲得了可理解的方面而補償了所放棄的可感覺的方面。

對才要尋出第一本書讀的人而言，這可能不是太容易看的一番話，但沒關係，耐心點我們最起碼可以讀出這個重要訊息：一幅遺棄某方面細節而成為獨特的畫，並不會侷限我們對「完整總圖」的知覺，也不至於縮減我們對其他未實現可能性的知覺，事實上，它反而能幫我們打開這個知覺，只因為我們的如此知覺很難憑空發生，它要「觸類」、要實感的觸到了某種已實現的具象「實物」才被點燃起來，並旁及其他，也就是「他本人對此甚至一無所知，只有在凝視畫面時他才彷彿把握了同一作品的其他可能的形式」。

繪畫如此，書籍也是這樣，事實上，書籍做得更好更體貼。書籍所形成的彼此對話網絡更稠密，被實現的實體畫面數量更多更沒間隙，此書所遺棄的細節，卻是更多其他書逐線逐條細膩處理的焦點對象，因此讀一本書你不僅在自己的想像中模模糊糊的旁及其他可能，你還能實物的在其他書中看到這些可能被一個一個、一次一次實現出來。書，便是這樣不間歇的召喚同類。

這樣，我們就有機會擊破一個閱讀的長期迷思，一個比三百塊錢和一晚上時光更威脅閱讀者的虛擬風險——很奇怪的，我們常會害怕被書宰制、害怕書像某種邪靈或外星怪物般占據我們，讓我們喪失自我，成為它意志的工具，至少讓我們喪失了自身的獨特性云云。

這類的胡言亂語流傳得既久且廣，每一代總有些太神經質的、太想錯事的，以及發懶不想讀書的人貢獻幾句恫嚇性的廉價格言。我們當然都是獨特不可替代的一個一個人，但我們的獨特性究竟是什麼來自哪裡呢？除了一小部分來自生物性的基因密碼而外，不就是一連串不由自主也不能回頭的偶然堆疊起來的嗎？我們被我們沒置喙餘地的父母給孕生出來，然後被莫名抛擲到一個窄迫的特定時空，再鬼使神差的在無數排列組合可能性中實現了（還不足以稱之為選擇了）如今這唯一一種人生，還每時每刻被包圍於流俗意見中接受不間斷但不察覺如微中子式的轟擊，這當然是獨特的，但它到底有多少成分是真正自主的呢？它是自由的嗎？你神經質要保衛的究竟是什麼？

自由，是獨特的個體對自身獨特性的侷限和沉重的超越，它通常開始於思維的發動，以此反省自身並想像可能，閱讀當然不是思維發動的唯一路徑，但卻是最有效而且最具續航力保證的一種，這是李維—史陀那番話給我們的啟示。

卡爾維諾為我們做了如此背書。同樣的話，他總是有辦法說得溫柔動人而且充滿瞻望：

有人可能會抗議道，作品越趨避可能的繁複性，就越遠離那獨特性，即是遠離作者的「自我」、他內在的誠意以及他對自身真理的發現。但我會這麼回答：我們是誰？我們每一個人，豈不都是由經驗、資訊、我們讀過的書籍、想像出來的事物組合而成的嗎？否則又是什麼呢？每個生命都是一部百科全書、一座圖書館、一張物品清單、一系列的文體，每件事皆可不斷更替互換，並依照各種想像得到的方式加以重組。

然而，也許我心深處另有其他：設想我們從「自我」之外構思一部作品，這樣的作品會讓我們逃脫個體自我的有限視野，使我們不僅能進入那些與我們相似的自我，還可將語言賦予那些不會說話的事物：那棲息在陰溝邊緣的鳥兒，以及春天的樹、秋天的樹、石頭、水泥、塑膠……

老讀者永遠的第一本書

所以，再沒其他胡思亂想的風險和代價了，還是那三百塊錢和一晚上時光而已，這是我們買第一本書加讀第一本書的最動人優勢，善用它，人生可這樣犯錯、迴身、按個取消鍵就重來的好事並沒太多，年紀愈大你就愈曉得是這樣。

我想多講兩句的是，即使你是讀破萬卷的老讀者，你依然保有這樣的第一本書優勢並可在閱讀的每一階段每一刻善用——書的世界這麼大，永遠有你沒探勘冒險的廣大未知領域，永遠有新的書寫者、新的不滿和疑問、新的焦點、新的深度和向度，這讓你不免虛無，也教你精神抖擻，像重回年輕時光那樣。

第二本書的概念揭示著閱讀的連續性，但第一本書的概念卻是跳躍、重來，以及未知和驚喜，它掙開因果之鍊，代以危險的自由，因此自有一種豪情。

本雅明曾說他寫文章「每一句都像重新開始一個新句子」，說的便是這樣不連續的喜悅，不必害怕聯繫會斷線，《易經・乾卦》的第四爻說：「或躍在淵，無咎。」說的是學習飛翔上天的龍，係在水淵上做此英勇的嘗試，即便不成功，也不過落回原來的地方而已，因此沒有危險，書籍的海洋遠比你想像的巨大、堅實而且體貼，就算你掉下來也掉不出去的，你只是更勇敢把旅程走得氣更長而已。

5. 太忙了沒空讀書怎麼辦？

——有關閱讀的時間

藉著迴光返照的來臨時刻，他環視了一下房間，第一次看清了裡面的一切：最後一次借來的大床，破舊得令人憐憫的梳妝台，他那面耐心而模糊的鏡子，今後他再也不會在裡面出現了：磁釉剝落的水罐還盛著水，旁邊擱著毛巾和肥皂，那已經是為別人準備的了。無情的八角鐘像脫韁的野馬，不可抗拒的向十二月十七日飛奔，很快的將指到將軍生命的最後一個下午的一點零七分。那時將軍把交叉的雙臂放在胸前，開始聽到榨糖的奴隸們，以宏亮的聲音唱著清晨六點鐘的聖母頌，透過窗戶，他看到天空中閃閃發光、即將一去不返的金星，雪山頂上的長年積雪，新生的攀援植物，但下一個星期六，在因喪事而大門緊閉的邸宅裡，他將看不到那些黃色的鐘形小花的開放，這些生命的最後閃光，在今後的多少世紀內，這樣的生命將再不會在人間重現。

這是《迷宮中的將軍》的最後一段，賈西亞・馬奎茲選擇寫的是玻利瓦爾對世界的最後目光搜尋印象，或許就只是一瞥，但彈指的時間被人的眷顧以及不解分割出來，也拉慢拉長了，形成一種溫柔的駐留。我很想問有充分小說書寫經驗的親朋好友們如何看待這最後判決的一段，換是你會選擇什麼樣的結束方式？怎麼為這樣一部長途跋涉因此充滿情感的小說、而且還是一個巨大歷史生命選擇一個依依不捨的句點？

我想像賈西亞・馬奎茲坐在電動打字機前的模樣。之前，他曾在《百年孤寂》結束上校生命時悲傷不能自持，據他自己描述，他全身哆嗦，跑回臥房痛哭，他那美麗而且堅強（嫁給情感上依賴成性的雙魚座賈西亞・馬奎茲你非堅強不可）的老婆梅塞德斯完全知道發生了什麼事，她只確認的問了聲：「上校死了？」

玻利瓦爾，大解放者，死時才四十七歲，這印驗了小說開頭他下台流亡時那位英國外交官向他的政府正式報告裡的一句話：「留給他的時間，勉強夠他走到墓地。」

賈西亞・馬奎茲沒解釋為什麼「只有」這名英國外交官知道玻利瓦爾唯一可能的收場和去處，但我想我們猜得出來，因為只有這個英國佬是冷靜、事不關己的外人，只有他站在玻利瓦爾「力場」外面的準確觀看位置，其他的南美洲人，不管是敵是友，則悉數被玻利瓦爾捲入，被玻利瓦爾長達二十年的巨大光芒和屢屢創造的奇蹟籠罩其中，玻利瓦爾已成為他們的共同命運了，成為生命背景，成為他們所有人存活其中的整個世界，你隨此命運浮沉，埋身在這個世界內跟著它移動，這個位置是看不到它奔去的方向和終點的，儘管彼時的玻利瓦爾肉身已殘破到奄奄一息，理應任誰都看得出來。

偉人只對他人創造奇蹟，無法對自己，包括死在十字架上的耶穌，因此自反而縮，大家在最根本的生命面前都是平等的凡人。

這最末一段的生命聯繫和生命印象，不大可能有什麼史料依據，最多只有玻利瓦爾死時周遭實物的客觀記述，以及醫學式的記錄（幾點幾分昏迷、幾點幾分斷氣云云），其餘皆來自賈西亞・馬奎茲的想像和創造。而賈西亞・馬奎茲只賦予這迴光返照感官巡禮一個僅存的心思，那就是消亡了，沉沒了，不再有我不為我所有所用了，鏡子的映象，肥皂和毛巾，榨糖奴隸唱的聖歌，金星，雪山及攀援植物，還有迎風搖曳的鐘形小黃花，每一樣，每一種聲音，每一絲感覺和氣味……

因此，唯我論是霸道的、吞噬的，但唯我論同時也有一種天真無邪，它是典型的幼年期思維方式，把自身和整個世界重疊一起，完全等同為一。整個世界既然都是「我」，因我而得到意義，都理所當然歸我使用，要如何對待它甚至糟蹋它毀壞它，不過是「我」的自在行動的一部分而已，這其中經常呈現的殘酷乃至於掠奪，基本上是「前道德」的，因為它以為被消耗的、被傷害的只是他自身的一部分，而不是有血有肉有意志的他者——自我傷害，自我掠奪（如果有這樣子的說法），就像年輕人惡整自己頭髮，在皮膚上刺青和穿洞，我們最多只能講無知和任性，很難說它不道德。

從唯我論所統治的幼年期去進行道德辯論，像中國戰國時代孟子荀子著名的性善性惡猜測，其實是不會有答案的，它們極可能就只是唯我論天真和吞噬的兩端焦點各自凝視，是「我」自我憐惜和自我損毀的兩個存在面向而已。道德還得晚一些，它源於「分別」，源於「我」和「他者」的兩立和界線出現，源於「我」和這個世界開始分離的認知，所以仁者人也，這是肯定除了我之外有他人完整自主的存在，由此推衍到道德實踐的所謂「禮」便是人我的分際異同之辨。在這上頭孔子顯然是比較世故比較精緻的，而且孔子的用字用辭也選得好，他用「仁」字做為他道德論述的代表用語，文字符號和語言聲音之中有「人」，而且還兼有「察覺」「感知」的理性成分，賦予道德一根堅強挺直的「認識」脊椎骨，這是很準確很漂亮的計較，因此他遠比孟荀理性但寬廣，還是個更好的文學家。

然而，唯我論這種理所當然的童稚霸道，的的確確有一種很大的力量，他們不被眾多他者的存在及同情分心，總有某種天命如此、視萬事萬物如草芥的驚人專注，少掉了道德羈絆的猶豫，使他們行動自由，很容易爆發出強大無匹的衝決力道，因此我們通常會在歷史開創性的巨大人物身上發現如此特質（推理小說家賈德諾的說法是，「巨人和小男孩的混合體」，當然，這原本是用來形容他筆下的律師神探派瑞・梅森）。玻利瓦爾當然也是此類中人，所以賈西亞・馬奎茲不認為他在極權和民主兩個極端主張中意識到道德矛盾，「顯然，玻利瓦爾不惜採取任何手段以達成拉丁美洲的統一和獨立，如果需要極權主義的話，他會成為一個極權者；如果需要民主主義的話，他也會成為另一個民主主義的統治者。」而在此臨終之時，我們也看到這樣子的玻利瓦爾：

將軍對醫生的巧妙回答沒怎麼注意，因為他已明顯的感到，他的疾病與他的夢想之間的瘋狂賽跑，即將到達終點，這使他不寒而慄，因為他以後的世界便是一片黑暗了。

我的少年朋友丁亞民，有驚人的小說書寫稟賦，也在二十歲不到的年輕時光就嶄露頭角，但後來改行影視去了，用他昔日的小說記憶去拍張愛玲傳。他曾寫過自己的童年神經質奇想，其實是滿普遍、也是相當典型的唯我論想法。丁亞民說，他小時一直相信他的父母、他身旁的所有人都是演員，一等他睡熟，他們便收拾收拾下班了，甚至到另外人家繼續扮演別人的父母和親友——唯我論者很難相信世界可以不因我而存在、而保有意義，因此，成長對他們而言永遠是加倍艱難的事，尤其是無可避免得說服自己相信他者和世界堅實的存在，而置身在不隨自身意志而轉的複雜社會網絡更讓他痛苦而且焦慮。這樣的痛苦和焦慮隨時間流逝和生命真相的不斷揭露日增（小說家萊辛說：「成長，便是一次次發現你的獨特經驗原來是普遍的，人們共有的。」）其終極的暴烈一擊則是死亡。你很難要他們不生徒勞的抗拒之心，很難希冀他們從容以對。這與其說是膽小貪生，不如講是死亡的意義及其代價不同，畢竟，對我們而言死亡可以只是自身的靜靜退場，你仍可以相信很多你珍視的東西還在、還無恙；但唯我論者的死亡卻是世界的全部崩毀，就是世界末日了，是無一物無一意義可存留的絕望。這是一組對死亡生不出幽默感的人，詩人歌德死時多點光的近乎哀號便是此類最生動的演出之一。

這樣想來，我的老友丁亞民沒能把小說寫下去，可能就還有人各有志之外的解釋了——如果小說書寫如巴赫金所說是雜語的，無法只停留在自己靈魂和肉體的單一聲音之中，你得學著世故，站到他者的位置，穿透一個一個不同的人心，以及同情，那實在太強唯我論者所難了，尤其是同情。好日子時，唯我論者可以有豪奢如敗家子的慷慨，就像玻利瓦爾那樣，但得設身處地，甚至要用他者的情感和眼睛看事情的同情卻是他們最難學會的一堂課（卻斯德頓筆下的慈悲神探布朗神父說他推理破案的祕密，便在於他就是兇手，意思是他讓自己進入到兇手的立場去），這一點，昔日才華洋溢的丁亞民難以超越，我想，今天更是才氣縱橫但困在自傳世界和自身情欲的「卑微流」唯我論者駱以軍也猶待掙扎。

相對的，海涅便是極有幽默感的人，據說他的臨終遺言是：「上帝會原諒我的，

■《布朗神父的懷疑》（小知堂）

因為那是祂的職業。」名導演布紐爾也是，他在晚年所寫的自傳最末一章〈白鳥之歌〉中說，他對死亡之後只有一個期盼，那就是每隔個五年十年可以從墳墓中出來一趟，讀讀當天報紙，知道這個世界仍運行如常，這就夠了；而我個人最喜歡的仍是卡爾維諾，他說的是，「死亡，是你加上這個世界，再減去你。」這個世界因為加進了你而得著了某種光彩和溫度（說因此變得大大不同可能太自大了，既不符合卡爾維諾的謙和，也不適用我們尋常人等），在你又悄悄退場後仍存留，你在或不在呢？這裡，喜歡莊子的卡爾維諾，用線條乾淨如數學計算式的語言，說出了莊子與蝴蝶之夢的生命狐疑，及其光影明迷。

我們可能把話題給扯遠了，這一次我們要談的是時間，閱讀者的時間，很多人總感覺不夠因此無法供應給閱讀這種不急之事的時間，而我最想的，是從對時間的從容談起。

我們並非真的這麼忙

時間不夠，所以無法閱讀。這可能只是常見的迷思，或方便的藉口，尤其在我們所身處這個匆匆忙忙的、老把生命描述成競賽或甚至賽跑的資本主義社會；但這可能也是真的，合於我們老是自我矛盾的奇怪人性，就像我所使用這本《迷宮中的將軍》允晨版中譯本的書本附錄〈謝辭〉中，賈西亞•馬奎茲也說，作家「自己最鍾情的幻夢」，也就是自己最想寫的那部作品，因為意識到非一朝一夕可成，反而遲遲不行，被「置諸腦後」，你總想先把手邊那一堆暫時的、偶發的、可馬上解決的瑣事給處理乾淨，好找個清清爽爽的良辰吉日來專心做自己最想做的那件事，寫自己最魂縈夢繫的那篇東西那本書，如此日復一日。

寫書的人如此，看書的人亦如此，閱讀往往就這麼擔擱下來，但偏偏念頭一直還在，久而久之它逐漸演化成某種心理救贖、某種宗教性天國一類的美好但不實現東西，或像某個小吃店高懸了二、三十年的狡獪告示：「本店餐飲，明天一律免費。」——時間，利用了我們奇特的內心矛盾，總是很容易生出種種詭計，這是我們再熟悉不過的了。

我們剛剛提到過莊子這個人，這裡就用莊子的話來對付這個團團轉的詭計，那是他在看著游魚的好心情橋上對付詭辯惠施的方式：「請循其本。」回到問題最原初最乾淨最切身之處，跳脫出語言的煩人泥淖區，眼前景觀剎那間雲淡風輕起來——我們真的這麼忙嗎？真的沒時間嗎？

老實說，我們絕大多數的人真的都沒自己認定的那麼忙。這裡，我們並沒輕忽每個人生而為人的情非得已之處，每個人的責任，每個人對他人的債務，甚至我們認為中國人古來所說，父母年老需要奉養時「不擇官而仕」這類的磨擦性忙碌，也覺得是明智而且合宜的。但終究，所謂的時間不夠，是特定性、針對性的用辭，意思是我們因為把時間花在某某某事情上頭，以至於我們也想做的某某某事便被排擠了，因此，不真的是時間的絕對值匱乏，而是我們一己的價值排列和選擇問題。因此，亨利・大衛・梭羅所記敘他和一位虔誠相信「人有不可或缺必需品」農夫的談話，儘管稍稍過火了些，但不失為清醒有勁道，值得參考。

「有位農夫對我說，『你不能只靠植物維生，它不能供給你造骨頭的材料。』因此他虔誠的每天花了一部分時間，供給自己身體造骨頭的東西，他一邊說一邊跟在他的牛後頭，而他這頭牛，渾身都是植物造的筋骨，拉著他還有他那沉重的犁，什麼也阻擋不了。」——梭羅的結論是：「有些東西，在最無助和生病的人是必需品，在別人來說則僅僅是奢侈品，又在另一些人來說，那是根本聽都沒聽過。」

至此，我們可不可以先達成一個初步的協議？那就是——我們並非真的都那麼忙，真的長時段的、一輩子一直那麼忙，我們只是有太多的必需品，得投注大量時間去取得去保護，當我們聲稱我們沒時間閱讀，其實我們真正講的是，我們認為有這個事那個事遠比拿一本書看要急迫要重要，我們於是沒那個美國時間留給閱讀這件事，就這樣。

■《孤獨的巨人：梭羅的生活哲學》（小知堂）

愛麗絲故事裡那隻兔子

梭羅只是想提醒我們，要不要認真回想一下，那些我們不可或缺、損失不起、停不下來、沒它就沒法子過生活的必需品必要之事，真的是這樣子嗎？

我們都依據著自己的價值順序來決定時間的耗費，這裡便有了所謂的「安排」，牽涉到效率，遂有一些關於時間的小技巧用武的餘地，久而久之，這不僅轉變成一項技藝一門堂而皇之的學問，而且隱隱從單純的時間調度應用，進一步滲透進閱讀行為本身來，這就讓人心生不祥了；也就是說，我們不僅想如何最有效的應用時間，往往還急著想先「學會」怎樣才能最快、最大效益的讀一本書，不先弄清楚這個，好像閱讀一事被誰占了大便宜因此還不能開始。

比方說有一種充滿恐嚇意味的時間計算及其應用方式很多人一定聽過，那就是要你自己統計出來，你這輩子不知不覺耗在「等待」這件事浪費了多少可貴的時間。等人，等下班，等電梯，等車子來，等紅綠燈，等老婆大人說可以吃晚飯了，等整點才肯開演的電視節目，等浴室輪空以及洗澡水熱起來，等睡眠安然找上你，等心愛的人入夢，等天雨天晴花開花謝季節更迭，等一切等待都不再成為等待云云——如此每個人都可以自行表列加總起來，得到的數字據說會把大部分人醍醐灌頂嚇一大跳，原來我這輩子就是這麼毀的，要是我聚砂成塔把所有這些時間給回收起來，玻利瓦爾何人，予何人也，不是嗎？

我們只能說，動這腦筋而且自己還真相信的人，一定沒念過著名而且揭示了宇宙一定有末日的「熱力學第二法則」，不曉得能量不可逆轉的發散本質。很多能量不是不存在，而是無法回收，或更正確講，不值得回收，因為回收這些散落的能量，你得耗用更多的能量；這人也一定不曉得人偶爾發呆的舒適美妙及其必要，不曉得思維和理解在我們意識不及的漫遊之時仍有效發酵融通甚至擴散的有趣本質，不曉得美好事物無視時間凍結時間的亙古渴望，不曉得偶爾抬頭看看天光雲影，看看擦身而過不相識人們的臉，看看市招街景和櫥窗，不曉得人心偶如牛羊得讓它野放自由。也就是說，這也許是個有效率的人沒錯，是精算師，適合到某個冷血大企業去規劃並榨出可憐員工的每一分上班時間，但我敢鐵口直斷，他絕不可能是個好的閱讀者。

給大家看一段好話來驅除掉這種自以為精明的不好氣味。說話者是本雅明，人類歷史上最棒的讀者之一，他這段話原來談的是民間故事的說與聽，但很多好的話就是這樣，是發光體，拿到不同地方照樣熠熠發亮——

> 最能使一個故事保留在記憶之中的，便是這種去除心理狀況分析的簡樸作風。說故事的人愈是能放棄心理細節的描述，他的故事便越能深印聽者的記憶，如此這個故事便越能和聽者自己的經驗相同化，而他便越有可能在未來轉述這個故事。這個同化過程是在我們內心深處進行的，它要求一種越來越稀有的鬆懈狀態。如

■《論波特萊爾》（Verso）

果說睡眠是肉體鬆懈的完成，那麼無聊便是心智鬆懈的頂點。無聊厭倦是孵化經驗之卵的夢幻鳥，它會被日常生活的簌葉顫動嚇走。

在書籍的豐饒海洋之中，這種急於驅趕無聊的人會令你想起誰來?我想，其實最像《愛麗絲夢遊仙境》中那隻時時盯著手中大懷錶、永遠在趕路也永遠來不及的兔子，愛麗絲就是追牠時掉落樹洞的不可思議國度去的——這隻兔子做過什麼事呢?沒有，牠只是一直在節省時間而已。

閱讀，毫無疑問可以穿梭在每一分時間的縫隙之中。交通工具上，浴缸裡，臨睡前，甚至在飯桌上甚不禮貌的讀報讀雜誌，在步行時甚危險的仍捲本書看（應該附加安全警語，「這樣的閱讀者均受過嚴格訓練或不要命，請勿任意模仿。」），這都是每個像樣的閱讀者做過的事，但閱讀終究不能一直只存活在這麼窄迫沒餘裕的神經質世界中，最根本處，它仍是自由的，從容的，伸展的。

節慶時間

我們任誰都曉得時間有限而且寶貴，「日曆日曆，掛在牆壁，一天撕去一頁，叫我心裡著急。」因為我們知道有死亡這個不可踰越的時間句點，甚至不待時時意識到

■《愛麗絲夢遊仙境》（語言工場）

死亡就有太多人、太多話語、太多機制和設計提醒你。但逝者如斯不舍晝夜，時間更加讓人無可奈何的是，不論你如何珍視捨不得，我們就是研發不成時間的保險箱、時間的冷凍櫃，可以把時間存放起來以後用或遺留給兒女子孫，也許將來會有聰明人會想出個辦法來。

你終究得用掉它，而且依它的流水節奏此時此刻就用掉，因此看開點吧，何妨慷慨些、豁達些，乃至於誇富些，偶爾敗家子一樣，給自己某種節慶感，通常會帶給你莫名的好心情。

相應於時間的守財奴，這裡，我們稍稍來看一下節慶這一概念。節慶是一個特殊的日子，獨立存在的一個日子，借助著某種名目，把我們的生命連續之流截斷，從而也讓我們的「正常行為」暫時中止。在此獨立的特殊時間裡，你被允許豁脫平日小心翼翼的言行和思維，一部分的規範律法也暫時凍結，你可以做平日很想做卻又不能做的事，你可以浪費你的時間、財富、情感和身體，節慶總表現著某種繁華和狂喜，恰恰是這樣的豪奢浪費，才帶來節慶不比尋常的特殊喜樂，讓這個日子被「括弧」起來，可拋擲，可收藏，可紀念。

每個民族、每一地的人們都有他們的節慶日子，宗教的、政治的、歷史的、勞動的、季候節時的以及個人的云云，如此共時普世，說明它深厚的人性需求和基礎。中國古時，相傳年輕的子貢便曾在年末臘祭時對人們的狂歡不知節制面露鄙夷之色，講了兩句清高自持的話，當場就被他的老師孔子給嚴詞修理一頓——這段故事記在被認為是偽經的《孔子家語》書裡頭，你當然可以挑剔它不一定真有其事，但這無妨。孔子的說法大致是，人們一整年辛勤勞作，也需要有所放鬆，這是基本人情，讀書人不可以如此高傲不知同情。

我個人喜歡如此的節慶概念，還不在於「放鬆」，可放膽為非作歹一番，而在於「離開」，離開什麼呢？離開你的基本生活軌道，離開我們總因為熟悉、重複、循環而最終成為昏昏欲睡的單線生活軌道（我們每個人都可以而且實際上多多少少這樣，每天上班、做事、下班回家、睡覺，根本無需動用到腦子，照樣應付自如），你得把自己給拔出來，打斷這個隧道般的單調路徑，我們沉睡的思維才能重新活起來。

所以如果可能，我個人比較期待閱讀一事能成為閱讀者生活中的節慶，而不是閱讀者自身文化結構的價值排行高位而已，更不是你線性生活的直接再延長像加班一樣；也就是說，讓閱讀獨立於我們斤斤計較的日常行為選擇之外而繁華，讓閱讀豁免於其他直接目的的行為競爭而從容，別讓日常生活的簇葉顫動嚇跑它，它獨立存在，獨立滿足，波赫士所宣稱的「享受」於焉成為可能。

有一件主要的事

不僅僅圖個好心情而已，這樣的節慶時間概念，本來就契合著閱讀的本質，有明明白白的功能意義。

我們談到過理解的延遲性本質，談到過閱讀活動和理解的非亦步亦趨有趣關係，也談到過最大的閱讀沮喪係來自於我們對閱讀「投入／產出」的時時緊張審視，因此，如何有效鬆開「耕耘」和「收穫」這兩端的緊張關係，讓閱讀從容起來，好安心等待理解零存整付的不定期造訪，便成為閱讀活動能否持續的關鍵。節慶，讓某一段時間截斷開來成為絕對時間，絕對，意思是沒有比較、不受合理性的斤斤糾纏、不存在替代物，閱讀的絕對時間，便只有閱讀這件事，乾乾淨淨，上天入地，不及其他。

節慶，既是最狂歡的，也是最專注的；既是最從容的，也是最消耗最讓人疲憊的。

《迷宮中的將軍》，從玻利瓦爾漂浮於藥草水中的死亡意象開始，寫這位拉丁美洲大解放者的最後十四天，因此，在賈西亞・馬奎茲冷靜到近乎冷酷，毋寧更接近寫史或報導的筆調下，我們彷彿一直聽到時間滴答作響的聲音，壓得人心頭沉重，然而，這裡頭有一段玻利瓦爾對時間的偏執認定，既急迫又從容，既清楚時不我予卻又無視時間鐵鍊的束縛——我們有理由相信，這也是書寫者賈西亞・馬奎茲本人的，是他和玻利瓦爾兩人所共有，書寫者和被書寫者在此完全疊合一起成為波峰，令人動容。

我把原文抄長一點，好調勻呼吸，儘管我們原來要看的只是其後半段：

寧靜的居住環境也沒有能對他恢復健康起什麼作用。第一天夜裡就昏厥過一次，但他拒絕承認這是身體衰竭的新徵兆。根據法國醫療手冊，他把自己的病描寫成由於嚴重感冒而引起的黑膽汁病惡化和餐風露宿導致的風溼病復發。對病症多方面診斷的結果加劇了他反對為治療不同的病而同時服幾種不同的藥的老毛病。因為他說，對某種疾病有益的藥對其他的病則是有害的。但他也承認，對於不服藥的人來說，是沒有什麼好藥可言的。另外，他天天埋怨沒有個好醫生，與此同時，卻又不讓派來的那麼多醫生給他看病。

威爾遜上校在那些天裡寫給他父親的一封信上曾說，將軍隨時都有死去的可能，但是他拒絕醫生看診並不是出於對他們的鄙夷，而是出於他自己神智的清醒。威爾遜寫道，實際上疾病是將軍唯一懼怕的敵人，他拒絕對付它，是為了不分散他對一生中最宏大事業傾注的注意力。「照顧一種疾病猶如受雇於一艘海船。」將軍曾這麼向他說過。四年前在利馬時，奧萊里曾建議他在準備玻利維亞憲法的同時接受一次徹底的治療，而他的斷然回答是：「不能同時幹成功兩件事。」

賈西亞・馬奎茲在接受訪問時說：「在許多事情上我感到跟玻利瓦爾都是一致的。舉例說，在不為死亡設置種種障礙，不去想得過多這件事就是如此。因為對死亡過分操心，就會使一個人不能集中精力去做主要的事情，一個人的一生是有一件主要的事要幹的，這是我對玻利瓦爾的解釋，而這種解釋完全可以由他的信件和行為來證實。他絕不想從醫生那兒知道任何事，也不想了解自己的任何病情。他大概已經想到自己處於死亡的邊緣，明白自己已經沒救了。……一種疾病也正像一種職業，要全心全意去照管它，我的觀念也是如此。我不要死亡的念頭來干擾我正在做的事，因為留下來的事，正是一個人一生要幹的事。」

一個人的一生是有一件主要的事要幹的。最終，這樣的事是連死亡都可超越的，更何況只是時間的效益，只是其成果的吉凶利鈍而已——我們用這樣的例子，這樣極致的話語來談閱讀，可能沉重了些，不喜歡的話，我們大可把它易為孔子的溫和話語，意思是一樣的。老先生當時講這話大約是帶著笑的，甚至忍不住有一絲炫耀，他說他一讀起書來，「不知老之將至」，時間在閱讀聲中暫時失去了壓迫力，就連他一生心急的救世之事也被忘在一旁，真是開心。

我不曉得別的人怎麼想，在今天被貪生怕死美國人（尤其是加州人）波及人人養生服藥跑健身房救死不暇的詭異氣氛當中，大約也是很不合時宜的。但我個人還是堅信，人有「一件主要的事要幹」從而可以掙開時間束縛，這是很幸福的事，生命因此辛苦了點，卻是充實有重量有內容的存在。

以前教我們《三禮》的老師，在講到〈洪範・稽疑〉的卜筮之事時說，卜以決疑，不疑的事是用不著問卜的，就像三餐睡眠穿衣這些當時要做的事，拿去問神明求請示，不僅可笑，而且褻瀆；同樣的，有些事或基於是非，或源於信念，或屬於自己的志業悲願，非做不可，也是毋須問卜的——我的老師是上兩代的人，生逢歷史的動盪歲月，一生顛沛流亡，還數度瀕臨殺身，但他一生不求助命運之術，他說，問了又怎樣呢？該做的事還不是就得去做，「我的流年我自己知道。」

我的流年我自己知道。這句話我記了整整二十五年。

讀和寫的不成比例時間

對玻利瓦爾而言，這非做不可的事就是他拉丁美洲的大夢，對賈西亞・馬奎茲而言，大概就是寫他一部一部的小說——如果我們還是心有芥蒂，終歸還是放心不下這樣豪爽的拋擲時間在一本一本書裡不問收益是否划算，從這裡，我們應該找得到路再往下走一點。

我們說過，擁有一本書很容易，也很便宜，更花不了你多少時間，你走進一家書店，掏個兩三百塊錢，在書的扉頁龍飛鳳舞簽上自己大名，書就是你的了。但嚴格來說，這種擁有是產權意義的擁有，不是閱讀意義的擁有，所以波赫士說：「究竟書的

■《虛構集》（Alianza Editorial）

本質是什麼呢？書本是實體世界當中的一個實體，書是一套死板符號的組合，一直要等到正確的人來閱讀，書中的文字——或者是文字背後的詩意，因為文字本身也只不過是符號而已——這才獲得新生，而文字就在此刻獲得了再生。」波赫士還引用愛默生的話說：「圖書館是一座魔法洞窟，裡面住滿了死人。當你展開這些書頁時，這些死人就能獲得重生，就能夠再次得到生命。」

因此買一本書是舉手之事，確認一本書買錯你不想讀下去也用不了一晚上時間，但要完成閱讀意義的擁有，你就得再多花幾個晚上，也許一星期半個月的，快慢隨人，然而終歸還是很有限——這是需求面的時間耗用實況，那供給面又如何呢？

想大致了解供給面的時間耗用狀況要簡單可以非常簡單，我們只要查一下統計數字就成了，若沒有現成的完整資料，那就翻翻每一本書封面折頁裡的作者簡介或書末附錄的作者年表自己算一下，或乾脆你上亞馬遜書店網站，key進隨便哪位作家大名，把他的全部作品清單給列印出來，你馬上就會發現，人一輩子是寫不了幾部書的，不管他多麼才華洋溢，多麼創作不懈，多麼學養富饒，還有，多麼長壽不死。

就賈西亞・馬奎茲先來吧。這位如今已高齡七十五的不世小說之魔，承繼著歐陸深厚的小說傳統，還以整個哥倫比亞乃至於整座拉丁美洲幾乎沒停歇過的戰亂苦難為代價，在死亡枕藉的屍體堆上書寫，這樣的人一輩子交出幾本書出來，不就是《百年孤寂》、《愛在瘟疫蔓延時》、《迷宮中的將軍》、《獨裁者的秋天》這寥寥幾個長

■《馬奎斯小說傑作集》（志文）

篇，《沒人寫信給上校》、《預知死亡紀事》幾個中篇，《異鄉客》這個系列集子，還有數得出來的一些短篇小說嗎？當然，小說而外，他還寫過劇本，寫過報導，寫過隨筆文章和影評，像台灣出版過的《智利祕密行動》就屬他小說而外的演出。

波赫士呢？台灣商務才出版他的全集，四大冊，而且不會再有了。

卡爾維諾呢？台灣也差不多出齊他的書了，包括他隨筆集子《巴黎隱士》，他的講稿《給下一輪太平盛世的備忘錄》，以及他採集整理的《義大利童話》，十本左右，也不會再有了。

托爾斯泰、杜斯妥也夫斯基、屠格涅夫、納布可夫、福克納、康拉德等等這些超一流的小說家也差不多都這個數字；一腳跨入類型小說的葛林多一些，有個幾十本，算是很特別的了；還有，就是把小說當歷史寫，以「人間喜劇」為名意圖記錄下人生百態的巴爾札克也屬最多產作家這一層級的；另外，就是貧窮的契訶夫，他得靠賣文養活自己和家人，篇數驚人有幾百上千，但短篇短文居多，大陸那邊早就譯出了他的全集，連小說、短文、筆記、遊記、書信、劇本，共輯成十六大冊，論字數也沒想像中的多。

小說尚且如此，那些搞思想、搞理論的書寫者就更有限了。

相信我，實況真的就是如此，這上頭我個人是有第一手資料的，或直接可以講我就是小說書寫者的現場目擊者——我個人因為生命機緣的關係，身邊俱是一流的小說

■《巴黎隱士》（時報）
《義大利童話》（時報）

書寫者，事實上，我家中就自備了三支這樣的小說之筆，我和他們相處了整整三十年，知道他們是如何慷慨抛擲時間在書寫一事上的，包括如何跟一本書、一部作品拚搏十年以上的時間。

而這些書，我們這些挑眼的讀者還總是挑挑揀揀。除了少數的重度閱讀者或你對某一位書寫者有特殊情感和心得之外，我們肯讀完他們其中兩三部所謂的代表作已經算很不錯了，像托爾斯泰，這位很多人心目中小說史上最了不起的巨匠，幾個人真的念完他的三大長篇《戰爭與和平》、《安娜・卡列尼娜》，還有《復活》呢？

重演書寫之路

正如閱讀永遠比寫速度快，在書籍生產的書寫和閱讀這兩端，時間的耗用也永遠是不成比例的。十年書寫，三天閱讀，這不好太抱怨吧。

購買只完成了產權轉移，不及內容；內容的轉移惟有通過閱讀，即便這本書在法律的認定上不是你的都無妨，不管它是借來的、偷來的，或光明正大站在書店免費把它給讀完（小說家阿城很多書就靠這種方法「取得其內容」，因為那會兒窮，買不起）。你要喚醒這一個個已然死亡的符號，讓詩意重新獲得生命，多少便得重走一趟

■《安娜・卡列尼娜》（木馬）

原書寫者走過的路，看他所看，想他所想，困惑他所困惑，這個原初可能極其艱辛極其耗時的來時之路，因為書籍——或該說是文字——的神奇發明，變得省事，變得可節約絕大部分的時間，但沒辦法完全省略，工具載體再進步再眩目至此皆無能為力（是的，我說的正是一大堆人心存不當幻想的電腦），閱讀者還是得老老實實自己走這一趟。

已故的名生物學者古爾德的所學所思不僅僅是他的專業本行而已，他有相當深厚的人文素養和駁雜多好奇的橫向知識涉獵，無怪乎古爾德對生命價值的認知如此複雜柔軟有「人味」，完全不同於比方說道金斯那種科學主義的專橫和缺乏見識。在〈別緊張，程度不同而已〉這篇文章中，古爾德引述了英國劇作家德萊敦《亞歷山大的盛宴》劇中的一段，是亞歷山大大帝喝多了酒興奮起來，誇耀起自己昔日戰陣上的功業：

國王的虛榮心大起來了
重演一遍他所有的戰役
狠狠的打敗了三次敵人
三度對敵人死了又殺，殺了又死

■《千禧年》（時報）

然而，對閱讀者而言，做同樣的事既不必亞歷山大的虛榮，和無須借助酒興，比方說我個人和《迷宮中的將軍》這部小說，我就不止三次把玻利瓦爾從一八三〇年十二月十七日下午一點零七分的死亡喚醒，讓他一次又一次重新航行於馬格達萊納河——即便如此，我心知肚明，相較於書寫者本人賈西亞・馬奎茲投入此書的時間，我的仍遠遠不成比例。

這讓人想到曾在十九世紀末生物學上顯赫一時的美麗學說「重演論」。重演論的想法是「個體發生過程是整個種系演化過程的重演」，也就是說，動物在牠胚胎時期和出生後的生長發育，事實上是重複一次牠祖先的成年階段。當然，這重演的過程一定是省約的、加速的，把耗時億年的艱辛時光，濃縮在幾天、幾月，最多幾年的時間裡。像人類胚胎期會出現的鰓裂，重演論者便以為正是我們魚類老祖宗的成年特徵，記憶著那段迢遙的海洋生活歲月。

這麼美麗多情的學說，只可惜在生物學上不是真的（古爾德大概會說「美得不可能是真的」，因為生物演化生死大事沒這麼悠閒的美學餘裕）；然而，在我們閱讀的世界之中，重演論不止成立，而且還是必要的，我們因此跟著賈西亞・馬奎茲航行於馬格達萊納河，隨康拉德進入黑暗大陸的中心，和扶病東行的契訶夫穿越春汎的西伯利亞大平原到達酷冷的庫頁島，和馬克・吐溫一道測量過密西西比河水深（「水深兩潯」，即馬克・吐溫此一筆名的意譯），和梅爾維爾一起追獵大白鯨莫比敵克，和托爾

■《希羅多德歷史》（台灣商務）

斯泰刺殺過小矮子拿破崙，和吉卜齡漫遊於印度半島找尋那道洗滌人間罪惡的佛陀箭河，還伴著希羅多德搜訪地中海沿岸，探究文明第一道曙光照臨的大地……

別擔心時間，時間不管在你怎麼算都是占盡便宜的，如果可能，真正我想說的是，除了功能性的必要，這裡還包藏著做為後代閱讀者一分尊敬和感激的心意，對那些書寫者，那些為我們艱辛耗時演化成書的慷慨書寫者。

6. 要不要背誦？——有關閱讀的記憶

隨著船隊快臨近大海，人們對大自然的渴望越來越強烈，大多數軍官都欣喜若狂，有的幫忙划槳，有的用刺刀捕殺鱷魚，更有把簡易的事情複雜化，用划槳犯人的談話來消耗過剩的精力。相反的，何塞・勞倫西奧・席爾瓦只要有可能就白天睡覺，夜裡幹活，他這樣做是因為懼怕自己可能因白內障而引起失明，就像他外婆家幾個親人所遭遇的那樣。因此，他在夜裡起床幹活，以便學成一個有用的盲人。在戰地營房的那些難眠之夜，將軍曾多次聽到他動手幹活的忙碌聲，鋸斷自己刨光的木板，組裝已做好的零件，輕輕的敲錘子以免把別人從睡夢中吵醒。次日的大白天裡，很難相信這樣的細木活兒是在夜裡摸黑幹的。在皇家港口的那個晚上，何塞・勞倫西奧・席爾瓦因沒有即時回答口令，值班的哨兵以為有人企圖趁著夜偷偷接近將軍的吊床，差一點向他開槍。

安伯托・艾可的小說《玫瑰的名字》書中那位守護大圖書館的博學偏執瞎眼僧侶佐治，擺明是用波赫士的造型寫的；我們不曉得賈西亞・馬奎茲寫這個深謀遠慮的前瞎子席爾瓦有沒有也想到波赫士，我猜一定有，因為即便鍛鍊的是木工技藝，席爾瓦顯然比佐治更像波赫士。

覺不覺得？故事中的僕役隨從，總是遠比他的主人要堅強，而且理智，尤其在最困阨最崩潰的時刻，故事中的僕役隨從往往更像一座大山般的冷靜可依靠，彷彿入水不侵遇火不燃。

其原因，我想，其一是僕役隨從在小說裡，通常是E.M.佛斯特說的概念性人物，扁形人物，不是實體，因此不容情緒也不會受傷；其二如果小說誠如波赫士所引述梅肯的話那樣，大部分小說的精髓都在於人物的毀滅，在於角色的墮落（當然，波赫士自己的話更好，他說的是「失敗者所顯現的特有尊嚴」，如《伊里亞德》史詩中戰敗身亡的特洛伊王子赫克托），這個毀滅和墮落當然體現在小說主人翁的身上。僕人一無所有，也就一無所失；僕人沒權利分享主人的財富名聲、奢華夢想以及愛情，也就一併沒那榮幸分享主人的挫敗和哀傷，就像安娜・卡列尼娜那樣的致命悲劇，也只能由她一個人孤獨去死，僕役隨從不與焉。

顯然，當社會階級分割森嚴之時，僕人無由參與世界，他們有的只是受苦，沒有

■《伊利亞圍城記》（聯經）

悲劇——儘管，我們把席爾瓦看成玻利瓦爾的僕人是有點過分，小說中講，他是黑白混血的下等階級出身沒錯，但在大解放戰爭帶來的局部性階級瓦解的縫隙之中，憑戰功和一身傷痕升到司令，但下階層的印記一直沒真正褪去，也許正因為如此，席爾瓦反而最容易洞穿上層權力遊戲的過眼煙雲，遠不如一門細木工技藝扎實可靠。

革命大事業有諸多代價，成功之後革命陣營一大批不事生產者解甲歸田的麻煩是其中一樣；就不說革命這離我們這麼遙遠的事，光是我們尋常可見的政治人物下場，那些從權力角力場退下來的，那些選總統、選縣市長、選立委輸掉的，每一個都幾乎成為社會集體必須忍受並支付代價的大小麻煩製造者。我們該不該發起一個「席爾瓦運動」，要他們還呼風喚雨時就學好一門技藝，平車考克、修摩托車什麼的，以政治做為一種「職業」的人，其政治生命基因中大抵都有宿命的病如席爾瓦的白內障遺傳，我們得好心早提醒他們。

這正顯示了《迷宮中的將軍》不同於一般小說，儘管他瞄準的是玻利瓦爾這樣巨大的歷史人物，但僕人仍有他自身的命運和意志，以及得仰靠自己來料理的獨特煩惱，一句話，「脫離主人翁仍能獨立存在」。這裡，席爾瓦冷靜的為自己的後隨從生涯做預備，玻利瓦爾的世紀大夢是成是敗，無助於他一己的、源於家族性遺傳基因的失明威脅；另外一位更資深的僕從，從年幼就一直侍候將軍的何塞•帕拉西奧斯則缺乏這樣的算計，也相對的晚景淒涼。玻利瓦爾在遺囑中堅決保留了八千比索給他，但

「何塞・帕拉西奧斯不善經營錢財，笨拙得跟將軍不差分毫。將軍死後他留在了卡塔赫納，靠公共施捨度日，他借酒澆愁，放浪形骸，八十六歲時，被可怕的震顫性譫妄症所折磨，在汙泥中打著滾，死在一個陰暗潮溼的洞穴裡，那是『解放者』軍隊退伍人員淪為乞丐後的集聚之地。」——相對於席爾瓦，何塞・帕拉西奧斯的下場，則準確表達了一個忠貞者喪失了自身主體性的悲劇，他顯然才是玻利瓦爾最親密也最能幹堅強的僕從，但卻不是個能幹堅強的何塞・帕拉西奧斯，他沒被定過工資，也沒在新國家新社會中被確定過新的身分地位，「他個人的需要一直和將軍的需要結合在一起，他甚至連吃飯穿衣的方式都與將軍完全一樣」，只是他並不真的就是玻利瓦爾，卻過玻利瓦爾的生活並承受玻利瓦爾的命運，更要命的是，他偏偏又獨自活下來到八十六高齡，沒像他跟將軍說的那樣（這是小說中他唯一洩露出情緒的時刻，相當動人），「我們一起死才算公正。」

從另一個角度來說，何塞・帕拉西奧斯的悲劇，也說明了純粹經驗論者的致命性，說明了單一記憶者的危險（記憶的單一性，通常因為它只仰賴經驗這單一來源），特別是這經驗若曾經太成功太輝煌，會更強固這個單一記憶並且排他，從而讓經驗並非做不到的觸類旁通彈性和必要的概念性拔昇變得更加困難，因此最禁不住外在世界遲早總會發生的變動。他永遠無法真正了解，為什麼以前可行的現在會行不通，過往這麼做一定會得到的結果為什麼會失靈；而且，昔日的輝煌和成功頑固的成為生命中一個最嚴酷的判準，一個永遠召喚不回的失落樂園，以至於就算尚有不惡的成果，也在記憶的榮光中黯然化為糞土，幸福的時光一生只來一次……

所以，還是多少要讀讀書，不能只靠一己經驗。

這次，我們要談的正是記憶。通過席爾瓦奇特的構想和自我預備，他提前過盲人生活的細木工技藝了然深印胸中；也通過沒失明威脅、曾經更強大幹練的何塞・帕拉西奧斯的準宿命悲劇。這一明一黯，或可如星光如螢火，照亮我們的路，看看能引領我們向著閱讀世界的記憶深處走多遠。

同時扮演讀者和印刷機器

從閱讀的角度談記憶，我們可能得先幫「記憶」這個詞清洗一下。讓它回復乾淨面貌——記憶，尤其是動詞性的記憶，最起碼從我們這一代人讀書懂事之前就有成為髒名詞的傾向，至今猶然。這個動詞性的記憶一詞，我們通常直接稱之為「背誦」，把它和理解對立起來，勢不兩立。

但事實並不真的是這樣子，它們是兄弟，而不是寇讎，而且通常記憶還走在理解前頭，是兄長的身分。

背誦，一種強制的、刻意的記憶形式，之所以讓閱讀者感覺不堪負荷，其實是一次要閱讀者做兩件事——在背誦之時，一個人不只是扮演讀者，而且還是個書籍的印製者出版者。從書籍（甚至該說文字）被發明出來，到書籍大量印製取得，其間斷隔著幾千年的漫長時光，在這樣書籍的複製、流傳、存留極其不便的情況下，閱讀者除了享受前人的思維創造成果而外，也得負擔書籍保存傳遞的義務，他得用一己的身體，尤其是大腦中的記憶區，做為書籍的印刷機，盡可能一字不漏不易的背誦下每一整本書。絕大多數狀況下，我們思維理解所需要的記憶，並不必要到如此激烈徹底的地步，這超出思維理解的過度記憶部分，其實隸屬於出版工業，而不是閱讀活動。

一件事大家不假思索的做了幾千年，便儀式化了，不容易記得原初的目的，也因此生出了慣性和黏著性，沒辦法所有人同時說改就改，儘管時移事往老早就不需要這樣子了。

圍碁碁士的思考與記憶

把理解和記憶一刀兩斷切開來，並判定一善一惡，讓雙方交戰，閱讀很容易在一起步就走錯了路，或更危言聳聽些來說，一開始就進行不下去。

我們先來說圍碁。之所以選擇它，是因為圍碁極其特殊的思索表現形式，幾乎把「思維／理解」此一內心的、不具外部表現的私密活動給形象化、唯物化了——當然，人的「思維／理解」活動激烈進行時，我們並非全然不可察覺，比方說他會失神、會沉默下來、會抽菸或折折火柴棒、會皺眉凝視等等輕微的神色變化（可參看達爾文的副品牌名著《人與動物的表情》），但大體上這只是冰山一角，十分之九是隱沒在平穩的海水底下。事實上，把思索全搬到檯面上來通常是有著噁心傾向的可怕之事，像咖啡館裡斜披一頭長髮還手拿一本書做夢幻狀，或抓著滿頭亂髮做痛苦狀（「他真以為禿頭有助於想清事情嗎？」），這種在臉上直接黥著「我在思考」的表現方式，通常也不隸屬於閱讀活動，而是待遇較佳、所得較豐碩的表演事業。

但圍碁不大一樣，尤其是下兩天的大頭銜挑戰賽（如日本的「棋聖」、「名人」、「本因坊」），一手關鍵性的碁甚至會長考到兩個小時以上，兩名頂尖碁士鷹一樣盯住碁盤不放直挺挺跪坐在那裡，我以為我們若有機會（儘管機會其實不多）都應該投資個一兩天至少看一次，這是難能可看到的思維活動極精純又極具象的呈現。

思維活動如何能不間斷不漂流的持續這麼長的時間呢？思維活動如何可能激烈到兩天內人一動不動而且茶來伸手飯來張口卻讓體重減輕四、五公斤？（「圍碁減肥塑身法」？）我們要不要也自己試試，試試專注想同一件事半小時左右？或不那麼嚴酷，十分鐘就好？

教我下圍碁的先生說，能夠持續兩個小時以上的長考，憑藉的不是耐心，更不是意願，而在於想不想得下去的問題；也就是說，不是你要不要想兩小時，而是你腦子裡究竟有沒有足堪你想兩小時的材料，建構得起持續思考兩小時不斷掉的線索。你碁力不到那裡，一步兩步三步就想不下去腦子空白了，剩下的只叫做枯坐，或叫如坐針氈。

思考需要材料，猶如燃燒需要柴薪，夠燒兩小時和只燒三分鐘的柴薪量當然大大不同——而思維材料的供應者便是你先前存放的記憶。

我們試著來進一步窺探高段碁士的長考是怎麼進行的——開門見山的說，他們絕不是一無所有的一切從零想起，把碁盤上全部三百六十一個著點每個都重新推演一遍，這既在時間上做不到，人的思維心力亦負荷不了。事實上，碁士基本上考慮的只是那些「看起來像」的有限著點（當然還是為數不少，而且每個可能著點又導致對手的每一種可能回應，大致是呈等比級數的暴增，這是圍碁所以難算的原因），而這些初步中選的可能著點依據什麼被首先揀選出來呢？來自碁士對類似碁形的熟悉所自然培養出來的敏感，這以接近直覺形式所呈現的敏感事實上絕不神祕，所謂對碁形的熟悉，說穿了就是記憶，包括對基本定石變化的記憶（這通常得完整背誦下來的）、對多少已被錘鍊成模式化的各種基本碁形相關要點（即所謂「急所」）的記憶（也主要來自背誦，輔以反覆練習），還包括對實戰碁局的記憶（包括打譜和實戰，通過類似經驗的重複發生自然深印腦中）。

這些都是記憶。不同形式得到的記憶，包括強迫背誦和自然牢記；不同來源的記憶，包括自身經驗或轉換自他者的經驗。

因此，碁士的長考，與其說是邏輯推演，還不如說是翻閱記憶。他並不像手持有限光源如蠟燭或手電筒在暗黑甬道之中摸索前進，毋寧更接近是快速翻閱檔案般挑揀過濾，這部分真要快其實可以快到接近不花時間的，也因此，一名能長考兩小時以上、碁局方剛入中盤就能精確算出半目輸贏結果的碁士，真正下起那種三十秒甚至十秒限定的電視快碁不僅照樣應付裕如，而且通常這「第一感」的快速著手和長考後的慎重著手還一模一樣。這個我們外行人看似詭異的常見現象，如果我們稍稍了解碁士的想事情方式和內容，你就知道一切再合理不過了。

如此說來，那麼長的思考時間都花哪裡去了呢？不是花在正向的找尋上，而是投資在逆向的小心檢驗上，好確定挑揀出來的著點有沒有漏算、有沒有盲點。還有，也可能部分花費在克服選擇的猶豫和痛苦之上，並準備迎接這手碁下去撲面而來的無法回頭熾烈戰鬥，正如一名碁手解釋他一手看似不必要的長考的動人告白：「我在培養戰鬥的勇氣。」

所以，圍碁世界流傳著這麼一句名言：「選擇最難。」——真正折磨碁士的不是如何發現，而是如何選擇。在廣漠的碁盤上，你通常找得到可計算的目數相等的好幾個著點，你卻只能下一個，偏偏這些「暫時」價值相等的著點各自指向往後完全不同的碁局變化，因此，找到並確定一個新的著點通常不意味著困難的快樂結束（圍碁鮮少有一手碁擊倒對手的「勝著」，但幾乎每盤碁都有因一手碁崩潰輸掉的「敗著」），而是代表了由此歧路展開的更複雜更不確定、還此去再不能回頭的陌生世界。這點，圍碁的嚴酷一如人生，戰國時代的哲學家楊朱曾對如此歧路沮喪的大哭起來，因此是需要勇氣沒錯。

更雪上加霜的是，想太多的長考還往往會入魔而生出莫名其妙的壞碁來，這就是所謂的「長考無好碁」。

好，如果說，思考的材料是記憶，思考可被辨識的主體形態傾向是揀擇，那些圍碁的不朽新手，如吳清源和藤澤秀行總在眾人驚呼聲中啪一手弈出的，究竟從何而生呢？我們如何掙脫記憶的複製性、黏著性制約，「選擇」出一手記憶清單之中根本就不存在的著手呢？

我想，這裡頭一定有一定程度的神祕性，關乎各別創造者奇特無倫的心智力量，也關乎創造非連續的、非因果的動人特質，也因此吳清源會被說成是不世天才，是「囲碁の神様」，藤澤秀行會被稱之為「異常感覺」——而不神祕的部分在於，對於像圍碁這樣人的智力尚無法歸納窮盡的極複雜微妙世界（當然複雜程度還是遠遜於我們的真實世界），人的既有記憶總和，也就是圍碁史上一切碁局（包括公開的和私下的）

的總和，仍無法填滿它不留空白。記憶，是既有進展的記錄，標示出已知未知的分界線，它一方面節約了我們的思維耗損，告訴我們想像力該傾注在哪邊的空白拓墾之地；另一方面，它還是一個一個進行中的、未完成其所有潛力的思維線索（只是原思考者或因年壽、或因歷史條件、或因種種機遇戛然止於此處），可供我們隨時再撿拾起來繼續想下去（比方說當年大雪崩定石那一手碁該內拐還外拐便不曉得弄了幾年）。我們後來者、記憶承繼者的最大優勢便在於，我們不僅像體力充沛的接力賽跑者不必傻傻的從頭跑起，而且還被告知了或暗示了往前的可能途徑。新的創造活動源生於既有的記憶，在此取得了堅實的踩腳之地以為跳板，讓進一步的瞻望和飛躍成為可能。

因此，有關圍碁的新手創造，至少我們能說的是，它不是誤打誤撞猜來的，而是「不滿意」逼生出來的。不滿意什麼？不滿意記憶可及的一切既有著點，以上皆非的自己另闢蹊徑。這使得新手成為圍碁盤上最危險也最耗時的著手。危險，是因為記憶清單之中無直接的依據；耗時，則因為它通常是全面搜檢過既有著點後才發生的。所以，長考不見得能生出好碁，但有價值的新手卻通常是長考的產物，圍碁史上另一句名言：「爭碁無名局。」揭示的便是這個道理，限時爭勝的快碁只能走安全的路，沒有餘裕下出那種可能長留青史的名手和名局來。

如此不必重來，從既有記憶揀擇並向前創造的思維方式，於是建構了每個思維領域的專業性和不可輕侮尊嚴——不少人陸陸續續有諸如此類的好奇，一名天資平平但訓練有素的專業碁士（如日本碁院的小鬼院生），和一名乍學圍碁但有絕佳邏輯推理能力和習慣的數理天才，弈一局碁誰會贏呢？答案百分之一千一萬是前面那名熟記定石、勤於打譜並認真在實戰中磨練的不起眼小鬼（這不是推斷，而是真的發生過）。正是因為記憶的存在及其作用，使得這位絕頂聰明的可憐數理天才其實是面對一場最不公平到接近騙局的競賽，因為他要對付的不只眼前這個小毛頭。他是孤身在對抗黃龍士、算砂、道策、秀策、秀榮、吳清源、木谷實、坂田榮男、藤澤秀行等等所有偉大圍碁天才的聯手圍剿。勝利，如克麗絲蒂筆下的比利時大鬍子神探白羅喜歡引用的名言：「當然是屬於大軍這一邊。」

這樣，繞了一圈我們便又回轉到我們再熟悉不過的世界了，這就是我們常講的，站在巨人的肩膀看世界，這肩膀，是用記憶一點一滴堆疊起來的。

最原初的記憶

談記憶，好像不能不想到柏拉圖，人類思維史上最狂熱、最徹底的記憶擁護人。但我們要談的不是他神祕聯綴於靈魂不滅、所有理解其實都只是與生俱來的記憶、是人想起他本來就有但已然忘記的事物和概念這個大哉講法，這裡，我們想引述的是他另一段話，一則應該是他自己謅出來的埃及寓言故事，在《斐德拉斯篇》。

說話之人，假託給埃及王杜哈姆斯，他向造字之神圖特抱怨：「你的這項發明（指造字），只會使學習者的心智變得健忘，因為他們會變得不肯多用自己的記憶，只相信外在被寫成的文字，不肯花時間記憶自己。你發明之物的特性不能幫助記憶，而是幫助回憶；你授予門徒的也不是真理，而是外表看似真理的東西。他們將會發現自己確實耳聞很多事，可是一樣也不記得；他們將會看似無所不知，其實卻一無所知；他們將會成為令人厭倦的友伴，表現得好像充滿智慧，事實上卻虛有其表。」

這段看似激烈反文字反書籍但不失意味深長的話，卻一下子把我們溫柔的帶回記憶最原初的時光及其最乾淨親切的模樣——在還沒文字、沒書籍的日子，記憶就已活生生的和我們相依為命了，它是彼時我們抵抗時間流逝萬物凋變的唯一友伴，也是我們生存傳續的最重要諮詢對象。說它活生生，是因為它絕大部分直接是人自己或身邊伸手可及之人的真實經歷，聯綴著實物實景實人，也通常還保有著其來龍去脈；它源於經驗和實踐，是其中最珍視、最驚異、最哀慟、最恐怖云云因此刻骨銘心從渾沌的整體中被分離保存下來的，卻不只是個視覺形象而已，還包含了聲音、氣息、味道、觸感乃至於幻覺夢境等等一切感官，因此，縱使其中不乏未知的部分，靜靜存放於人心中等待我們來日的體悟和解釋，但它很少是隔閡的、事不關己的，它像影子般忠誠、親切而且和人亦步亦趨。

杜哈姆斯王（或說蘇格拉底，或說柏拉圖）對文字的質疑，我想，一部分來自於記憶和人自身的脫離。外借的、輾轉自他人的記憶也許不像輸血或器官移植手術般得小心考慮到兩造之間致命性的相容排斥問題，但省略不了一個重新理解體悟的過程，而仰賴文字為載體的他者經驗，又得再加上一個轉譯的必要手續，這裡便有著異於人直接經驗的兩重阻隔、兩道分離。而偏偏文字相較於人的記憶又是個太省力而且不易湮滅的方便存放形式，它甚至只需要動用到我們眼睛和手這兩部分，不必心智參與，這固然節省下時間和心力損耗，卻也往往少掉了我們要將某事某物牢牢銘刻心版之上的心智搏鬥過程，而這個用力記憶的搏鬥過程，其實同時也是個專注精純的理解過程，是人對他者經驗的第一次充分浸泡，杜哈姆斯王另一個耿耿於懷的損失便在這裡。

工具是人聰明的發明（一度，人們還以此做為人的定義，後來沮喪的發現黑猩猩也會），但工具往往也帶來單一性方便的陷阱。我一位老師最愛取笑那些掛著照相機的現代觀光客——「好漂亮，這裡好漂亮，快來照張相！」於是大家巧笑倩兮擺足姿勢卡嚓一聲，然後頭也不回就走人了，剛剛那個令人尖叫的好漂亮風景連看都不再看一眼。

這裡我們再來讀另一段話，教我們如此看風景。這段話一樣來自沒文字的國度，是美國西南地跨亞歷桑納和新墨西哥兩州的最大印第安人保留區納瓦荷國，納瓦荷人稱這片土地叫「四角之地」，由他們神話中四座聖山圍擁而成。說話的是納凱老人，納瓦荷傳統巫醫和頌歌者，以智慧的話和美麗的儀式為族人治病，讓他們回歸「美」裡頭。納凱老人教導有志承傳頌歌和儀式的警察外甥吉米・契怎麼面對舉目可見的四座聖山：「記住你眼前所見，把目光停在一處，記住它的樣子。在下雪時觀察它，在青草初長時觀察它，在下雨時觀察它。你得去感覺它，記住它的氣味，來回走動探索山岩的觸感。如此一來，這地方便永遠伴隨你。當你遠走他鄉，你可以呼喚它，當你需要它時，它就在那兒，在你心中。」

的確如此。

我自己便還算可印證並且也持續實踐著納凱老人的諄諄教導。比方說旅遊京都一事，如今我可以選在農曆春節假期京都最荒涼的時日前去（日本人過陽曆年），人少，方便訂機位和我們喜歡的那家便宜商業小旅館，又可以逃開那時往往冷雨不斷的濕漉漉台北市。我記得四月吉野櫻鋪天蓋地以及花蔭下席地飲酒唱歌歡宴的京都模樣，記得六月雨季初歇蟬叫聲中濃綠到有著厚度的京都模樣，記得入秋夾道黃金小扇子葉片飛舞並散發怪異催情氣味銀杏和血紅高雄楓冷森森沁著人的京都模樣，記得偶爾大寒流由裡日本越山嶺而來大雪紛飛神社和老樹幹枝椏承雪轉為黑色如水墨畫的京都模樣。我記得大文字嶺上回頭看見的黃昏古都，記得哲學の道口那一家子貓，記得灑了水的寧寧之路青石板地，記得錦市場如莫內繪成的醬菜鋪子，記得華燈下花見小路的出遊藝妓和她們天鵝般弧線的頸子，記得稻荷大社表參道前煙火裊繞如祭神的庶民風鰻丼，記得四條大橋頭粉紅色的「放課後體驗」詭異看板，記得賣長毛象毛和恐龍大便的宛如時光隧道小化石店，記得夜裡鴨川畔不怕凍死每隔兩步一對情侶排排坐直到天邊的無料戀愛，記得昏黃小燈如豆下賣烤地瓜小販的有氣無力叫賣歌謠……，都記得，二月枝枯葉殘的冷清清京都遂反而好像空白的畫布或說只有草稿線條的未著色繪圖。你的記憶一個一個疊上去，竟然比任一個熱鬧時節京都還華麗動人。

攜帶型的圖書館

因此，如果我們把順序給復原一下，把後來才發明出來的文字，以及更後來才出現的書籍，看成我們記憶的輔助工具和延伸工具，也把價值和主客地位給復原一下，終究最重要的不是我們擁有了多少書，而是有多少東西進入到我們心中駐留不去，成為我們自身的一部分，我想，也許我們關於記憶的一些常識性困惑便可以迎刃而解了。

我們先前引用過波赫士和愛默生的一段話，把圖書館比擬成住滿死人的魔法洞窟，說得等到「正確的人」來閱讀，這些死人才復活得著重生，記得嗎？——這裡，我們來看「正確的人」這個辭，這個召喚回生命的關鍵使者。

波赫士強調正確的人，我想，並不一定是喀爾文命定式的把人斷成誰正確誰不正確兩組，而是可以理解為「正確的時候」、「正確的準備」云云。我們談到化為文字的他者經歷和思維跟我們自身的兩重阻隔，我們也談到過理解的非操控性及其延遲現象，因此乍乍打開一本新書閱讀，即使你是訓練有素的重度讀者，亦很難在第一時間就整體的、充分的掌握並吸收整本書化為己有，因此，除非某一本書你看不上眼打算讓它和它的作者繼續保持靜默的死亡狀態，否則每一本書其實都有必要重讀，也就是說找到正確的時間以及正確的準備好讓我們自己是正確的人來讀它。我以為這才是波赫士的真正意思，他曾在另一篇〈書〉的短文中如此談到自己的讀書：「我總是重讀多於泛讀，我以為重新閱讀一本書比泛讀很多書更為重要。當然，為了重讀先必須閱讀。」

寫《查令十字路84號》的海蓮・漢芙講得更激烈，她說她絕不買一本沒看過的書，就像衣服沒試穿過你會買嗎？

也就是說魔法洞窟裡的那些嗷嗷死者不可能一夕復活，而是緩緩重生，這其間包含著一段頗辛苦的時間作法過程。

重讀的最綿密最精純最極致形式便是記憶了。通過記憶，你把書籍會受地心引力

■《查令十字路84號》（時報）

作用的紙張硬體部分剝除下來，讓書本成為最輕靈的攜帶形式，就像納凱老人講的，你隨時要讀它，它就在那兒，因此不是「這本書我念過××遍」，而是你遠走他鄉、上山下海、白天黑夜、年輕年老都保持在讀它。據說，亞里士多德的最著名學生、從馬其頓一路殺到印度河邊的亞歷山大帝，即使在遠征時候，他的枕頭底下總是放著劍和《伊里亞德》一書。有了記憶，我們遠征時能帶的就比亞歷山大帝多太多了，像波赫士這樣的人，他枕頭底下根本就是個圖書館。

納凱老人說「你可以呼喚它」，但我可以告訴你更好的，你甚至根本不必呼喚它，它自己會來，像馮內果所說的乖巧的哈巴狗般就在你腳邊打鼾。這是我們人理解的一個最神祕也最有趣的現象，很多人都曾察覺到，那就是，理解在我們專注思考時劇烈的進行，但也在我們沒刻意思考時自動且持續的默默進行。我們放進記憶裡的思考材料，好像自己會滲透、比對、串組、分類和融通，在你發呆時，在你吃飯時，在你閒談時，在你看風景時，當然也在你沉睡時，像生命中不熄的火，這就連寫流行歌的人都知道，比方保羅・賽門，電影《畢業生》著名插曲〈靜寂之聲〉的作者。這首動聽的歌一開頭就講：「嗨黑夜我的老朋友，我又找你聊天了，只因為有一個影像悄悄潛行而來，趁我沉睡時遺下它的種籽，它從此在我的腦子裡生根茁長，至今駐留不去，在此靜寂的聲音裡。」

這個動人的效應只能發生在我們身體內的記憶裡，那些置放於身體之外的其他記

■《詩學》（台灣商務）

憶方式不與焉，也就是說，人的記憶，終究不是書籍乃至於電腦碟片資料庫所能完全替代的，我們是比先人的命好沒錯，但還沒好到那種田地。

所以要不要傻傻的、硬生生的背誦呢？當然可以不用這樣，記憶中最好最華美的部分，不管是神奇浮現自我們的真實經歷之中，抑或從書本的白紙黑字跳出來到我們眼裡，往往都是「自然」記得的，也許當時我們多看它兩眼，為的是看得更清晰記得更完全，當下的真切「觸感」，說明你是「正確」記憶這部分的人，其他的，有對你而言太淺白太已知太常識的部分，你流水般放它走過去，也有對你而言太深奧太遙遠太無法掌理的部分，你只有留待來日，像一處待填的空白。當然，要刻意背誦下來誰曰不可，畢竟你往往也會遇見通體美好到任一絲細節都不忍捨棄的好東西，甚至包括它的語調和聲音，不僅都是這渾然無間的美好所無從分割的必要部分，而且你往往還得跟自己真的唸出聲音來，好像只有在高低抑揚的朗讀聲中，思維寶藏的洞窟大門才像聞聽咒語般應聲打開來。這樣的好東西最通常是詩，因而詩也就理所當然是閱讀者自古及今的最主要背誦對象。

> 噫戲吁危乎高哉，蜀道之難難於上青天，蠶叢及魚鳧，開國何茫然，爾來四萬八千歲，不與秦塞通人煙，西當太白有鳥道，可以橫絕峨嵋巔，地崩山摧壯士死，然後天梯石棧方鉤聯。

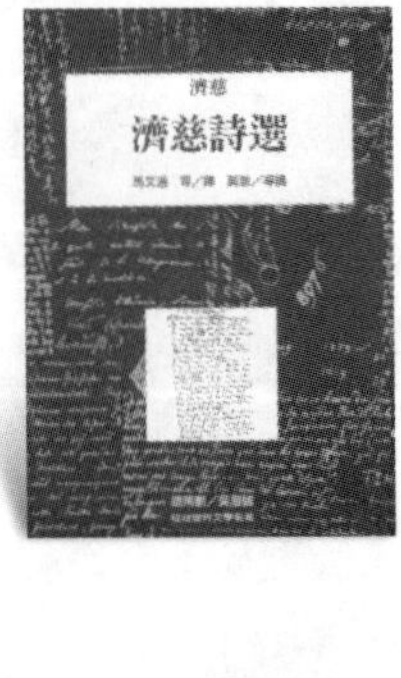

■《濟慈詩選》（桂冠）

——於此，波赫士有極其令人動容的真實經驗告白。他在演講中背誦並逐字朗讀了濟慈的名十四行詩〈初讀查普曼譯荷馬史詩〉的末半段，波赫士說，他對此詩的真正震撼印象仍是兒時在布宜諾斯艾利斯的記憶，是他第一次聽他父親大聲朗讀此詩的情景：「我不認為我真的了解這些文字，不過卻感受到內心起了一些變化。這不是知識上的變化，而是一個發生在我整個人身上的變化，發生在我這血肉之軀的變化。」

還記得我們請大家記下的賈西亞・馬奎茲書裡那兩句話嗎？——那種即將獲得自由的奇特感覺在大家心裡產生的無情的力量，無需要看見它才去承認它。

一具巨大的記憶老人塑像

但丁在他不朽詩書《神曲》之中仔細描繪了一具巨大的時間老人塑像，立於大海中一個名為克雷塔的荒敗之國中、一座名為伊達的枯廢之山上：「他背向達米爾塔，面朝羅馬，好似它的鏡子一般。他頭是純金的，手臂和胸膛是銀的，腹部是銅的，其餘都是好鐵鑄的，只有一隻右腳是泥土做成的；但是，在這最脆弱的支點上，卻承荷著他大部分的重量。巨像的每個部分，除了那金做的，都已有了裂縫，由這些裂縫流

■《神曲》（Oxford）

出了淚水，滲入池中：這些淚水滲流過山岩縫隙，匯歸於地府裡。」——匯歸地府的時間老人淚水，最終便是讓靈魂忘掉前世洗去記憶的忘川之水。

說的真好不是嗎？相反的，如果我們不要遺忘，而是要記得；不在神國靈界或任何無何有之鄉，而就要在此時此刻的現實人世之中。如果我們要如此找一個巨大的記憶老人像，我想，那一定就是波赫士了。

尤其是晚年失去視力、只能以記憶和聲音和他鍾愛的書相處的那個波赫士。

世人一直要等到波赫士瞎了之後才普遍知道波赫士的記憶力和記憶容量有多驚人，尤其是那些現場聽他演講的人。但我們曉得，波赫士並非生下來就瞎眼的人，因此，他對書籍的可怕記憶力不是源於天生盲人的不得不耳，而是因為他是如此一個精純貪婪的閱讀者，那些他在演講時信口引述而且一字不漏不錯的詩行、小說片段乃至於哲人的大段論述，是早在他還能用眼睛讀書時就記憶下來的，如席爾瓦記下的細木匠技藝。

寫《閱讀史》一書的加拿大人曼古埃爾原來出生於阿根廷的布宜諾斯艾利斯，年輕時便擔任過波赫士的唸書人兩年時間，曼古埃爾如此寫下這段令很多人妒羨的奇特回憶：

在那間客廳，在一尊皮拉內西的圓形羅馬廢墟雕刻下面，我朗讀吉卜齡、史蒂文

■《森林王子》（台灣商務）

生、亨利・詹姆斯、布羅克豪斯德文百科全書的一些條目、馬里諾和邦契斯以及海涅的詩（但這些詩人的作品其實他早已熟記，所以，常常我一開始朗讀，他猶豫不決的聲音就會揚起，開始背誦起來；他的遲疑只是在於韻律，不在於字句本身，後者他可是記得一字不漏）。之前，這些作家的作品我所讀不多，所以這道儀式顯得特別古怪。我靠著朗讀來挖掘一部作品，正如同其他讀者利用眼睛一樣；波赫士使用他的耳朵來掃瞄書上的每個字、每個句子、每個段落，以確認他的記憶無誤。當我朗讀時，他會打斷，評論那段文句，這是為了（我推想）將其銘記於心。

我們來問，什麼樣的記憶或說什麼樣方式記憶下來的東西，可以這麼多這麼廣這麼完整這麼深刻，而且駐留不去無懼肉體的蒼老和精神的耗竭？曼古埃爾的推想，說波赫士打斷他，評論那段文句好將其銘記於心。這給了我們很棒的線索。

最好的記憶，不是一個單獨的、孤立無援的點或原子，這就像單獨一隻蜜蜂或螞蟻很難存活（儘管我們記憶的最開端往往得在此孤立的不利狀況下展開），最好的記憶，不管是經由刻意的背誦或自然而然的記得，總有它和我們內心共鳴共振的所謂印象深刻成分，它對我們而言總是有線索、有來歷甚至是有（暫時）秩序的，你知道該把它安置在自己記憶的哪個「櫃子」裡，他日要用時你也大概知道存放何處可以把它找出來。而因應著如此觸及內心的美好共鳴，通常在那相遇的驚心動魄一刻，你總會要自己暫時放緩腳步甚至停下來，也許還像波赫士一樣做出評論，一方面是藉此駐留時間讓此時此刻停格，另一方面也是凝視是思索是進行整理安置，好讓你自己想看更清楚更仔細些的東西，就像本雅明用的例子，如同人把目光停留在岩石久了會浮現出某隻動物的頭部和身體一般，從渾沌的書頁中分離浮現出來，進入你的記憶深處。

於是，你往往要煩惱的不再是如何牢記不遺忘，而是如何不讓某一份記憶（一張臉、一個形象、一段旋律、一股氣味、一節文字、一次愛情云云）揮之不去的一直糾纏你，尤其你需要放下它好好睡一覺時。

嚴格來說，惟有通過如此的記憶過程，那東西才完完全全變成「你的」，甚至它不再只是記憶了，而是你生命的一部分、身體的一部分，彷彿已從抽象的訊息，轉變成實體的筋骨肌理。

因此，記憶，包含了背誦，是深情款款的事，與其說是一種大腦的能力，不如說它是情感的表現，是人面對著無可奈何的整體流逝，盡其可能用僅有的兩手抓住的東西。

我們用賈西亞・馬奎茲的話做個結束——賈西亞・馬奎茲說他是不做筆記的，不依賴這種存放於身體之外的記憶輔助方式來寫東西，只因為需要再仰靠文字才能記住的東西，恰恰好說明它是無法真正的和你的思維綿密聯結起來，無法為你的身體所存

■《馬奎茲前傳》（Vintage）

放，這於是成為一個嚴格但有意義的過濾，一個書寫的選擇判準，畢竟，做為一個真誠的書寫者，你只能寫那些你相信的、你魂縈夢繫的東西，你只能寫「你的」東西。

所以賈西亞・馬奎茲說：「那些會忘記的，就不值得寫了。」

7. 怎麼閱讀？

——有關閱讀的方法和姿勢

將軍吩咐讓代表團成員進來見面。蒙蒂利亞和他的陪同人員面面相覷，只好讓戲繼續演下去。副官們叫來了一些前一天晚上一直在當地演奏的風笛手，幾個上了年紀的男女則為來賓們跳起了毘比亞舞。卡米列對這源於非洲的民間舞蹈驚歎不已，她躍躍欲試想學會它。將軍是有名的跳舞能手，一些和他同過餐的人都記得，他上一次到圖爾瓦科來時，他的毘比亞舞跳得像一位大師。但是，當卡米列邀他跳舞時，他卻婉言拒絕了。「已經三年不跳了。」他笑容可掬的說。由於將軍一再推辭，卡米列便一個人跳了起來。突然，在音樂間歇時，傳來了歡呼聲、震天動地的爆炸聲和火器鳴響聲，卡米列驚心膽顫。

伯爵板著臉說：「天啊，又是一次革命！」

「我們實在太需要一場革命了。」將軍笑著說，「可惜，這只不過是一場鬥雞。」

我們來看，解放整個南美大陸這片高低起伏、有著最深奧大河和高山的廣大土地，玻利瓦爾用去了多少時間？我們從一八一〇年他二十七歲被流放算起（該年的四月十九日事件是委內瑞拉革命的開端），兩年後他清理了整個馬革達萊納河流域，把西班牙保皇軍隊全數逐出該地區；三年後，他正式被稱為「解放者」；到十四年後的一八二四年底，他最信任的蘇克雷元帥領軍取得阿亞庫喬戰役的勝利，整座南美洲至此完全脫離西班牙人之手——不到十五年時光，比賈西亞·馬奎茲一部小說的醞釀到完成還短，像《百年孤寂》，像《預知死亡紀事》，依書寫者自己計算皆用去了十年二十年以上的時光。

有關一個領導者、一個「偉人」究竟在一場革命中起著多少程度的決定因素，他是一切的關鍵或只是一個代表性的名字、是革命條件抑或水到渠成的歷史收割人，這不是一個容易爭個清楚的大問題，賈西亞·馬奎茲在小說中也沒徒勞的追問，他只透過德國來的了不起自然學者亞歷山大·馮·洪堡男爵和年輕玻利瓦爾的一次邂逅談話，說了一番兩者缺一不可的南美洲未來命運預言：

他無法想像男爵怎樣從那種險象叢生的自然環境中活了下來。他是在洪堡男爵從晝夜平分線上的國家考察回來時在巴黎認識他的。男爵的聰慧博學和英俊的外貌均令他折服，他認為男爵的相貌連女人都會自歎不如，然而，他對男爵斷言美洲殖民地獨立的條件已經成熟這一論點卻不能令人信服。男爵斬釘截鐵的下這個結論時，將軍甚至連這樣的幻想還不曾產生。

「唯一缺少的是一個偉人。」洪堡男爵對他說。

但無論如何，人類歷史上最巨大、最成功的革命通常異樣的快、異樣的順利、異樣的始料未及。以至於一夕成功還令所有打算用這一輩子跟它拚到底的人想咬咬手指頭狐疑是不是開玩笑，這與其說是驚喜，還不如講是滑稽，還有當事人不知所措的狼狽和居然不用為它犧牲的詭異失落感，包括革命需要的種種悲壯、孤獨沉鬱和慷慨殞命，而勢如破竹的成功革命毋寧更像是一場鬥雞，在宛如節慶來臨的歡欣氣氛中，槍炮聲那一刻聽起來還真像是鞭炮的聲音沒錯。

置身革命中心的歷史偉人因此很容易留下一抹無先見之明而顯得弱智又算他運氣好的尷尬陰影，像列寧在俄國革命成功前夕才慷慨說這一輩的革命者是見不到革命的美好成果了，甚至要和他老婆相約自殺；我們的國父孫先生也渾然不覺流亡於歐陸，以為武昌一役又是一次例行性的失敗而已；更有趣的是法國大革命歷史里程碑似的巴士底獄攻陷一事，今天我們全曉得了，那其實是一場比鬥雞還不緊張不危險的英勇行動，因為彼時的巴士底獄只寥寥幾名受傷從戰場退下來的養老士兵看守，攻陷一詞所挾帶的戰鬥暗示，從頭到尾沒發生過。

這裡，讓我們仍把目光停留在溫暖美麗的加勒比海，來看另一個革命者和另一次著名革命的所在地，那就是賈西亞・馬奎茲摯友卡斯楚的古巴，但我們不談革命綱領不談革命往事和戰役，而是談音樂和電影，也就是大導演溫德斯所拍攝的一部極其動人的紀錄片。片名台灣譯為《樂士浮生錄》，是一對父子音樂家兼唱片製作人到古巴想製作一張當地音樂專輯的意想不到美麗過程。他們在哈瓦那搜尋散落人海裡的樂師，卻像拔地瓜藤似的一個樂師牽著一個樂師不斷冒出來，陣容整齊浩大，但卻都已垂垂老矣了，這些如今個個看起來像尋常農夫工人的老先生們和老太太（只有一名歌手是女性），全是幾十年革命之前在一處鄉村俱樂部演出的頂尖樂師，社會主義革命後的古巴不怎麼需要他們（生過一場大病的八十歲老鋼琴手魯賓擔任古巴女子體操集訓營的音樂伴奏，算是對社會主義祖國仍做出積極貢獻的一個），他們的不世技藝和音樂人生只能隨著此地資產階級的敗亡而一併埋進歷史灰燼中幾十年之久。

奇怪的是他們居然全不生疏，更遑論遺忘，樂器一上手，樂聲一揚起，長達幾十年的荒廢流光剎那間像沒存在過似的，你若閉上眼睛只聽不看，讓他們此刻的容貌和深鐫的皺紋消失，你不會相信那麼自由隨興、那樣默契穿梭、又歡快又天真深情的歌聲吉他聲小喇叭聲鋼琴聲，居然來自於一堆又窮又落魄的老頭子，那明明是節慶日子裡跳舞的年輕男孩女孩彼此調情試探，是小人物卑微但實際不換的小小夢想，是月光下濤聲裡只用於當下的滿口天大誓言，是瑪莉亞澎的閨房失火了，她睡著作夢卻忘記吹熄蠟燭了，消防隊員啊你別忘了多帶水管來滅火，是一個快樂勤奮的馬車伕，我要賺錢娶個老婆，我還要生他一堆的小孩……

而溫德斯鏡頭背景的哈瓦那，賈西亞・馬奎茲口中最美麗的城市，格雷安・葛林小說中吸塵器小商人吳模德信口胡謅編造情報的驚悚革命首都，最令人訝異的不是它的古意盎然如倫敦，也不是它的沉鬱壯闊如昔日閉鎖的東柏林，而是它奇怪的鮮豔，哈瓦那人喜歡為自己房子甚至破汽車漆各種想都想不到的眩目色彩，粉紅的、亮綠的、大紫的，歲月剝蝕加上社會主義的窘迫，仍然像從箱子裡拿出來的褪色舊彩帶舊舞裝般，忍不住有歡快的岔笑聲音流瀉出來。

這麼愛唱歌、愛談情說愛、愛吵架拌嘴、愛一切俗麗東西到深入骨子裡的快樂人們，怎麼會進行而且至今還獨自堅持一場馬克思那樣毫無幽默感、理性主義時代化石般的概念式革命呢？還是我們該說，無可避免的，即使正經嚴肅的馬克思革命，到這樣的人們手中，還是會搞得毋寧更像一場鬥雞？

就說玻利瓦爾自己好了，我們知道，朝不保夕而且ego大的革命者不乏情人和浪漫韻事，但也沒有誰像玻利瓦爾那樣革命和愛情交錯進行扯不清的。《迷宮中的將軍》書中，他自己計算過共有三十五名情人，「當然，這還不算隨時飛來的小鳥。」他自創了一句響亮的格言：「巨大的能量來自於不可抵禦的愛情。」卻把這句話歸成是無辜的蘇克雷元帥說的；而他和何塞法・薩格拉里奧這位美麗女子的狂熱歡愛，甚至於把革命成敗、個人名譽乃至於性命全拋諸腦後，因為根據情報，桑坦德已準備好剝奪他的權力並支解哥倫比亞了，他卻足足待了十夜之久，「她用何塞・帕拉西奧斯事先告訴的口令『上帝之地』，穿一件方濟會修士的道袍，並半掩著面孔，接連闖過了衛隊的七道崗哨。她的皮膚潔白似玉，就是在黑夜裡她那肉體的光輝亦清晰可見。那天晚上，她以一件奇異的飾物給她美貌無比的姣容增添了更多的豔麗，原來她在外衣的前胸後背掛上了當地金銀工匠製作的一副玲瓏剔透的金護甲。護甲的分量如此重，當他想抱她上吊床去時，幾乎都不太抱得動了。」

所以說，究竟是革命抑或鬥雞，老實說也不見得非要認真搞清楚不可，太急於搞清楚，其中興高采烈的成分也就不見了，只剩犧牲、受苦還有因此而來的悲壯和日後驅之不去的寒酸。我想，閱讀一事有時也是這樣。

閱讀方法與速讀冠軍

閱讀有沒有方法？我相信一定有的，坊間有不少本好心教我們閱讀的書，包括如何閱讀他們所選出的一百本世紀經典之書，包括如何閱讀西方正典，包括收集著數十

■《世界名著導讀100本》(志文)

上百名號稱讀書有成之人自述的種種閱讀方法云云，老實說，我個人幾乎每一本都買，也每一本都傻傻看了，而且此番要書寫這個「閱讀的故事」還心有未甘的每一本找出來重讀一次，想說就算沒發現什麼亮眼值得引介的啟示，至少也會有一些有趣的疑問或實戰經驗材料吧，怪的是，此刻想起來，也差不多每一本的實際內容都完全記不得了。船過水無痕，這我倒不懊惱，因為這是閱讀常有的事，經驗告訴我，這種你看得懂卻絲毫吸收不了的絕緣現象，通常代表某一本書「暫時」並不符合你的需求，你跟它想的、關心的事徹徹底底不一樣不相干（不是背反，而是如數學中歪斜現象的沒關係，背反往往是一種最激烈、最迸放火花的緊張關係）。在此一層意義之上，閱讀是很生物性很本能性的，就跟你體內缺什麼營養會不自覺想攝取什麼樣的食物一般，就跟養貓養狗的人曉得牠們會自己跑野地找某種草吃一般（催吐或治療），這不過度延伸不無限上綱的話，可以是相當準確的閱讀判準。

當然，這個判準並不一定適用於書好書壞、有價值沒價值，它只判定當下的你和某本書的關係，有可能是此書及不上你此刻的程度，但也可能是它遠遠跑在你前面你還看不見它的價值所在。

我在想，一件事有上百種可能的方法是什麼意思？這有兩種可能的處理方式：一是你自己安排一個類似英國溫布頓網球大賽的單敗淘汰賽程，讓它們打出一個冠軍好採用它來閱讀；另一種是你認為方法多到如此田地，正代表沒一個最適的方法，你乾脆全不理會它們，從吾所好——我個人基本上採取的是後者，你呢？

不確定這麼想對不對，但我以為方法是目的的產物，方法的前提，是你得先確定你要對付的目標是什麼；而方法同時也是效率著眼的產物，你希望自己投入的資源（心力、時間、金錢等）能有極大化的效益出來。

說到冠軍，我們這裡就來讀賈西亞‧馬奎茲一篇短文，題目是〈速讀冠軍與美食家〉，原文不長，就乾脆從頭看一遍：

世界上閱讀最快的人已經出現了。當然是出現在美國，因為那裡的人們最關心如何把事情做得最快，儘管在許多情況下他們可能不知道該用多餘出來的時間做些什麼。

這位世界上讀得最快的讀者叫喬治‧默奇。他當眾證明了他的才能：每分鐘讀八千個字。甚至有人肯定的說，他讀了以後全弄懂了。理論上來說，如果僅僅是為了打破紀錄的話，他是可以用五天讀完《聖經》，可以在春假期間讀完大英百科全書的。

每天都會產生各式各樣的冠軍，雖然也許是無關緊要活動中毫無用處的冠軍賽的冠軍。重要的是要在最短時間內達到最大的數量，來與占用很長時間的傳統消遣的魅力相抗衡，與不慌不忙的做事的樂趣相抗衡。比如說，美食冠軍。

與世界上讀最快的讀者此一消息一道傳來的是巴黎美食冠軍的消息。自助餐館的大量湧現嚇壞了美食者們。一個人每分鐘讀八千個字，另一個人脖子上掛一隻死鵝坐下來讀羅傑・馬丁・杜・加德的著作，等著鵝腐爛變軟後自然而然的落入煎鍋裡。這兩人脾性上的驚人差距真叫人敬服，要這兩個人和睦相處看來是半點指望也沒有。

正當美國人慶祝他們能在巴黎用二十分鐘為兩百人做出全套午餐時，巴黎的美食家對這個消息十分反感，就像美國人聽到能在兩百分鐘內為二十人準備出並非全套的午餐的消息時的反感。

對那些喜歡讀好書的人來說，讀本好書就是一種長時間慢慢享受的樂趣。讀的時間愈長，樂趣就愈多，面對著每分鐘讀八千字的讀者大概會有同樣無以名狀的感覺，這種感覺很像巴黎美食者對大量湧入自助餐館所產生的那種反感。

如何?讀完賈西亞・馬奎茲這篇短文，有沒有解除相當一部分我們對閱讀方法的渴求甚或焦慮呢?

那些最好的閱讀者怎麼讀書？

閱讀是個極複雜的行為，不同的書、不同的心思和難題、不同的瞻望和目的糅合一起同時發生，我們很難界定它的邊界，不稍遺漏的說出它是什麼，然而，從負面表列來看，我們卻不難看出它不僅僅是什麼、它不該只是什麼——時間和效率是閱讀的考量嗎？是的，有時候是，有一部分的閱讀是，但我們清楚知道，那只是閱讀行有餘力的小小講究，閱讀的本體及其真正關懷不在這裡；閱讀可不可能約分到只剩單一的、明確的目的呢？也不能講某些特殊狀況不能如此，但絕大多數時候，它是諸多可能性紛雜並陳的，你甚至只能模糊的感知到某個方向，連目標都未浮現出來，因為閱讀的目標總是複雜形式的，而且並非在閱讀前擬定從而在書中找解答，閱讀中真正有價值的目標要等到閱讀展開相當時日之後才產生出來。

我個人不是反方法的人，我只是擔心一種唯方法是從的迷思，這容易變成一種焦慮，原本可愉愉快快打開書直接來讀的自由時光，卻虛耗在閱讀門外徒然的徘徊尋求；這個很容易變成一種倨傲，把閱讀窄化成某種「投入／產出」的生產線作業，如此，閱讀所能給我們最美麗的禮物，那個意義充滿的海洋，那個無限可能性的微妙世界就永遠失落了。

事實上，在閱讀那一堆好心教導我們各種閱讀方法的書同時，我個人心裡頭一直壓抑不住某種小人式的狐疑：為什麼教我們各種聰明有效讀書方法的好人們，結果都只是「二流」的閱讀者（沒不敬的意思，只是心平氣和的事實描述）？為什麼他們有效實踐的真實結果，全無足輕重到不值一提？就跟賈西亞・馬奎茲短文中提到那個每分鐘能讀八千字而且據說都讀懂的美國人喬治・默奇一樣，他是誰？你還在哪裡看到過這個名字？他這麼有效率的讀書最終讀出什麼樣動人的成果來？

於是，我決定轉向那些人類歷史上已成定論的第一流閱讀者書中尋求，如博學多聞出了名的伏爾泰，如二十歲前人類閱讀量和成果第一名的小彌爾，如嚴肅固執浸泡在書房一輩子的康德云云，當然，還有二十世紀我個人最信任的一批頂尖讀書人，本雅明、波赫士、卡爾維諾、納布可夫等等。這些人怎麼進行閱讀的？他們成果斐然的讀書方法又是什麼？

搜尋的結果很令人遺憾，他們很樂意告訴我們一本一本的書名，津津樂道它們的好處，引述書裡的話甚至忍不住整段整段背誦給我們聽，告訴我們閱讀一事對他們生命的不可替代重要性和帶給他們的快樂，偶爾也心生不平的找幾本言過其實的書出來開刀修理一番，他們在著述裡講，在文論裡講，在演講和採訪裡講，就是沒記得告訴我們讀法，什麼有關書的大小話題連典故、傳聞、笑話都說了，獨缺方法。

是這些傢伙都留一手、傳媳不傳女的不肯公開自己成功的機密如同那些名餐館不肯洩露自家獨門醬汁的配方是嗎？大概不至於是如此，一定要計較個水落石出的話，

■《迎向靈光消逝的年代》（台灣攝影）

我們也許該說寫論述而不多措意自己私事的小彌爾和康德或有可能，但那些以小說書寫為業的，他們就連自己靈魂裡最幽微最陰黯的部分、自己最不堪最狼狽的往事都肯講出來，沒任何講得通的理由可指控他們獨獨在這件事上藏私。

因此我猜，唯一合理的解釋是，他們普遍認定這不是閱讀的重點所在，更不會是閱讀的成敗，或者不必教，魚有魚路，蝦有蝦路，閱讀者個個不同的「性格」決定各自適用的閱讀方式，有它的獨特性；或者如名小說家阿城講的教不來，它是因應著閱讀自然生長出來的，時候不到，說了也沒感覺進不去。

一本讀者之書

然而，閱讀行為本身完全不存在某種程度的通則是嗎？我想倒不至於如此，應該說讓我真正訝異的是，那些好心教人如何讀書的人，奇怪總讓我感覺不夠了解也不夠同情閱讀者，他們的身分和發言位置及其語言總像個老師，而不是一同浸泡在書籍之海中、被各種疑惑困擾大浪沖刷擊打的閱讀同志。名小說家張大春顯然對此也有所感觸，他為我個人一本始終想不成書名的書，取名為《讀者時代》，並附帶了大致如此的解釋：「在我們書籍的世界之中，有書寫者，有評論者，好像獨獨缺乏讀者這個角

■《讀者時代》（時報）

色。」大春藉我一本水準有限的書意圖標示或說召喚一個讀者時代的來臨，當然是慷慨但不能不說是極不明智，我在該書序文中敬謝了他，並抄了一段卡爾維諾的話回應他的想法：「有一條界線是這樣的，線的一邊是製造書的人，另一邊則是閱讀者。我想待在閱讀者當中，因此總小心翼翼的留在界線的這一邊；不然的話，閱讀的純粹樂趣會消失，或至少會變成其他東西，那不是我想要的。這界線是暫時性的，而且逐漸有被抹拭掉的趨向，專業性處理書籍的人的世界是愈來愈擁擠了，並有和讀者的世界合而為一的趨向。當然，讀者人數也在日益增多，但用書籍來生產書籍的人數似乎要比純粹愛看書的人增長得快。我知道，我即使是偶然一次例外的越過界限，也有危險，會被捲進這股愈來愈升高的浪潮，因此，我拒絕踏入出版社，即使只是一會兒功夫而已。」

卡爾維諾這段話出自於他的《如果在冬夜，一個旅人》，藉由其中那位聰明而理智的女孩魯德米拉之口說出來——我們知道，和張大春一樣，卡爾維諾其實是他自己口中界線另一邊的人，或至少說擁有界線兩邊身分的人，他是書寫者，同時還很長時間是出版社的文學編輯，因此聽他講出這樣的話，便分外有其深意和真誠，至少我們很清楚知道，他還是認為做一個單純的閱讀者是更幸福的，單純的閱讀者保有著「閱讀的純粹樂趣」。

正是這本《如果在冬夜，一個旅人》，一本普遍被視為極難讀極文學專業技藝性的小說，一本人言人殊大家啃起來齜牙咧嘴痛苦不堪又不得不念的名著（看看台灣中譯本書末附錄專業的邱貴芬教授的解讀文章，你就懂我意思了），但如果要我在浩瀚書海之中找出一本最由讀者的角度、心思及其行為寫成的書，一本所謂的「讀者之書」，我的答案就是它。

我絕對無意說《如果在冬夜，一個旅人》只有一種讀法，只有一種進入角度，我只是說，如果我們試著把它看成一本揭示著閱讀者心理、行為、途徑、可能遭遇及種種困境的有趣之書，小說中很多幽微不易懂的、抽象捕捉不了的，甚至誇大如架空寓言的部分，好像剎那間全具象真實起來了，甚至直接就是我們每天都在發生的閱讀經驗，明白準確到嚇人一跳。

這裡我只把首章卡爾維諾的奇特書籍分類給列出來，這是我個人所知最從閱讀者心理及其行為的分類法：

你未讀過的書，
你不需讀的書，
為閱讀以外之目的製作的書，
你打開之前已讀過的書——因為屬於寫下前已被閱讀的種類，
如果你的命不止一條，必定會讀的書（可惜你的日子屈指可數），

閱讀的故事

你有意閱讀但卻得先涉獵其他而不克閱讀的書，
目前太昂貴，必須等到清倉拋售才讀的書，
目前太昂貴，必須等平裝本問世才讀的書，
你可以向人家借閱的書，
人人都讀過，所以彷彿你也讀過的書，
你多年以來計畫要閱讀的書，
你搜尋多年而未獲的書，
和你目前在進行的工作有關的書，
你想擁有以供需要時方便取用的書，
你可以擱置一旁，今夏或許會讀一讀的書，
突然莫名其妙引起你好奇，原因無從輕易解釋的書，
好久以前讀過現在該重讀的書，
你一直假裝讀過而現在該坐下來實際閱讀的書，
作者或題材吸引你的新書，
（對你或一般讀者）作者或題材不算新穎的新書，
（至少對你而言）作者或題材完全不認識的新書。

我問朱天心這個分類有沒有漏網之書，朱天心想一想，看看四壁圖書，搖頭說沒有。

失傳的那部分

看到有人聰明的把書如此分類，我感覺心頭一陣陣暖洋洋的。我以為，閱讀者（尤其在初期）常以為自己欠缺的是閱讀的方法，但閱讀者真正需要的是知道有人在做和你一樣的事，看到你看到的東西，想你冒出來的心事，尤其是清清楚楚講出你哽在喉嚨說不出來的話，這會適時安慰你孤獨閱讀歡快之餘不免時時襲來的寂寞和狐疑，你想弄清楚出現在你腦中心底的某個圖像或念頭不是幻覺，你並沒有發瘋，世界上有人和你一樣，而他不僅活得下去，還快樂安詳，通常你確認好這個就夠了，其他的你都可以自行料理。

而且，極可能還非自己料理不可。

阿城所說那些教不來的，正是方法無法觸及的地方。其實廚藝有限的張大春（下下別人包好的冷凍餃子大概還成），一本他白紙黑字式的多才多藝，曾以名廚或美食家之姿談到，舉凡所有的美食，尤其是其間最究極、最精妙的滋味神髓之處，事實上

■《威尼斯日記》（麥田）

是無法傳遞的，因此大春說，所有的廚藝傳承其實也同時都是「失傳」，這中間永遠存在著一個斷裂，得代代重來，重新創造。也就是說，這最重要的部分是無法教的，無法通過某種概念整理並預先訂好步驟的「方法」來快速轉移，它只能在實踐之中重新被掌握。

所以廚師的培育訓練，至今最好的方式仍是師徒制。師徒制的真正精髓不是一套方法，而是強迫實踐，是在某雙內行且銳利眼睛監督之下經年累月的實踐。

閱讀如果能用到所謂的教導，那大概也只能是實踐其實的師徒制方式。

最重要的原因源自於書籍的某種本質性缺憾，或更根本的說，源自於文字語言的本質性缺憾——我們人的感受是連續的、完整的，但我們的思維和敘述卻只能是條理的、語言的，這是我們從感受走向思維和敘述最陷入煩惱之處，我們遂不得不讓那些最參差，最微妙的部分存放於明晰的文字語言外頭，只能藉由語言文字不能完全操控的隱喻鬆垮垮的勉強繫住它們，這是絕對禁不起再一次概念性提煉而不斷線逸失的。卡爾維諾把文字語言和完整世界、完整感受的聯繫關係比喻成吊橋，顫危危的懸掛於深淵之上，特意的強調它的脆弱性、暫時性和可替換性，凸顯的便是文字語言、也就是書籍的此一本質必然缺憾。

大春所說最究極、最精妙的這部分，正是掉落在文字語言縫隙之中的部分，「失傳」，不是指它不存在，而是說它再提煉再轉移的不成。它仍存放於已完成的創作物實體之中，也就是一本一本書冊裡頭，它沒被說出來，但它仍然是可感知的，藉由直接閱讀實體、觸摸實體來把握。

這種回歸實體本身、回歸一本一本書老實閱讀的必要，是閱讀最拙重的部分，也使得閱讀的實踐者圖像接近於安土重遷、深耕密植的農人或作坊中埋頭敲打雕琢的手工匠人，可能正是這副古老行當的長相，讓實質生活於現代工商社會的我們總有某種惶惑的、說不出所以然的不安，總覺得閱讀一事和時代當下的主體氣氛以及未來可能走向愈來愈不合宜，總疑心在書籍更遍布、資訊愈公開、生活愈富裕（理論上都是閱讀的有利條件）的更聰明更有效率社會發展中，一定有什麼最重要的東西在持續流失之中。希望這只是喜愛閱讀之人的患得患失，沒事疑神疑鬼。

有用的威脅和陷阱

但太尋求聰明的方法，太講究效率，在笨頭笨腦的閱讀實踐上的確容易出事，既是陷阱，也是威脅。

方法或效率，最終都是功利性的用辭，意圖把渾沌的整體分辨解析成重要到不重要、有用到沒用的光譜出來，從而進行擷取和捨棄，而速讀便是如斯圖謀下最極端到成為滑稽把戲的形式，無怪賈西亞・馬奎茲要語帶譏誚到如此田地。

我個人沒學過速讀，但其道理和箇中機巧多少曉得一些。喬治・默奇每分鐘能讀八千字，並非他眼球構造有了奇怪的進化或習成了什麼特異功能，正確來說，是他眼睛平均每分鐘S形的「掃射」過印有八千字的書頁，速讀教你如何捕捉冒出你眼中的所謂關鍵字詞，再像小孩連連看遊戲般，由這些點自行連接成一幅圖像或一道敘述軸線，認為這就是這本書去蕪存菁要告訴我們最重要、最有用、最富意義的部分，是此書的「主旨」，其餘省略沒看的部分，能依此軸線補滿的部分自行補滿，不能的部分那就是無關的、無用的、可捨棄的，或因作者的囉嗦不知節制，要不就是惡意騙稿費的。

且先不管速讀者這麼認定對不對，這用得著學嗎？這種把幾十萬字濃縮為五百字的野蠻方式，我個人任職於出版社，天天得幫所有人做的便是這麼件無聊但不做不成的事，我們的工作成果就印在每本書的內折頁或封底，你只要隨便走進哪家書店，拿起任一本你想快速知道其大致內容的書，不要錢，更不必學速讀，十分鐘內你至少可「看完」五、六本書，比喬治・默奇還快還有效率。不然，你也可花點小錢買兩本坊間所謂的一百本經典名著的介紹之書，他們也是這麼搞的，一百字講完作者，三百字敘述內容，最後再一百字用人生智慧教訓你，結束。

閱讀變成這種樣子真叫人悲傷——閱讀不是「看到」，而是思索、啟示和理解，它不決定於我們眼睛的速度，而是我們心智的速度、深度和延伸的廣度（後兩者可能更重要），一如書寫不決定於我們寫字或打字的速度一般，否則拿諾貝爾文學獎的就不該是賈西亞・馬奎茲這些人，而是幫我們出版社劈哩叭啦打字的那些雙手萬能的可敬小姐們。

過度迷執於方法和效率，對我們閱讀的個人構成陷阱；然而，當社會大多數人集體迷執於方法和效率，危險的就是閱讀本身了，倒過頭來。

真正指引而且驅動人心智去勇敢想像、去探勘冒險、在未知領域摸索前進的，是人的好奇、是人認識的激情、是人想弄清楚真相的不可抑止之心，在這些宛如繁花盛開的嘗試和成果中，明晰可管理的只是一小部分，「有用」的部分更少得可憐，宇宙的生成和奧祕對我們有什麼用？時間的本質和意義我們能拿它來幹什麼？陶瓶上那些美麗的花紋釉彩有增加盛水的功能嗎？故宮博物館那些攝人魂魄的青銅器，讓昔日的無名工匠最花心血鑄造且最容易失敗得融掉重來的，不就是無用但漂亮得不得了的裝飾部分嗎？

每當有人，尤其是手握生殺大權的人，想起來用效率、用重要不重要、用有用沒用來逼問時，往往就會帶來人自由心智的委頓和書籍的瘟疫性浩劫。柏拉圖要建造一個斯巴達式、萬事萬物皆有功能且環環相扣的理想國家，無用（無用即有害）的神話就得全數消滅，所有的詩人也得一併被逐走；秦始皇要留下有用之書，於是便只剩卜笠、天文、農藝等幾套叢書，其餘的全數化為燃料，我們可想像一下，當誠品書店、金石堂書店只剩這三組書時，那是多荒涼可怖的末日書店景象。

事情當然不會一下子糟到如此返祖的地步，但這樣的警覺還是得有，告訴我們不要隨便啟動這個可能，即使不變成柏拉圖或秦始皇要的樣子，成為我們近在咫尺新加坡那副鬼樣子好嗎？

怎麼舒服怎麼來

因此，與其找尋空泛無太大意義的閱讀方法，還不如具體的來想閱讀的姿勢，這才是你真正打開一本書時馬上會碰到的。

曼古埃爾的《閱讀史》正是這麼開始的，全書開始於他搜集來的一堆歷史繪圖和照片，捕捉的都是正讀著書的人們——亞里斯多德交叉雙腿坐一張墊椅上，書攤在膝蓋；詩人維吉爾架一副眼鏡，看一本紅字印刷的書；聖多明尼克托著下巴坐台階上；保羅和法蘭西絲相擁於樹下；兩名伊斯蘭學生停下腳步翻著帶在手邊的書；童年的耶穌指著書的左頁向廟中長老講解；美麗的米蘭貴婦巴爾比安妮斜倚著，有隻小哈巴狗陪伴她；聖傑羅姆讀一份小報大小的手抄本，旁邊則是傾聽的獅子；伊拉斯謨斯和他的朋友吉爾伯特‧卡分享書中一則笑話；一名十七世紀印度詩人跪夾竹桃花叢間，捻著鬍子朗讀詩句；另一名韓國僧侶從書架上抽下一片《大藏經》木簡虔誠默讀；還有全身赤裸的女孩瑪麗‧馬格德琳趴在鋪了布的一方岩石上忘情的看書；有手握自己小說的狄更斯；有請人朗讀的瞎眼波赫士瞇眼專注的聆聽；還有一名小男生躲進森林中，坐在蒼綠的樹幹上靜靜念他的書……

曼古埃爾說：「所有這些人都是讀者，而他們的姿勢，他們的技藝，他們從閱讀所獲得的樂趣、責任和力量，和我所獲得的沒有兩樣。／我並不孤獨。」

這麼多形形色色的閱讀姿勢，其間最重要的是什麼？在我們選中的「讀者之書」《如果在冬夜，一個旅人》一開始就有答案，那就是舒適，怎麼舒服怎麼好。

你看不出來所有的舒適放在一起，會組成多麼自由怡然的圖像嗎？

找個最舒適的姿勢，坐著，躺下，縮起身子，或是平躺；仰臥，側臥，還是俯臥；坐在安樂椅，沙發，搖椅，帆布椅，或是膝墊上；如果有吊床，躺在吊床上；當然，在床頭或躺在床上都可以；甚至可以採取瑜伽的姿勢，雙手著地倒立，如此一來，書自然也得倒著放了。

千萬別相信讀書只有某一種特定的正確姿勢，那是好心但不了解閱讀的眼科大夫看法，一如別相信讀書只有某一種特定的正確方法，尤其別相信讀書就得肅容端坐（除非那就是你最舒適的姿勢），因為讀書就是讀書，你沒多餘的注意力分給別的事，書中有你非得專注才能享受的樂趣，有你非得專注才能捕捉的靈動發見，也一定有你非得專注才能對付的麻煩和困難；更重要的，閱讀是長時間的事，而只有舒適才能持久。再說一次，不要貪心想一次做兩件事，如果你還想練身體練儀態，等讀完書再去健身房跑步舉啞鈴；如果是要鍛鍊自己的精神和意志，那也等下雪的冬日找一處瀑布像日本人祈願時那樣光著身子讓冰冷的水柱當頭澆下。

除非你實在不服氣卡爾維諾的書籍分類，努力想再找出另一種書來，那就是，「你假裝在讀，其實你是在練身體的書」。

8. 為什麼也要讀二流的書？

——有關閱讀的專業

「做為良好的法國人，康斯坦特先生是專制利益的狂熱鼓吹者，」將軍說，「相反的，有關那場辯論，唯一清楚的論點是普拉特講的，他指出政治的好壞取決於推行它的時間和地點。在生死攸關的戰爭裡，我親自下令一天裡處決過八百名西班牙俘虜，包括瓜伊拉醫院生病的戰俘。今天，如果在同樣的環境下，我的嗓音將毫不顫抖的再一次發出那樣的命令，歐洲人將沒什麼道德權威來指責我，因為如果一部分歷史浸透了鮮血、不義和卑鄙的話，那，這就是歐洲的歷史。」

在一片有如籠罩著整個小鎮的肅靜中，隨著分析的深入，他自己的怒火越燒越旺。被駁得喘不過氣來的法國人想打斷他的話，但他一揮手就把對方鎮住了。將軍回顧了歐洲歷史上那些令人髮指的屠殺。巴黎的巴托洛梅之夜，十個小時內死者超過兩千。在文藝復興的鼎盛時期，一萬五千名由皇家軍隊收買的僱傭軍把羅馬城焚燒、洗劫一空，並用刺刀殺死了它的八千名居民。精采的結局是全俄羅斯的沙皇伊凡四世，叫他「可怕的人」一點也不錯，他殺絕了莫斯科和諾夫哥羅德之間的所有城鎮的居民，而在諾夫哥羅德，僅僅因懷疑有人密謀反對他，在一次襲擊下就下令屠殺了他的兩萬居民。

「所以，就請別再告訴我們說我們應該幹什麼了，」將軍說道，「別試圖教訓我們應該怎麼為人處世，別想讓我們成為和你們一樣的人，別企求我們在二十年裡做好你們花了兩千年尚且做得如此糟的事。」

他把餐具交叉的放在盤子上，第一次用他閃動著焰火的目光盯住法國人：「媽的，請讓我們安安靜靜的搞我們的中世紀吧。」

所以說，儘管漢娜・鄂蘭好心而且睿智的反對「第三世界」這個侮辱意味的稱謂，以為是純粹的意識形態名詞，所謂的第三世界，的確也是一個個獨特的國族、文化傳統和個人，不可以抹平了來看。然而，就是在這種地方這種時候，尤其是面對著一個倨傲又指指點點你該這樣不可以那樣的高鼻子第一世界之人時，我們會有多麼相近的憤怒感受，我們會發現我們果然和遙遠的拉丁美洲人有某種共同的處境、某種近似的歷史命運。

《迷宮中的將軍》書中這場突如其來的午餐桌上辯論，純粹是被一名海難流落南美洲卻仍喬張作致彷彿他是天國下凡的白目法國佬激出來的。我們熟悉玻利瓦爾當場的憤怒反應，更熟悉到幾乎會笑出聲來的是吵架過後玻利瓦爾的懊惱反應：「過了桑布拉諾，熱帶雨林不那麼稠密了，沿岸的居民讓氣氛更為愉快，色彩更為鮮豔，有些地方的街巷裡還傳出『不為了什麼』的樂曲聲。將軍躺在吊床上試圖用一個平靜的午睡來消化法國人的狂妄言詞，但沒有做到。他在想著那個法國人，並向何塞・帕拉西奧斯表示惋惜，惋惜他沒有能及時找到擊中要害的句子和無可辯駁的論據，而現在，當他躺在孤獨的吊床上，對手已遠離射程之外時，這些話、這些論據卻一一浮現在他的腦際。但是，傍晚時分，稍微好了一點，他指示卡雷尼奧讓政府努力改善那個倒楣法國人的狀況。」

是啊，人生就是這麼不美滿，或者說我們的記憶力和理解就是這麼不美滿，我們最會吵架的時候，總是在吵架落幕、獨自個回想之時，不論此一吵架的對象是街上軋車的陌生人、是辦公室同事或是鄰居還是自家老婆，我們總是在事後又惋惜又銳利無匹的在腦子裡把他們修理得啞口無言滿面羞慚——事實上，這種事後之明的時間差不只發生在吵架而已，像我個人，終於學會了棒球的正確打擊要領，是在離開小學棒球校隊的三十幾年之後；終於掌握到如何使用手腕準確投籃也是在離開高中揮汗鬥牛歲月的整整二十五年後——所以我們會期盼時光倒流，或至少有時光隧道可回去當時。

「別企求我們在二十年裡做好你們花了兩千年尚且做得如此糟的事。」把玻利瓦爾這句話轉入到閱讀世界裡來，便成為今天台灣閱讀者每天都發生的真實處境，那就是，「我們得在二十年內讀好你們讀了幾百年之書」——火氣消失了，否定變成肯定，這當然是挺辛苦的事。

不按照順序的閱讀

我們通常對閱讀的程序有種有條不紊的理想假設，由淺入深，由一般的、基礎的書再緩步進入高段的、最好的書，如同看電影由普級到輔導級到限制級再到A片一樣，這基本上是對的，你是得這樣子行。

但我們也很容易發現某種詭異但再真實不過的閱讀現象，那就是不管社會整體，抑或我們個人的經驗，書，總是從最好的那一些讀起，尤其是那些舶來自「第一世界」的翻譯著作，出版社先供應的總是最好那一級的，讀者買的讀的也是最好那一級的書，我想，這種「不合程序」的有趣現象，不適宜把原因賴給寥寥幾個出版公司選書人操縱我們的閱讀走向，他們絕沒有這麼大的野心、能耐和霸權，這是由集體的、普遍的心志所共同決定。

有關此一集體的、普遍的心志，有各種描述方式，這裡，我們仍嘗試由「時間的壓縮性」這個概念入手——我們要以一當十用二十年來讀人家的兩百年，要在短時間裡把人家長期思索經歷的東西轉為己有，我們再自然不過會做的，首先，如李維—史陀所指出的，我們會試圖先掌握其基本整體圖像而很少直接鑽入某一部分細節之中，因此，橫的展開重於縱的深入，走馬看花的多樣性優先於孤注一擲的專注性。其次，在橫的、多樣性的基本原則下，你選的、讀的當然就是「每一樣」中最好或說最有名的那本書（當然，最有名和最好不見得等同，但重疊度不低）。比方說，你要用僅僅十本書的規模快速掌握人類小說書寫的總體成就，毛姆的做法便是找出他心目中最厲害的十個小說家，由他們各一部代表作組成，於是我們看到的便是托爾斯泰《戰爭與和平》、杜斯妥也夫斯基《卡拉馬佐夫兄弟們》、巴爾扎克《高老頭》云云這麼一組的確可稱之為最好的小說。比方說，當年台灣銀行找出一筆錢要引入一整套經濟學經典名著，其基本架構也是從亞當・斯密一路數下來，包括李嘉圖、庇古、馬爾薩斯、馬歇爾、韋布倫、凱因斯、海耶克、熊彼得、米塞斯等一網打盡。當然，這一網因為彼時的政治禁忌，放走了馬克思為代表的絕大多數共產主義、社會主義經濟學著作；而且，台銀只消化預算做書，完全不曉得怎麼賣書，以至於一整套一整套大概通過贈送、而受贈者毫無意願閱讀的幾近全新書籍，最終輾轉流入當時還真的都是舊書攤的光華商場，我個人手中差不多齊全的這套書，便是十元、二十元從舊書堆裡搶回來的，不管是全白封面的平裝本，或綠色帶塑膠套的精裝本。

■《野性的思維》（聯經）

於是，很長時間中（至今依然），我們眼中的書籍世界遂有一堆偉大的「一書作家」，比方說梅爾維爾好像只寫過一部《白鯨記》，沙林傑只有《麥田捕手》，馬克．吐溫只有《頑童歷險記》，吉卜齡只有《叢林王子》，聖．奧古斯丁和盧梭好像只各自完成了一本懺悔錄，而納布可夫幾十年燦爛的創作人生只交出了《羅麗泰》一書，這當然都不是真的。

這樣的書籍出版方式、閱讀方式，基本上當然是聰明的、有利的，這是後來者、追趕者的必然優勢，他可以挑揀，去蕪存菁，減少摸索的時間、心力和資源耗損，還能避開錯誤發生的代價——然而，如果說書寫者有什麼得時時提醒自己的必要警覺，最是在最有利、最聰明、最討巧、最方便、最不耗力的順境時刻，只因為閱讀追根究柢有著自討苦吃的一部分面向，有很多重要的東西只能在困境中發生並存留，我們拿它一點點皮條也沒有。

兩種失敗之作

時間有限，我們只挑最好的書讀不好嗎？還是我們乾脆問，為什麼要讀「二流」的書呢？為什麼明明知道這本書不是這名作家或此一領域的代表作或公認失敗之作

■《羅麗泰》（圓神）
《麥田捕手》（Little, Brown and Company）

（比方說海明威的《渡河入林》或托爾斯泰的《復活》），還傻傻的讀它？

這裡，我們先來看一句反數學的好話：「整體永遠大於部分的總和。」這是什麼意思？多出來那一部分是什麼玩意兒？藏放哪裡？我個人的想法是，在部分與部分之間、一本書與一本書之間的關係之中，在它們彼此的交互作用之中，這形成了縱橫交錯的網絡，呈現每一個單一部分不包含、只有整體才具備的「結構」，就是在這裡，整體的容量和力量大大超越了部分的總和，超越了純算術的1＋1。

我們權且只用同一作家的全體作品來討論，先不擴張到領域這更大範疇，這只是為著方便。一個作家的失敗之作，通常可粗分為兩種截然不同的失敗方式，一種比較常見的，是純粹的失敗、崩毀、瓦解、慘不忍睹。失敗的原因琳琳琅琅，可能牽涉到自身的用功程度、牽涉到自身書寫被市場名利的不當誘引、牽涉到喪失了勇氣讓自己像籠子裡的白老鼠般不斷自我重複云云，這種失敗，非常殘酷的，通常代表一名作家的終結，只因為他再難以補充已然掏空殆盡的「內在」，而居然可以沒品管的交出這樣的作品，如果不自覺，那代表他不可能反省，如果是自知的，則代表他對自身要求的鬆懈和不當寬容，如此順流而下通常不會就此打住，你幾乎可以預見還會有更糟糕的作品在短期內出現。

這種純粹的失敗不勝枚舉，幾乎你在每一位曾經才氣縱橫但忽然像喪失了所有魔力的作家的最後一兩本書都可看到，為著不傷感情和做人好繼續在台灣存活，這裡我

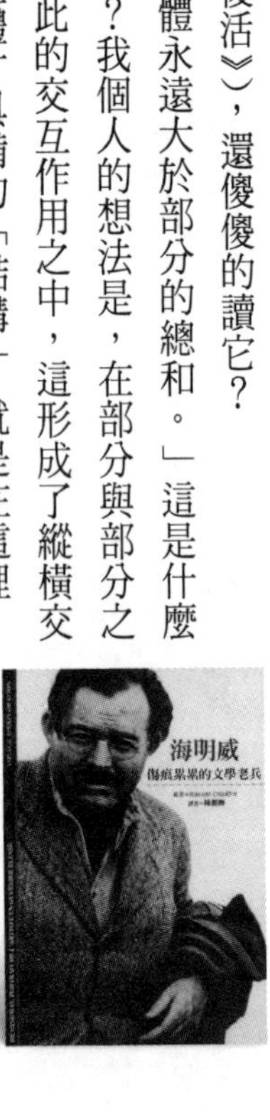

■《海明威──傷痕累累的文學老兵》（時報）

們只舉遙遠異國不識者的實例。依我個人看，像徐四金的《棋戲》就是這麼一本書，宣布這位獨特詭譎小說家的書寫終點。我們閱讀者如何看待這樣的作品呢？我建議我們溫暖一點，別生氣最後那三百塊錢和幾個晚上的虛擲，人死不僅不記仇，而且通常我們會哀傷且深情去回憶那些不復的最好時光。是啊，《香水》多好看啊，那個魔鬼般渾身無體味「宛如香水完美畫布」的葛奴乙，還有他煉成的那些帶著我們起飛的神妙「形而上」香水；《鴿子》也多好看，正如朱天心說的，寫一個人發瘋絕不是無邏輯、無厘頭的跳著亂寫，他得是自身對眼前世界的重新編碼，一種迥異於、背反於、歪斜於我們「正常人」的驚駭編碼，瘋得嚴謹，瘋得有條有理還步步為營；還有《夏先生的故事》，一個提前窺見了死亡從而迷濛深奧的童年幸福題材故事；甚至《低音大提琴》都好，你知道書寫者是個多奇怪的人……

送君一程，山高水長，我以為這是做為一個讀者幾近是義務的禮儀。

至於另一種失敗則是我們真正要談的。格雷安‧葛林在他《事物的核心》小說中有一段話說：「絕望是替自己定下一個萬難達到的目標所必須付出的代價。有人說，這是不赦之罪。但一個墮落或邪惡的人永遠不會犯這種罪，他總是懷著希望，從來不認為自己徹底失敗而落到沮喪、絕望的冰點。只有心地善良的人才有力量永遠背負著這受到永世懲罰的重擔。」這種，我們借葛林的這番話來談這種書寫者極可能是必要的、更是光榮的失敗。

■《事物的核心》（臉譜）

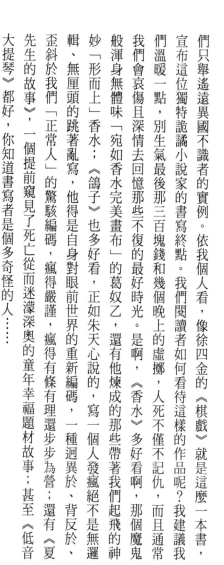

一個了不起的書寫者，尤其是愈了不起的書寫者愈難以避免的失敗，我們也可以說，這正是他替自己定下一個萬難達成的目標所必須支付的代價。除非你是一個二流的書寫者，你才能一直停逗在明白、沒困難沒風險沒真正疑問的小小世界之中，從而讓書寫只是一場萬事俱備的表演而已。真正的書寫同時是人最精純、最聚焦的持續思考過程，是最追根究柢的逼問，是書寫者和自己不能解的心事一而再再而三的討價還價，我們誠實的說，這並不是一場贏面多大的搏鬥，殺敵一萬，自損三千，成功其實也只是程度和比例的問題而已。因此，我們誰都曉得，廣大無垠的書籍海洋之中，並不存在一本通體完美的書（那種認定人間只需要留存一本《可蘭經》或《聖經》，其他書籍都可應當燒毀的穆斯林或基督徒神聖主張，和我們所談的閱讀無關），每一本再好的書，都有它不成就、不成功的殘缺部分，而且說起來吊詭的是，還非得有如此殘缺的部分，才恰恰見證了這是一本夠好的書。理由再簡明不過了，正因為這個不成就的部分，我們閱讀的人才看到、感知到一個夠遙遠也夠分量的目標，如《唐・吉訶德》電影主題歌講的，做不可能的夢，伸手向不可觸及的星辰，在思維的純粹路途上，取消了瞻望，喪失了勇氣，我們所真正計較的東西還能剩多少呢？這至多只做到了不讓人看到失敗而已，當然絕不等於成功，事實上，它更快速的在遠離成功。

也許，在書籍世界中，「成功」這說法是不恰當的，我們該說的是「進展」。

托爾斯泰《復活》一書的不成就，我個人以為，是屬於第二種「為自己寫下一個

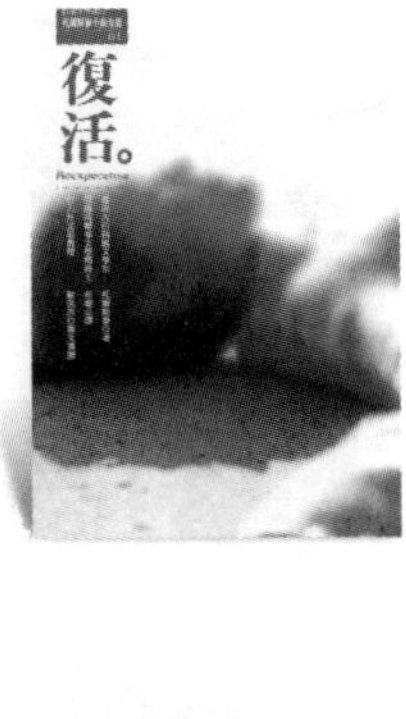

■《復活》（木馬）

萬難達成的目標」的可敬失敗，他要為人找出靈魂的終極解答，為此，他甘心放開曾為他帶來巨大聲名的武器，包括他那個銳利到具「腐蝕性」的懷疑能力，這是他《戰爭與和平》書裡已充分展現的駭人能力；包括巴赫金指出的，《復活》一書中，托爾斯泰的筆調轉為簡單、悲涼，如枝葉凋落的冬日街景，不復《安娜・卡列尼娜》那樣華麗、豐盈而且穿梭自如的小說巨匠技藝。總而言之，用以撒・柏林著名的譬喻來說，托爾斯泰甘願放棄自己智機百出的狐狸本性和能力，去扮演一隻萬事萬物歸一的笨刺蝟，並丟給小說書寫一件能力極限之外的不可能任務。但《復活》可以不讀嗎？如果你要看一部偉大的小說，那《戰爭與和平》和《安娜・卡列尼娜》都是不必懷疑的選擇，但你如果想整體的理解托爾斯泰這個心靈、這個人最完整也最深奧之處，包括他的夢想、抉擇、煩惱和生命變化，以及他一生最想做成的事，再沒一部書會比《復活》告訴我們更多了。

至於海明威的《渡河入林》失敗得比較曖昧，我個人以為，這部小說摻雜了兩種失敗，包括當時全世界文學評論家打落水狗所指出的，這是這位諾貝爾獎大師的江郎才盡之作；但也正如賈西亞・馬奎茲所看到的，這是一向書寫目標簡單，只以明亮文字、流暢節奏和生動短篇小說書寫技藝取勝的海明威，在他小說的晚年退無可退的窘境和一次最困難、最沉重也最英勇的背水一戰。賈西亞・馬奎茲因此甘犯文學史定論的慷慨指出，這部小說正是海明威最好的作品。

■《戰爭與和平》（The Mordern Library）

然而，儘管像是對他的命運的一種嘲弄，但是我仍然認為《渡河入林》這部最不成功的小說是他最美麗的作品。就像他自己披露的那樣，這部作品最初是做為短篇小說來寫的，後來誤入長篇小說的叢林中。在一位如此博學的技師筆下，會存在那麼多結構上的裂縫和那麼多文化構造上的差錯，是難以理解的。他是文學史上最傑出的、善寫對話的能工巧匠之一，在他的作品中同樣存在若干那麼矯揉造作甚至虛偽的對話，也是不可理解的。……那不僅是他優秀的長篇小說，而且也是最富有他個人特色的長篇小說，因為這部作品是在一個捉摸不定的秋天黎明寫的，當時他懷著對過去歲月的無法彌補思念之情和對他所剩不多的難忘生命歲月的預感。在他的任何一部作品中也沒有留下那麼多有關他個人的東西，也不曾那麼優美、那麼親切的表現對他的作為和他的生活的基本感受：成功毫無價值。他的主人翁的死亡看上去那麼平靜、那麼自然，卻神祕的預示了他本人的自殺。

我想，在滿紙文字死傷狼藉的悲慘景象中，賈西亞・馬奎茲清楚看到，這裡頭洗去了那個浮誇、賣弄男性肌肉和沙文豬情誼、找尋戰爭卻一彈未發永遠只躲在安全距離之外、槍枝只用來對付手無寸鐵動物的淺薄海明威，他第一次誠實面對自己，面對他閃了一輩子不敢處理但終須面對的難題。一方面，他係在虛耗之後的衰竭時日才來打這最困難的仗，的確已經來不及了，但另一方面，這仍不失為一次深刻且美麗的失敗，有海明威前所未見的深度、情感，以及，質地真實的痛苦和不了解。

也正是《渡河入林》的如此失敗，才帶出了海明威一人獨語的著名中篇《老人與海》。書中，這位昔日在加勒比海域無魚不抓、心中總念念惦記著遠遠洋基棒球隊和英雄狄馬喬的古巴老漁夫桑提阿哥，如今不運的整整八十四天時間捕不到任一條魚，而他最終歷經幾天幾夜艱辛搏鬥逮住的一條十八呎長超級大馬林魚，卻在返航途中被嗜血的鯊群掠食一空，只帶回一架壯麗動人的大魚骨頭——海明威的象徵一向淺白無隱，這大魚骨架子就是《渡河入林》，掠食的凶狠鯊魚就是那些文學評論者，而溫暖的古巴哈瓦那正是海明威最終二十年的寓居之地，最後，他開槍獵殺了最後一頭殘破的老獅子，那就是他自己。

一九五四年，諾貝爾獎頒給了這位差不多已寫不出東西的老作家，他無意也無力去瑞典領獎，他的得獎答辭如同自省甚或懺悔：「寫作，充其量，不過是孤單的人生。……對真正的作家來說，每本書都應該是全新的開始，他再次嘗試未可及的新東西。他應該總是嘗試自己從來不曾或他人做過卻失敗的東西。然後有時候，運氣好的話，他會成功。」

■《老人與海》（Scribner、志文）

專業者的閱讀

因此，可以的話，我個人強烈建議閱讀者能對同一書寫者（當然是夠好的書寫者）進行完整無遺的整體閱讀，因為文字的符號性缺憾、文字的隱喻本質，有太多東西無法直接說出來，無法不遺失的用文字全部呈現，無法源源本本放入一本書裡，你需要更多線索才有機會捕捉，因此，你還得為這一個單點一個單點的書重新接上一道時間縱軸，好尋回思維曾綿密走過的路，你也得把書與書之間交織成的網絡翻找，這些存放於書本之外的東西才可能被掌握。也就是說，如果你習慣斤斤計較，這會是個更划算的閱讀方式，你會發現你每多讀他一本，它的進展不只是1＋1的算數級數增長，也許講呈幾何級數暴增是太誇張了，但多數意想不到的紅利卻是真實可保證的。

是的，包括書寫者失敗的作品。失敗的作品一樣有你要的線索，搞不好還更多——這絕不是鼓舞人的善意謊言，這是真的。最好的那些書往往太接近完美了，渾圓，找不出接點的縫隙，如同一體成形不存在時間的痕跡，而是自在的原有的像天地之初就造成好端端擺在那裡。如同我們讀賈西亞・馬奎茲《百年孤寂》這樣的書，即使你也在訪談文字中看到他本人明明白白告訴你，他書寫的速度極慢，慢到甚至一整天下來只寫一句，他總是反覆修改到近乎神經質，寫個短篇長度的稿子就得用去五百張打字紙，但這兩個「事實」你就是聯不起來，這樣流麗如亞馬遜河奔流的小說若非一氣呵成寫完如何可能？相反的，一部不那麼成功的作品，卻四處留著縫隙、留著坑坑洞洞和斧鑿痕跡，把書寫者的煩惱和書寫過程給暴露出來。我沒記錯的話，國內的小說名家張大春在他還用紙筆書寫（如今他「進步」成電腦打字），並用修正液塗改時，曾有過一個神經質的職業性憂慮，那就是立可白修正液的化學成分抵抗時間的能力究竟如何？它會不會在油墨褪去、紙張腐朽之前就先剝落？果真如此，那手稿的存留就是個令人頭皮發麻的威脅了，屆時，你不欲人知消滅掉的那些失敗不願見人的句子和想法，不就再次立可白落石出了嗎？張大春書寫側的憂慮，老實說，正是負責處理手稿的老編輯行之久矣的不為人知窺祕樂趣。做為一個編輯如我，最趣味盎然的、覺得比一般讀者多點特權的，就是可看到作家手稿上大筆劃去的作廢文句，哦，原來如此，原來他是這樣想事情的、這樣子的選擇的，原來這裡也可以而且差一點就往另外那一頭寫去……

正是這樣，失敗之處、失敗的作品通常會留下更多線索，尤其是珍貴而且不容輕易察見的思考過程和書寫判斷。我們也許可以說，看最好的書，是閱讀者最美好的享受，然而，讀一本沒那麼好的書，你的確會少點享受，甚至有咬到砂子的不舒服之感，卻有機會換取思維的更豐富線索以為補償，這樣的閱讀，於是很適用於進階的、野心勃勃有想事情習慣的閱讀者。

從這裡，我們便接上了我個人這幾年來不無憂心成分的一個想法——我以為台灣應該到了大量閱讀「二流好書」的時候了，因為只讀最頂尖的寥寥好書，是標準的業餘性閱讀的象徵，是幼年期閱讀社會的象徵；開始往更廣大的下一層書籍去，才是專業性閱讀的建構，個人的實踐是如此，社會整體的實踐亦復如此。

專業者和業餘者有何不同？這個問題總馬上讓我想到教我圍棋的先生講給我聽的一件事，那是日本女碁士小川誠子拿到女流名人時的一段訪問。小川的丈夫是業餘碁手，被問到他們夫妻對不對弈時，小川搖搖頭說，專家碁士和業餘碁士是不一樣的，業餘碁士下碁是樂趣，可以享受圍碁的純粹樂趣而下碁，專家碁士無法這樣，專家碁士有時候是很苦的，你經常只覺得困惑，不懂這碁要怎麼下，可是你還是非想下去下下去不可。那專家碁士下碁難道就毫無樂趣可言嗎？被問到這裡，年輕的小川秀麗的臉上浮現了一絲委屈的神色，她想了想說，有樂趣，但不是你們說的那種樂趣。

我想，我們大概可以想像出來小川所講「不是你們說的那種樂趣」的大約意思。

專業，我個人不喜歡只把它看成某種大於人而且外於人的沒情感龐大工業性體制（儘管它的外形一不小心就變成如此德性，比方說文學專業一落入到某些學院科系之中，其結果便往往是人人扮演小螺絲釘、小零件的工業性體制），我以為專業的核心在於問題，以及面對問題長期經驗堆累和驗證的有效思維方式。它源自於人對某個巨大、切身、普遍且無可遁逃大問題的專注追索，這類茲事體大到接近某種人類共同處境的大問題，人們很快發現，它不是孤立現象和個別性難題，而是一種普遍性的關注和集體意義的思維開展；人們也很快發現，它極可能大到不適宜做為「一個思考對象」意圖一次就想完它，有必要笛卡兒式拆解開來大家分進合擊；人們更很快發現，問題還會引發出問題，並隨環境和時間流變，絕不是一代人所可能收拾乾淨，人必須保持耐心和謙遜，把自己置放到這個集體思維裡頭，弄清楚前人思維成果並在此一基礎上持續前進。

也因此，專業者受著某種必要的規範，放棄某一部分的隨心所欲，以換得思維的有效展開。專業性的閱讀有不得不耳的強迫成分，只因為他所感知的問題，儘管有自身的獨特焦點和著色，但仍包含在一個長時間建構起來的思維傳統之中，這賦予了此一問題某種堅實性和嚴肅性，不能隨個人乘興而起興盡取消。而專業性的閱讀更有相當乏味的成分，只因為它要求思維者對此一思維傳統有足夠的理解，你必須知道自己站在這道長河之中的哪個位置，他人又在哪裡，因而對它的基本假設、語言和方法及其歷史沿革得多少有概念，這通常不會是怎麼有趣的閱讀部分；過去失敗的實例及其內容也很重要，不管帶給你的是啟示（如某種具有潛力的失敗）或教訓（告訴你此路不通，避免再次支付慘痛的代價），這也通常是不好玩不好看的部分；而當下平行於你的其他思維者在想什麼幹什麼也不好忽略，因為它們做為此一領域現象的構成成分，對你的理解都是有意義的，包括迷思和病徵，所以就連劣作都得咬牙不放過。

對於台灣這種抄捷徑的後期追趕社會而言，我們常慨歎社會專業性不足，尤其在災難暴烈襲來的困阨時日（如九二一大地震、憲政危機或SARS云云）。但我們往往忽略了，專業所以不足，絕不是頂尖的好書讀得不夠，不是新知的匱乏，事實上，台灣在追逐和全球尖端資訊的無時差同步化一事上，毋寧是最飢渴最急切到有病的狀態，少有其他社會能比（比方說日本，對於歐美熱門新書的翻譯引進或好萊塢熱片的進口上檔，往往比台灣要慢上幾星期）。我們的問題不在當下和未來這個方向，而是如小說家馮內果說的在一百八十度的另外一頭，我們要做的是回頭「補修學分」的工作，是把快速追趕時不得不遺漏的一個個知識縫隙給堅實的補滿起來，把過往別人（還好是別人）慘烈的失敗經驗給撿拾起來並銘刻在心，這是今天台灣閱讀該開始的硬工夫一面。正如一位了不起的職業（亦即專業）球賽巨星深刻告訴我們的：「職業球賽要處理的是失敗而不是成功。一名頂尖的籃球射手，每投兩球就得失敗一次，一名領百萬年薪的打擊好手，上場十次就得失敗七次；一支偉大的冠軍籃球隊，一年少說也要輸二十場球以上；而一支拿下總冠軍的棒球隊，更要輸到六十場以上。因此，真正的職業球員不在於怎麼享受成功，而在於如何和失敗相處，並在失敗時好好活下去。」

在欠缺著一勞永逸的終極答案此一前提之下，我們說過，人類的每一回成功其實只能是進展，因而不僅孕藏了不安的、暫時性的成分，而且每一個問題的成功解答通常還是複數的，不止一個。你要在兩種以上的成功中如何做出唯一的選擇呢？是增稅還是減稅？是發展還是環保？是最大效益的成長還是社會正義的分配？是內閣制、總統制、還是雙首長制及其他？在如此關鍵抉擇時刻，光禿禿如單子的末端成功「概念」很少有幫助，你得把它放回時間之流中，看它們如何被建構並發展成如今的模樣，它們根據的是什麼樣的假設，依賴什麼樣可替換不可替換的時空條件，有多少歷史的不可逆轉機運滲入其中，曾在什麼狀況下崩解或被利用為惡云云，換句話說，你需要的不是再多知道它多成功多威風，反倒是要努力分離掉它的偶然性，真正去理解它的限制、弱點並計算其支付的代價，而這些，通常集中暴露在它失敗的灰頭土臉時刻。

海明威說，運氣好的話，你會成功。這便有失敗是遍在的、甚至是常態的意味，成功反倒像是很偶然才肯造訪一次的奇蹟；而本雅明更進一步指出，即使在最成功的小說中，我們進入其內容所真正看到的，依然是「人的失敗或成功底下深刻的意志消沉」——我們可不可以就大著膽子說，成功，常常帶著較多奇蹟似的，或至少說獨特的、一時一地的成分，難以百分之百移植複製，反倒是失敗較少是因為只是壞運氣的成分，而是結構性的撞擊到人性的痛處、暴露出人的基本限制和普遍困境，因此，現代小說要深向的挖掘人性，便只能往失敗處去，那裡才有超越歷史機運和個別獨特性的深奧共相。

我們來舉一個較為台灣社會熟悉的實例，比方說美國立基於總統制的今日民主成果，這個我們普遍信之不疑努力想模仿的東西，他們老牌的政論家李普塞坦言那只能說上帝慈悲天祐美國，意思是你愈研究它愈看清它這真他媽的好險一定是一段無盡偶然到接近神蹟的幸運歷史過程。包括它有幸生成於一個只此一個而且只此一次的廣闊富庶而且孤立兩百年不受強敵干擾的好整以暇大陸，擁有著可消化大量多餘人口、衝突以及種種社會發展過程中必然有的困境和過大野心夢想（人類社會最具爆炸能量之物）的無人大西部，更依賴一些今天已不復存在的天真信念、意識形態和宗教信仰通過兩百年時間無數次的「微調」而成，這裡頭包括了昔日清教徒的信仰及其道德行為規範，包括了人類遺留在理性主義時代種種危險「真理」的誠摯信心和堅毅實踐，包括已永遠過時不會再返回的假說和理論如天賦人權的概念云云。是這些和政治制度設計無關的歷史偶然因素疏通了、抵禦了複雜不安定的基本人性，一次一次拆除了理論上必然引爆的定時炸彈雷管（美國還在社會達爾文主義時期的野蠻掠奪性資本主義肆虐下，都沒能召喚起夠分量的左翼力量），這顯然不是人的睿智，而是上帝的悲憫，或正經點說，歷史的罕見寬容。

我們若想真正了解美式民主的制度性真相及其能耐，得把目光稍稍往下降一些，到南方拉丁美洲一次又一次悲慘的失敗經驗裡去看，或跳到大西洋另一端的戴高樂法國，那才是美式民主失去了非制度性偶然保護，和普遍人性硬碰硬的真實結果。

今天，但凡夠誠實的政治學者都會告訴你，美式民主的諸多制度設計不僅古老過時，而且有太多危險到幾近無可避免之處，最暴烈的莫過於每四年就來一次、贏家全拿到其意接近革命的總統選舉方式（理論上，一個新總統上任可以更換並任命超過兩萬名以上官員，這樣的總統當然值得動用一切手段爭取，更值得暗殺），真正節制著過大總統合法（請注意，是合法的）權力讓他備而不用的，不是孟德斯鳩、洛克、傑佛遜、漢彌爾頓誰誰猜想假設的制度性制衡，而是歷史特殊條件（如曾經強大如獨立加盟國、到今天仍有一定對抗力量的州權）、憲政慣例、長時間建構而成的人的深厚民主素養和種種成熟強大的社會力量（如遍在的獨立傳媒和中間團體）。

而最有趣而且設計上最沒道理的，莫過於已成美式民主最大神蹟的大法官制度。這個至高無上的司法力量，是古老真理時代的產物，穿越了時空運行於早已是相對、妥協、對人性虛無的政治權力場域之中，他們仍奉真理之名，超越了擁有一切資源和武力的行政力量，還超越了擁有一切民意的議會立法力量，意思是既超越了代議制的議會至上，還超越了絕對民權。而這麼強大且終極性的權力，掌理者是什麼樣的三頭六臂之人呢？就只是九個「宛如壯麗民主神殿中九隻安靜小甲蟲」的老頭子，沒有民意程序的加持，更沒有相襯武力的保護，在寥寥有數的行政助理人員協助下，用思維和語言安安靜靜行使他們決定性的偉大職權。

而且，這九個憲法之神還是終身職，總統提名，國會通過，一旦任命完成，只有死亡才能阻止他們。

如此誰看都荒唐、極度不均衡的設計怎麼可能不出事、不早早瓦解呢？怎麼不會在施行過程中充斥著濫權、腐敗、收買、威脅、貪瀆、構陷、暗殺等可想而知的黑暗之事呢?是曾經有過，美國大法官在十九世紀很長一段時日聲名狼藉，但他們奇蹟式的撐了過來，在二十世紀綻放光芒，還把一部兩百年前寫成的不合時宜老憲法，修補解釋到今天仍堪用如新。

很多國家想學這個，台灣也是，但沒有直接移植成功的例子，因為成功的奧祕不在千瘡百孔的制度辦法裡，而在兩百年的歷史實踐之中，這是最困難的部分——這使我想起那個有關溫布頓草地網球場的老故事。相傳，美國人也想擁有號稱「全世界最美麗一塊草皮」那樣地底下盤根不動、地面上青翠如茵的網球場，便去請教英國人要如何建造，英國佬聳聳肩，輕鬆的說:「簡單啊，找塊地，把草種上去，記得每天按時澆水，一百年後你們就有了。」

總要有人卡位搶籃板

這裡，好消息是，閱讀不是建網球場，它用不著傻傻的同樣再花一百年時間;壞消息是，這原本耗時一百年的澆水照料寂寞又無趣工作，你可以加速，卻不可能完全省略不重新走過一遍。

職業籃球場上，一直有所謂dirty works的說法，骯髒活兒，又稱之為藍領工作，指的是快意攻籃得分之外，那些鎂光燈不屑一顧但總得有人去做的又費力又傷身又所得不高的寂寞工作，像在窄窄禁區內和對手最高最壯最凶悍那些人比肌肉比力氣加卡位，或又跳高又撲地板的搶籃板這事。在閱讀的場域裡，也有這樣隸屬工人階級的勞動部分，它晚一點出現，通常在閱讀要升級跨入專業階段才會困擾你，只是，和籃球場不一樣的是，你無法仰賴分工要別人替你卡位搶籃板，你還是得自己來，也就是說，在專業閱讀的球場上，你得又是得分的喬丹又是渾身刺青的籃板王丹尼斯・洛德曼，造反取經原一人。

是的，閱讀前進到這階段，一定會出現一道鴻溝，一處瓶頸，也一定有相當比例的閱讀者在此止步。

家裡有成長中小孩的人很容易有諸如此類的經驗。在近年來台灣的父母爭著當孝子、慷慨供應各類昂貴圖書給自己小孩不眨眼的情況下，通常會有幾年光景，家裡那個愈看愈像天使下凡的小子簡直就是個上知天文下通地理的天才，會告訴你遙遠億萬光年的星雲名字並說出命名的時間，會用正式學名分辨各種大小恐龍還畫出來給你看並註記棲息地點，會走在街上只一瞥就曉得那是哪種車哪個型號哪個年份，會像專業戰爭販子般把每一國的頂尖戰機、坦克、艦艇、槍炮如數家珍介紹予你云云，以至於你不免開始幸福的煩惱起來，這個小小年紀就懂這麼多又對什麼領域都有興趣的天縱英明小鬼，究竟要如何最適的培養他，才對得起天地祖宗的福祐。

但這種天上人間的好日子總很快告一段落。一方面當然是摧殘於現實天光裡可怖的教改成果，但另一方面我們也得說，生物學並不只是那些恐龍化石骨頭或非洲草原上那幾頭被拍攝者取了名字的獅子獵豹，天文物理也不只是就那幾顆巨大明亮的美麗恆星，人類古文明更不就是金字塔、木乃伊和地底下陵墓裡埋著的黃金寶物而已，Discovery 頻道或《小牛頓》一類的雜誌是美好的知識載體，每一門學問也都有它不費力氣的好玩部分，但往下去，很快就會撞上森嚴、無趣又難懂的部分，長小翅膀的天使得穿起工作服流汗勞動了。

不想跨這道專業鴻溝，就個別閱讀者而言，這當然無妨，可以只是個人的抉擇，有人選擇留在悠遊自在的業餘閱讀世界之中，享受不為什麼的純粹閱讀樂趣，那不僅是他的天賦權利，還令人豔羨；然而，就整個社會如台灣而言，如果社會集體始終停在業餘閱讀的快意中，看來看去就那幾本書，這就開始讓人擔心了，雨天總會來的，無關乎運氣好壞或歷史寬不寬容我們，我們總不能每一大小災難襲來，就定期扮演一個落湯雞模樣的狼狽社會。

閱讀的總人口不算少，總得有一部分人願意堅毅再走下去，幫大家卡位，搶籃板，拚一身汗水傷痕無怨無悔，這當然是比較辛苦比較寂寞的事，想著年輕女棋士小川誠子那樣帶一絲委屈又堅定的臉，對這樣的人，我們較願意先把感激之情放在這裡，謝謝他們。

9. 在螢火蟲的亮光中踽踽獨行

——有關童年的閱讀

一個雨夜，他睡在波帕員的住所裡，當從令人不安的睡夢中醒來時，看到一個福音中的少女端坐在他臥房的一角，身穿一件一般宗教團體的綠花麻布外衣，頭髮上飾以螢火蟲做的光環。殖民地時代，歐洲的遊客們看到土著人用瓶子裝著螢火蟲在夜間照路，感到很驚奇。後來，共和國時代，螢火蟲成了女性的時髦飾物，她們用來做成諸如發亮的環圈戴在頭上，閃光的霞冠飾在額頂，或者光燦燦的胸針別在胸前。那天夜裡走進他臥室的這位姑娘則是把螢火蟲縫在束髮帶上，所以她的臉沐浴在一種幻夢般的光亮之中，嬌慵的倦態顯得深不可測，雖才二十年華，卻已華髮叢生，然而將軍立即在她身上發現了做為女人最引以為傲的美德：未經雕琢的才智。為了能讓人放她進入榴彈兵的營地，她表示付出什麼代價都可以，值班的軍官感到這人很少見，便把她交給何塞·帕拉西奧斯，看看將軍對她是否有興趣。將軍讓她躺在自己身旁，因為他感到沒有力氣把她擁在懷裡躺到吊床上去。姑娘解開頭上的髮帶，把螢火蟲裝進隨身攜帶的一節挖空的甘蔗裡，在他身旁躺下來。

我們講過，在《迷宮中的將軍》書中，玻利瓦爾曾被手下問到一共有多少情人，據他自己計算，一共是三十五名，「當然，這還不算夜間隨時飛來的小鳥。」

這正是又一隻小鳥飛進來，束著螢火蟲髮帶的美麗小鳥。

很長一段時日，或者該說在很多人心目之中，偉人或位高權重之人總等同是神或近似的東西——為免傷感情，我們且不以台灣的實例來說。比方，在君王時代的法國，人們普遍相信國王有神蹟之力，染病的人經由國王之手的觸碰即可不藥而癒（如此身體不好的法王豈不是很容易染上自慰的不好習慣嗎?），而在賈西亞・馬奎茲筆下的拉丁美洲，我們看到的則比較浪漫，《百年孤寂》書中奧瑞里亞諾・布恩狄亞上校因此有了三十四個皆命名為奧瑞里亞諾的私生子群，當然都是夜行性的胎生小鳥所生育的。

然而，在這小鳥群中，這位來得太晚、一身殘破病痛玻利瓦爾連上床力氣都沒有的姑娘顯得很特別，不因為半夜悄然離去時她仍是處女，而是這位彷彿踩著螢火蟲森寒光華而來的少女，即使賈西亞・馬奎茲極其節制的什麼也沒多說，但如此絕美景象，加諸玻利瓦爾此刻的可怖肉體之上（「腹部乾癟，肋骨外露，上下肢瘦得只剩骨頭，整個身子被一張汗毛稀少、如死人一樣蒼白的皮包裹著，而他的頭，由於風吹日曬，則像是另一個人的。」），很難不讓人想到死亡，想到疲憊之後的甜蜜永恆沉睡。

果然，書中緊跟著而來的便是蘇克雷元帥被暗殺的噩耗傳到，這位玻利瓦爾認定的接班人、也是他最後希望所寄的忠誠老戰友身亡，至此，玻利瓦爾完完全全可以死了，他和生命本身的最後一絲掙扎力氣遂正式告終。

這裡，最抓住人目光的還是螢火蟲明滅的、四下飛舞的、彷彿帶來信息卻完全不知拿它如何是好的光華。

我們這一代童年夜晚仍和螢火蟲相處長大的人，對於螢火蟲一直交織著驚異憧憬（即使你每個夏天晚上看到它們而且能伸手抓住它們仍不改驚喜）和惆悵的複雜心情，這類記憶今天仍清晰到令人心痛。一方面，小蟲的真實模樣抓在手中，其實和草葉間滑翔的小光點完全不相襯而且還是醜怪的，如某種夢想的破滅；另一方面，抓住了然後能幹什麼呢？抓住了就一切結束了，你甚至不曉得如何才能讓這隻脆弱的小蟲活下去，不立刻放它走，你就只能看著它的光亮很快黯淡下去，然後，死成一隻黑色的蟲子屍體。

我不曉得梅特靈克當年寫《青鳥》，說青鳥無法在日光下存活，說青鳥抓在手上會變黑並死去，念頭是不是源於螢火蟲。

■《青鳥》（晨星）

也因此，當我個人讀到《迷宮中的將軍》書中這一段，女孩取下髮帶，「把螢火蟲裝進隨身攜帶的一節挖空的甘蔗裡」的溫柔舉動，遂有一種不早告訴我們的震動之感，原來可以這樣，原來這樣就能讓螢火蟲在我們手中活下去。

在生物學史上，螢火蟲曾「錯誤」的扮演一種我們今天看來天真荒唐生物起源假說的主角，那就是最早期的「自然發生說」理論，人們相信並且一再「實驗」證明從濕腐的爛泥巴裡能誕生螢火蟲。當然，今天我們早曉得這不是神奇的生命創造，而是螢火蟲的尋常生態，它們產卵於腐土之中，像其他一些昆蟲同類，如此生態，使得螢火蟲曾經遍在，凡有荒草荒地的水邊，每到夏天夜裡就會點亮小燈集體飛出來，像當時天空更高處的滿天繁星一樣尋常而且便宜，但當時誰曉得這千萬年來供應不乏的生長地點，有一天會變得昂貴無比論坪計價呢？放眼周遭，我們如今到哪裡找一方有水有草沒人打擾利用的荒地呢？今天在台北市，於是爛泥巴極可能比一方同體積的黃金還不好找，螢火蟲也就比鑽石更罕見了。而且更糟糕的是，積水的閒置土地不僅孕生螢火蟲，也一併孕生登革熱、日本腦炎以及近日又敗部復活的瘧疾傳播者蚊子，也因此，讓荒地消失不僅是經濟的，而且還是人道的。

於是，就好像許多美好事物和價值一樣，沒有人存心要消滅這些無用但也全然無害的漂亮螢火蟲，事實上問起來還誰都不捨得，如果可能我們極樂意讓它們和我們代代小孩相處下去，為他們乏味的童年記憶亮起幾盞小燈。誰都沒錯，我們只好說螢火蟲自己選錯了生長地點和方式，變得不再適合生存了。

螢火蟲從我們手邊流逝，於是一如現代生活乃至於現代閱讀的一則隱喻，尤其是童年的、啟蒙的閱讀。

當然，我從頭到尾沒忘記螢火蟲在中國的閱讀傳說中扮演過照亮真理微光的要角，留下來一個窮而好學小孩的可歌可泣夜間苦讀的故事。但這可能太特例也太懂事太有明確意志了，恐怕不是童年閱讀的普遍圖像和應有內容，它比較合適的是準備考試的熬夜苦讀，也就是今天每個台灣小孩都會做而且天天被迫得做的事，因此我們就讓它依然留在勵志的教科書中，一如我小學力行國小的校歌歌詞：「冬映雪，夏囊螢，一勤萬事成。」再者，我一直好奇的是，他用來裝螢火蟲的那個「囊」究竟是何物、何種質料，在未有石化工業透明塑膠袋的時代，什麼東西這麼輕薄、透氣（要不螢火蟲當場全掛了）而且透光（螢火蟲的光線極弱，除非那時代那地點品種不同）呢？要有也應該是相當希罕昂貴的東西吧。

果真要把螢火蟲和童年的、啟蒙的閱讀聯繫起來，我寧可選用我大學時期一次永難抹滅的螢火蟲記憶，那是我個人生平一次，或應該說一剎那間，所看到最多的螢火蟲，真的嚇到了。

事情發生在台灣東北角一處濕冷的小山頭。我一位童年鄰居兼同班同學的姊姊嫁入瑞芳煤礦大王李家，一年暑假我們隨他到李家祠堂住過一夜，老豪門的祠堂非常誇張建在完全無人煙的當地最高山頭，面向著壯闊的太平洋，祠堂裡的電來自一具燃油小發電機，非常珍貴，印象深刻則是收音機輕易能收得到非台灣的廣播，天候對而且天線方向也調對時，小電視機還幾分清晰可看日本NHK的節目，在那個鎖國年代，這都是很刺激的事。

東北角的向海山坡一直是全台灣最會下雨最潮濕的地方，我們在祠堂前的小池塘裡一下午釣到百來隻長臂蝦子燙了吃，太陽下山後一片漆黑大家也就早早躺到可睡十人以上的大廂房榻榻米上有一搭沒一搭的聊天。突然間，理論上應該是得有時間過程的，但記憶告訴我的卻完全是突然、瞬間、同時的。在我們仰臥面對的屋梁擁進來幾百隻螢火蟲，而且沒間斷的還一直增加，鋪天蓋地，以至於你像懸浮在光點穿梭的半空中一樣，你的人生經驗裡完完全全找不出任何記憶能告訴你這是什麼一種狀態，你究竟置身何處，因此，剩下的你只能想到的是死亡。

太多光亮了，卻照不亮周遭任何東西，每一個光點於是都美麗而神祕，更要命是亮度大小相等無分軒輊，讓你無法不分神只盯住其中一個，你才盯住一個，它就熄滅了，卻又有其他在旁邊亮起，而且你心知肚明，盯住一個，等於是你放棄其他所有明滅滑翔不已的光亮，用勞倫斯・卜洛克的煽情語言來說是，那會讓你心碎。

最近聽國內的大閱讀者南方朔講，對一個讀書的人而言，一輩子真的是不夠用的。這絕對是真話，最起碼，那個螢火蟲滿天飛舞的晚上，告訴我的訊息就正是這樣。

意外得到的無所事事童年

米蘭・昆德拉面對東歐蘇聯勢力解體、流亡告終的尷尬新處境寫成的《無知》一書，有太多值得一提的精采話語，其中一處是這樣的：「關於未來，所有的人都弄錯了。人能夠確定的，只有現在的這一刻。可這說法真確嗎？人真的能清楚認識這一刻、真的能認識現在嗎？人有能力可以評斷現在嗎？當然不行。一個不知未來為何物的人，如何能理解現在的意義？如果我們無法得知這個現在將引領我們走向哪個未來，我們如何能對這個現在說長論短？我們如何能說這個現在值得我們贊同、懷疑、還是憎恨呢？」

我喜歡這段話，包括它的火氣。

到了一定年紀，或早或晚，就說四十歲好了，人經常會油然而生一種悲傷，那就是你只能盯住那一隻螢火蟲而已，你只能實現一種人生，不管它其實多光亮美好絕對就是最大的那一隻，你自己對此其實也是滿意的。諸如此類的喟歎實例多到不及備載，總腦子忽然發熱般一波波衝擊著婚姻、家庭、職場事業等等穩定可靠冷靜堅實的每一處既成人生位置，我最會心的一個故事來自美國小說家馮內果，他講，他一位大有來頭的小說家朋友一回在聚會時酒喝多了，當眾大彈起鋼琴來，忽然痛哭失聲：「我這輩子一直就想成為一個音樂家，但你們看這把年紀了我成了什麼？我就只能是個他媽的小說家而已！」——說得實在太荒唐了，因此一定是真心話。

所以麥可・喬丹要去打棒球，因為這輩子他也只能是個他媽的籃球之神而已。

如果人生大體上就是這麼一道此去不回頭的單行道，那麼，所謂童年人的最大幸福便在於一切都還沒實現尚未發生，一種生命最根源之處的無以倫比自由，用無知撐持起來的——幾乎所有的生物學家都會告訴我們，人類的「幼態持續」是生物界最長的奇特現象（請注意，這是在今天的生物學家認知基礎上說的，今天任一位誠實的生物學家都不願誇張人和其他生物的相異之處，尤其不願賦予那種萬物之靈的老掉牙自我陶醉哲學解釋），延後了交配生殖的演化第一大事；而且，真的要講到底的話，我們還可以說人的嬰兒根本就是「提早出生」的，其關鍵原因便在於人在演化之路上發展出和母體骨盆大小並不相襯的大腦袋來，逼使母體得將猶處胚胎狀態的小兒給「排」出來，對比於其他哺乳類生物（哺乳類之外更不用比了），人的嬰兒是最脆弱的、最發育不完全的，不像牛羊，出生後顫危危站起來，接下來就能跑能跳了。

如此幼年期的意外延長，原本絕對是人類生存傳種的危機和巨大負擔，但最後居然也可以是禮物。幼年期的加長，使人類沒那麼有效率立刻被捲入生殖繁衍的演化鐵鍊之中，多出了一長段漫漫無聊的奇特時光，而無聊，正如本雅明說的，是孵育想像的夢幻鳥兒的溫床，如此說來，人類之所以發展出生物界最複雜、繽紛、如亮光四下漫射的生命現象，極其關鍵便在於這個純屬意外多出來的童年歲月、沒特定之事可做的好整以暇童年歲月。

從生物演化史的如此角度來看，我們大約就清楚我們該保衛的是什麼不是嗎？保衛一個無知加無聊為基調的無所事事童年。閱讀的進行也應當在如此大氛圍之下謙卑的展開，不忙著兌現，不急於揭示，與其說是求知，還不如講是遊蕩，不要神經病一樣用未來必定如何如何去驚擾他們，本雅明細心提醒我們，那隻孵育想像的夢幻之鳥是很膽小的，現實的枝葉顫動很容易就驚走它。

我自己的殘破不堪童年書單

在如此看不見未來又不知道現在是什麼意思展開的童年閱讀，依機率，是不會那麼準正巧挑中什麼多有價值的了不起之書的不是嗎？事實的確如此沒錯，但到得今天這種年紀我們回頭想這件事，應該有資格講句粗魯點的話了——那又怎樣？

事實上，在三、四十年前我們當小孩那個年代，你連賭機率的機會都不會有，只因為一般人家根本沒幾本書可挑可揀——就以我個人為例，我童年家裡有的，除了上頭四位兄姊的課本參考書之外，只有一本海明威的《老人與海》，一本霍桑的《紅字》，一本我從未讀完，羅曼羅蘭的《約翰·克利斯朵夫》，一本拍過電影的義大利溫

■《紅字》(志文)

馨小說《愛的世界》，一本只到盧俊義登場就沒了、缺了後面好幾頁的《水滸傳》，一本同樣沒結尾的瓊瑤小說《幾度夕陽紅》，一本香港依達的小說《斗室》，一本禹其民的言情小說但名字忘了，一本《世說新語》，一本以《笑林廣記》為主體的厚厚《歷代笑話兩千則》，一本《學生作文範本》，一本我當空軍風流舅舅留下來的《情書大全》，記憶裡就這麼多了，縱有遺漏，也不會有一兩本。

對了，還有我二哥抽屜裡藏了一本悠悠寫的古典豔情小說，那種吹熄燈就以下全憑想像的《中國古代名人戀愛故事》。

這怎麼會是一張好書單呢？怎麼會是給成長兒童的好讀物呢？也許我個人就是這樣不自知的被毀了這輩子也說不定，要說這些書中哪本影響我個人最大，我猜我的朋友們會一致推選那本笑話兩千則，我自己的答案也是如此。

當然，除了固定「藏書」之外，一些因人生偶然際遇、如天外飛來闖入我貧乏童年的書，用祖國大陸的話來說，「質量」明顯好多了，主要來源，我回憶起來大致可歸為三處：

一是大約我小學三年級時，班上有位家裡賣米、望子成龍的李姓副班長，忽然手中有個七、八本嶄新的、至今還買得到的東方出版社少年讀物，節譯有注意符號的，像《魯濱遜漂流記》、《十五少年漂流記》、《愛的教育》云云，我的同學很慷慨的每一本都借給我過，我猜我是看得比他本人還徹底。

然後，大約四年級開始，我那位後來一輩子再不讀書的反智型大哥（藉口要和罪惡的中國文化劃清界線），人生僅此一回的迷起戰爭類中國平話小說和一、二次世界大戰戰史祕辛，也就是薛仁貴、薛丁山、薛剛、羅通、狄青五虎、岳飛岳雲那一堆征過來征過去的東西（可想而知不可能有《紅樓夢》），以及附著模糊不清黑白老照片、隆美爾、山本五十六、巴頓、麥克阿琴（麥克阿瑟？）的英雄殺戮往事。

再來，則是我二哥考大學那兩年的悲壯歲月（高三一年、重考一年），有四、五位他的同學借住我家集中讀書，也因此帶進來一批不同的書。其中一位考上成大、日後在宜蘭還幹過民進黨主委的，是他們之中最好讀書的，陸陸續續借過送過我不少書，送的依序是《基督山恩仇記》、《人類的故事》和糜文開譯的《泰戈爾詩集》，借的比較多，主要是傑克・倫敦的動物類小說，彼時今日世界出版社的大美國讀物，像《白鯨記》、《湖濱散記》、《愛默森文選》、《基甸的號角》、《甦醒的大地三部曲》等等，以及紀伯倫包括《先知》在內的幾本哲理詩，還有稍後印象良深一本奧瑪・開儼的《魯拜集》，書名當時是「飲酒歌」，有插圖的，很漂亮一本書。

當然，不會沒有的，我愛作夢的大姊緊跟著也進入青春期，一定會冒出來幾本唐詩宋詞的集子，李商隱、李後主、李清照、李白等以李氏宗親會為主，搭個晏殊、朱淑真什麼的，家家戶戶都有的青春熱病家庭常備良藥。

我的人生為自己真正買的一本書，則是史蒂文生的《金銀島》，小學六年級要到台北比賽排球前夕，在長達三小時半滿是隧道烏濁空氣的慢車上讀，老實說非常失

■《泰戈爾詩集》（三民）

望，完全沒想像中海盜航行七海加大把大把金銀珠寶的預想畫面，還被史蒂文生陰鬱沉緩的說故事語調嚇個半死。

多坦白從寬一點。三年級時，我認為全世界最好看的書是《十五少年漂流記》，四年級時被大仲馬的《基督山恩仇記》取代，之後比較對勁了，我一看再看花最多時間的變成了房龍的《人類的故事》，時至今日我仍想它才是我真正的啟蒙之書，到小學六年級，我認為人間最滿藏智慧、一句句背誦下來努力想讀懂參透的，則是青春期完就再沒翻過一次的《泰戈爾詩集》，哪天應該再拿回來重念看看。

民國六十年秋冬之交，我十三歲剛升國二，便帶著這麼零亂邋遢的閱讀成果來到台北，面對完全陌生的大城市，更覺得自己什麼也不會什麼也不懂。

理性極限的除魅眞相

這樣一紙散兵游勇式的書單，流竄在我全部的童年歲月之中，有一口氣念完的，有斷斷續續每天三頁五頁、橫跨好幾年才結束的，有屢攻不克的，也有看是看完卻絲毫進不了腦子裡的。而其共同的部分是，沒有一本書恰恰好對準了我彼時的程度和心智、知識準備，因此，像坑坑疤疤的產業道路，隨處都留著不解的空白，想想，一個只知道半個宜蘭市的小鬼，怎麼可能對神蹟般的美國大法官制度及其歷史有任何概念

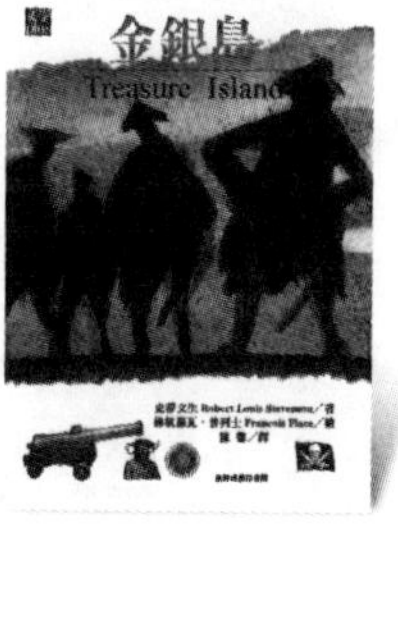

■《金銀島》（台灣商務）

可言？怎麼會曉得昔日新英格蘭十三州那種動不動把人燒死打死的清教徒可怖道德呢？

卡爾維諾在一篇費里尼之書的好看序文中，提到過他小時候看電影的特別經驗，因為非得搶在父親發覺的固定時間返家，他每一部電影於是都無法看到結尾；還有，卡爾維諾也講到他彼時看報紙上的美國四格漫畫，語言能力關係從來就看不懂畫中人物雲狀框格中的對話，因此，電影的結局，以及漫畫的聯繫，都只能靠自己一廂情願但哪能每次都猜準的想像力去補起來。這裡，卡爾維諾這兩種經驗細節可能是特殊的，但其真實內涵卻再普遍不過了，對我個人來說，不只《水滸傳》和《幾度夕陽紅》這樣（直至今日我依然不曉得《幾度夕陽紅》的真正結局），而是每一本書都是這樣，都有種種原因造成的空白得靠自己一廂情願的想像力補起來。

但依然是今天想回去那句話：真的那又怎樣呢？

在如此貧乏不利的童年閱讀世界中，回想起來我們至少有一個可貴的優勢，僅此一個，那就是極度的自由，完完全全不受打攪的自由——彼時本來就自顧不暇而且又動輒生養一堆小孩的我們父母，我們沒去打攪他們、驚走他們的夢幻之鳥已經算他們運氣好了不是這樣子嗎？此外，我們還不受太滿溢太明確知識的擠壓打擾，沒有導師，沒有百科全書，沒有快速即溶的答案，每一種疑問你都得和它相處好幾年。無知，逼迫想像力非得飛起來不可。

■《在你說「喂」之前》（時報）

這樣，我們大約就了解了，為什麼本雅明認為報紙的出現及其普及，大幅度的消滅了人說故事的能力，甚至我們今天仍清楚看到，還在持續吞蝕小說書寫的根基——知識的進展和普及當然是好事，但好事到來時，我們頂好養成一個相應的好習慣，那就是提醒自己去檢查我們因此得支付什麼大小不等的代價，不是要守舊的負隅頑抗，但也毋需只會當個敲鑼打鼓的推銷員，做個清醒而且自主的人不好嗎？

用馬克斯・韋伯的話來說，隸屬於理性王國的是非分明知識是人類歷史最強大、最持續的除魅力量，而人的想像力，夜間世界的某種奇異飛翔（借用詩人歌德的美麗譬喻），卻是幽黯巫魅王國最甜美可愛的小女兒，她只能躲藏在星光月華的朦朧森林之中，理性的大太陽升起來，她就只能隨草上露水一起蒸發。

在普遍的知識進展和永遠只歸屬於單一人稱的想像力之間，我們總是毫不猶豫的選擇前者，對生活於多艱多難之中的絕大多數人們而言，想像力也只是有很好、沒有也無妨的奢侈禮物。然而，很弔詭的是，一個毫無想像力的個人要活下去沒什麼問題，但一個整體性的社會若喪失了想像力，卻很難進展存續下去，也因此，韋伯的理性除魅預言，對他自己而言從頭到尾不是個愉悅的宣告，毋寧是某種陰鬱到近乎絕望的預警，這不是憑弔性的文人私密感傷，而是眼看人類希望一點一滴不間斷流失的冷靜認識，是以他引用了《聖經》守夜人的悲傷回話：「黑夜已經過去了，黎明卻不到來。」

■《新教倫理與資本主義精神》（貓頭鷹）

原因這裡我們只能粗略來講——是哪個著名歐陸學者說的，「在人的全部心智活動之中，理性總是被用得最少的部分。」也就是說，很遺憾的，我們對人類理性的強大熱愛和信心，實際上和人類理性的能耐和其可能統治範疇嚴重的不成比例，在理性有效管轄的基本王國之中，仍隨處可見留下了力有未逮的空白之地，而在王國的疆界之外，依舊是無止無盡的陰黯世界，要命的是，那極可能才是我們明天非去不可的地方，此時此刻你當然可以假裝它並不存在讓自己好過一些，但時間的暴風還是會把你吹到那裡去。

我們因此可以這麼講，理性的除魅，並不真的意味著知識的普遍進展會一直以勢如破竹甚至等比級數的速度和效率進行下去，直到所有一切皆是非分明、都纖毫畢露，再不留任一方幽黯朦朧的土地為止；而在於理性的頓挫，最終總是轉變成為某種宗教性的頑固執念，不再用於思考，而轉用於拒斥，用於傲慢的取消問題，帶來了認識和思維的停頓和畫地自限，這就像我一位念康德的熱愛理性友人的有趣告白：「理性這兩個字，對我永遠有讓我震顫不已的迷人魔力。」

知識當然日有進展，令人瞠目結舌的驚人進展，不需特別舉證，光是今天四十七歲的我回想十七歲之前的我就可以信心滿滿講這話，但在此同時，我們已然掙脫了無知的統治了嗎？也沒有，而是相反的，你不斷認識到無知的巨大不可撼動，正正因為你有幸看清楚了更多事物的明澈一角，你這才同時驚歎並帶著相當程度絕望的一併窺

■《康德三大理性批判》（聯經）

見了它原來何其巨大無匹。由此，我們再次回想昔日蘇格拉底回應德爾斐神諭「最有智慧之人」的著名無知自省，很清楚絕不是對當時雅典乃至於希臘知識水平不足的描述或者控訴，這是人自我認識的清醒聲音，揭示了人的認識和人的無知並非常識裡的替換零合關係，它們有點不可思議的攜手同行，愈認識，同時也愈無知，這與自謙以及任何道德修養不相干涉，而是沒他種可能的硬道理。

守夜人的學校教育和教科書

當然，差不多四十年後的今天，事情好像戲劇性的全倒過來了，如今我們不吝惜的給小孩一大堆書，卻沒給他們讀這些書的時間，這是太多事太多東西的壅塞童年。

有時候我們會沿用人類歷時幾千年不衰的大型感慨，說現在的小孩世風日下再不懂惜福讀書了。的確，今天打擾他們誘惑他們的東西也比較多，尤其是影像類的，不管是通過漫畫、電視、電影或電腦的形式或管道前來，但終究難以否認的一樁事實是，如今我們的兒童反倒是人一輩子最沉重最暴烈也最有清楚目標的求知時光，像他們肩頭上動不動就十公斤重的大書包，像他們擁擠不堪的學校教室或補習班才藝班，小學二、三年級就開夜車念書絕不是什麼新鮮事。這些年來，我始終記得新竹科學園區一位才念了博士回來的媽媽的一句驚駭之言：「才幾歲孩子，做什麼了不起的大學問要讀成這樣子！」

什麼大學問？不就反反覆覆那幾本老實說很不怎樣的書。幾年前，我曾經做過一件自認為挺缺德的事，我把國中一年級的國文課本的目錄連同作者名給抄下來，問遍出版社裡的各線主編和販賣發行的主管，這樣一本選集值不值得出？你預估行銷量可以多少？所得到的第一線實戰回答百分之百是，絕無出書的可能，而且在市場能賣個三、五百本就偷笑了。

但真實世界裡它卻是每年保證印行超過三十萬冊的東西，而且還花大把時間逐字逐句被研讀背誦——即使它是教科書，拿到出版市場去競爭並不完全公平，但差距大成這樣難道不是問題嗎？何況，被我考試的，不乏最抵抗市場機制、彷彿跟錢有仇的驕傲主編，亦不乏和童書打交道一、二十年的主編，並非一群唯利是圖的沒良心傢伙。

我還是覺得真正騷擾他們的主犯就是我們大人，我們奉愛護、擔憂、為你設想以及一切善意好聽辭語之名，把大自然天擇億萬年下來偶然贈予他們的最重要禮物拿走，真正照顧的其實就只是我們一己的遺憾和焦慮（遺憾我們當年沒好好念書、沒成為什麼什麼樣的人云云），以及由此遺憾衍生而來的胡思亂想和胡作非為，這尤其在近些年的教育改革大型鬧劇中正式達到巔峰。

基本上我個人甚願意承認，人多少得勉強學一些無趣但必要的東西，再好的東西也一定有它嚴肅不好玩之處這我們老早實話實說了，也因此我們有基本的學校教育和教科書，並不惜動用憲法來保證它被服從執行。但讓我們先搞清楚一件事，那就是學校教育和教科書的宿命保守性和安全性要求，它是在同一年紀但其實個個心性、興趣、才分不同的小孩中，勉強尋找出一個最基本的公約數來，這是它不可逾越的根本尺度，這個尺度，本來就把幾乎所有精采的、有獨特個性的、富想像力的，但也因此不穩定、帶著爭議甚至說有「危險」的美麗東西給排除出去——說真的，我還真想不出來有什麼真正美好的東西不存爭議、不帶著火花和鋒芒、不煥發讓很多人驚駭的香氣和色澤的，因此，我們的國文課本總是二流但不痛癢的朱志清徐志摩，不會有魯迅錢鍾書張愛玲；有蔣勳那種濫情軟如棉花糖但「無害」的情調文字，但真正了不起當代作家的精采、富爆炸力文章一篇也不會有，你以為舞鶴的東西會編入教科書中嗎？

懂得了教科書的基本限制，就可以去除我們一堆不當妄想——你當然隔段時日隨現實update（某些爆炸性的言論和主張會隨時間平和下來成為安全的常識），你當然也該在它無趣的基本小範疇中盡量求其活潑，但最終，它得清楚自己的角色和能耐限制，不要想包山包海，不要伸手伸腳到自由、有個性的真正閱讀領域之中，你要做的不是幫天下人做抉擇，而是把時間和空間交還給人，這是「守夜人」的學校教育和教科書基本概念，管得少，你才有機會管得好。

■《悲傷》（麥田）

童年閱讀的地獄，往往是善意的學校教育和教科書鋪成的。

我個人也擔憂不已我們下一代人似乎愈來愈不願意閱讀、愈來愈不願意進入文字的豐饒世界之中，但老實說我不忍心疾言厲色談這件事，畢竟，一個人如果每天被迫和那寥寥兩本無趣的書相處十二個鐘頭以上，若他還掙到半小時一小時自由時間，你以為他還肯再打開另一本書來看嗎？管他是賈西亞・馬奎茲的《百年孤寂》、是梅爾維爾的《白鯨記》或葛林的《喜劇演員》，做得到的人請舉手。別看我，我不要，我選擇發呆、睡覺、或抱個籃球去投三分線。

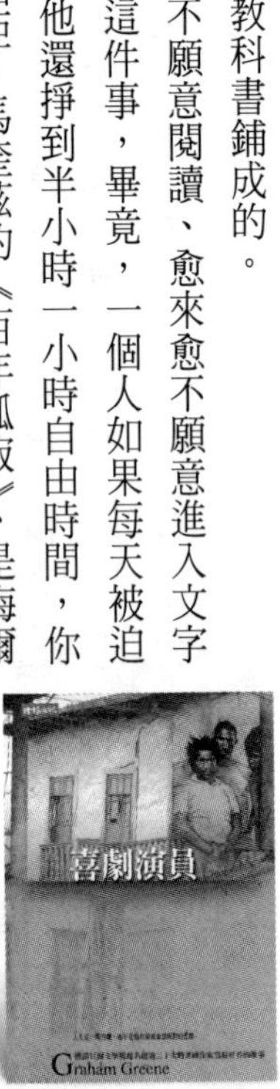

■《喜劇演員》（時報）

我選擇旅蹤較稀之徑

回頭看今天小孩的學校教育及其閱讀，我們若誠實的話，一定會感慨要當個自由主義者有多困難，我們沒事時夸夸其談的自由主義基本信念其實多單薄靠不住——尤其在你當了父母、家裡有了學齡小孩時。父母真的是全天下最脆弱的生物。

我有太多到幾乎每一個沒結婚時、沒小孩時瀟灑、進步、一肚子主見、而且發誓將來一定要給自己小孩一個泥巴、草地、螢火蟲童年的朋友，如今一個個都遑遑如兒女被壞人挾持為人質的憂鬱症父母，小孩被挾持何處呢？大體上依財力順序，在有家教老師盯著的緊閉書房中，在各補習班，在晚上九點鐘猶亮燈未歸的學校夜讀教室裡。

風聲鶴唳到禁不住任何一絲危險徵候的地步了——自由主義的最最基本信念之一，便在於我們肯正視風險、忍受風險，並堅持風險的存在恰恰是自由的擁有及其必要代價，你抉擇，相應的便承荷其後果及其道德責任。這不只因為在自由主義者的價值權衡序列之中，自由的位階遠高的某種程度的危險威嚇，更是因為我們不心存僥倖的真實認識到，人的生命暴露在未知、不乏機運和敵意的廣大世界之中，風險是不可能完全清理殆盡的，往往，你只是在有危險的自由世界和完全封閉的、提前絕望的「安全」幻覺之中做抉擇而已，那些把抉擇雙手交出、認為上面有明智不犯錯掌權者會幫你料理一切的人，人類二十世紀的一百年真實歷史不是做出了悲劇的判決了不是嗎？

自由主義大師以撒・柏林說，自由主義和所有的宿命論不相容，不論是強硬的宗教或歷史命定論，或是軟性的、挾帶偷渡各式各樣歷史必然命運及道路的——今天，老大哥敗退了，卻來了未來學者，軟調子的當紅宿命論者。

我個人真的完全不反對人忍不住窺探未來想做點準備，這不僅人性，而且明智，事實上我還相信人的任何發見、論述和主張一定包含了未來的成分。但該怎麼說好呢？我想借用兩位文學大師的話，一是波赫士，一是納布可夫。波赫士當然肯定任何文學藝術的創造一定包含了人對「美」的體認和尋求，但波赫士說「美學」這樣一種東西非常奇怪，把「美」獨立成為一個抽離的研究題目乃至於一門科學，令人感覺非常不對勁而且不舒服；而一向直言不諱的納布可夫一定會不耐煩的反問，未來你指的是誰的未來？我的未來？還是你的或比爾·蓋茲或馬英九的未來？納布可夫絕不肯相信有一種可以不加任何代名詞所有格在前頭、不屬於個別之人的光禿禿未來。

我個人的最根本感受和波赫士完全一樣，只除了抽離的「未來學」比諸「美學」還多了現實性的不寒而慄之感，因為它不單單粗魯化約掉我們複雜繽紛的生命圖像，還侵擾甚至壓迫了我們的意志、希望和可能。這是一種極壞形式的新烏托邦版本，偽裝成科學論述，最終十之八九是為特定的政治霸權或跨國商業集團當推銷員，奉未來為名意圖把我們全驅趕到依賴他們商品才能過活的生活方式去。哪個未來學者不是這樣呢？比方才幾年前那些不斷用電腦、用網路恐嚇我們的人不都還健在嗎？我們要不要計算一下我們因此花了多少冤枉錢回頭跟他們懇談一番呢？

知道怎麼當個騙子最安全嗎？人類歷史最資深未來學的宗教可以給我們最清楚的啟示，那就是預言實現的距離平方和安全成正比。也就是說，你對未來的預言如果不智到下一小時、明天、下星期一就一翻兩瞪眼，那你被扭送法辦的機率就大到接近必然；相反的，實現的日子相隔愈久遠，你不僅落跑的時間愈有餘裕，而且大有機會跑都不用跑而成為趨勢專家或未來學者，因為時間會自動轉換成空間，時間還會帶來失

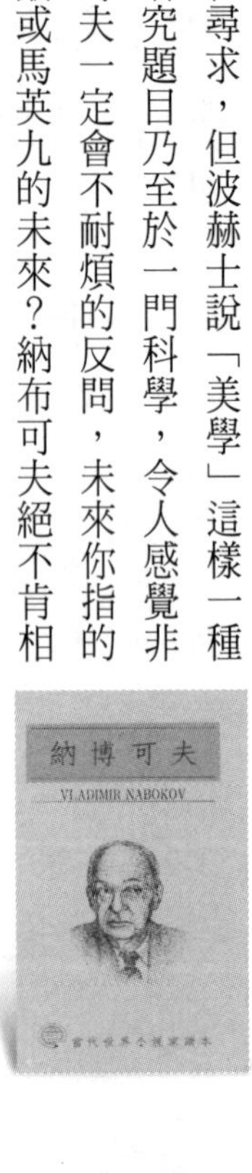

■《納博可夫》（光復）

憶、遺忘且讓人心平氣和。我們誰曾在十年二十年後回頭去找那個保證我們現在必然大發的可惡算命先生掀桌子拆招牌呢？而當實現的時間到達無窮遠，像《啟示錄》末日審判那樣子，那你就牢不可破不再是騙子，你一定是智者，是先知，一不小心還會變成神。

還有另一安全守則：預言大事別預言小事，預言眾人之事別預言個人，人數多寡和安全性一樣成正比。

我們就只舉一個例子，華勒斯坦，鼎鼎大名的世界級未來學者，他的《自由主義之後》一書前些年才由聯經公司中譯出版，書中最關鍵的鐵口直斷並且做為全書論述大前提和基礎的是，到得二十一世紀初，全球將形成三大經濟集團力量，美國一個，歐盟一個，東亞以日本為核心一個，而且無可避免的，日本一定輕易擊垮歐美兩方而成為真正的霸主——話還熱的，日本卻已深陷經濟泥淖十年之久了，於是華勒斯坦的話聽起來比較像惡意的嘲諷。

我相信，人對未來瞻望的最基本圖像，很接近《迷宮中的將軍》書中借螢火蟲微光照路前行的殖民時代土著，眼前可見的大致僅僅限於一個個單一的、曖昧閃逝的小小光點，以及朦朧的大世界輪廓，做為人的某種好奇和期盼，更做為人的自省和警覺。終究我們別忘了，未來根本就還沒發生，也如波赫士說的什麼都有可能發生，一個還沒存在的未來若還有跡可尋，那必定是蘊藏在過去和此時此刻之中；若還有意

■《自由主義之後》（聯經）

義，那必定是做為我們思索過去和此時此刻做了什麼的一部分而已，至於進一步的清楚細節和普遍內容，那在我們思維的螢火微光之外，還安睡在漆黑的未知狀態之中。

人類歷史上最有意義的「預言」、最重大的未來瞻望，從不為著猜中什麼，甚至還深怕就這麼猜中，像韋伯的理性鐵籠預言，像《美麗新世界》和《一九八四》——這裡，在未知和明澈之間有一條界線是嚴肅的，不容人輕率的跨越，這是睿智和胡弄的分界線，是認真負責思維者和江湖術士的分界線。

最重要的，不管那些未來學者怎麼恐嚇我們，只要末日一天不降臨，複雜的、繽紛的、容納著個別意志和抉擇的基本樣態仍一如今日會持續下去，只因為這是人類世界唯一可能的存在方式。

波赫士晚年講，知道宗教裡的天堂地獄只是誇張的講法，令人感覺很舒服。

你真的確定明天搞電腦的人不馬上供應過剩嗎？你確定好廚師和好木匠會在下一波人類生活中餓死而不是更搶手嗎？你要不要告訴你的小孩，在我們那個年代，台大法律系曾經長期是台大法商類聯考中分數最低的吊車尾科系，就連「不實用」的經濟系和社會系都在它之前？

在擔憂小孩該看什麼書之前，先想點辦法為他們卡出一點自由、有餘裕的時間，我也一樣為人父母，深知那並不容易，但記得那是大自然天擇賦予他們的珍貴禮物，當你信心動搖的時刻找上你，建議你在心中默念佛洛斯特熠熠發亮的詩，我相信那會

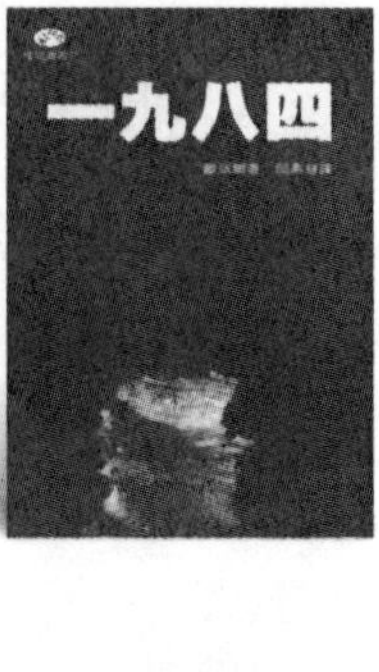

■《一九八四》（桂冠）

帶給你力量，一如這些年它支撐我個人前行——

林中分歧為二路，我選擇旅蹤較稀之徑，未來因而全然改觀。

10. 跨過人生的折返點

——有關四十歲以後的閱讀

「這是聖瑪特奧糖廠的氣味。」

距加拉斯一百三十二公里的聖瑪特奧糖廠是他多年鄉愁的中心。在那兒，他三歲喪父，九歲喪母，二十歲失去愛妻。他曾在西班牙跟一個秀麗的美洲姑娘結為伉儷。這姑娘是他的親戚，他跟她結合的唯一幻想是在聖瑪特奧糖廠做個好廠長，管好資產，增加他的鉅額財富，夫妻雙雙安居樂業，白頭偕老。婚後僅八個月，妻子即與世長辭，他一直沒弄清楚妻子是死於惡性熱病還是由於家裡的偶然事故。對於他來說，那是一次歷史的新生，因為在這之前，他還是一個出生於委內瑞拉西班牙血統的土著貴族之家的花花公子，整天沉湎於世俗的燈紅酒綠之中，對政治毫無興趣。自從失去了愛妻之後，他就成了一位偉人，直到他去世為止。他沒有談過他的亡妻，也從沒有想到過她，當然也沒有續弦的打算。在他的一生中，幾乎每天晚上都夢到聖瑪特奧故居，夢到他的父母，夢到兄弟姊妹們，但沒有一次夢到過妻子，他把她忘得一乾二淨，彷彿是跟她一刀兩斷似的，似乎沒有她也能活下去。唯一能稍微掀動一下他記憶的，是聖佩德羅・亞歷杭德里諾糖廠製糖後飄散出來的糖漿味兒，糖廠裡表情冷漠、甚至連一道憐憫的目光都不曾向他投來過的奴隸，和為了迎接他們剛剛粉刷得雪白的房子及它周遭的參天大樹。這是另一座糖廠，在這裡，一種難以逃脫的劫數把他推向死亡的深淵。

「她叫瑪麗亞・特雷沙・羅德里格斯・德爾托羅・伊・阿萊薩。」將軍沒頭沒腦的忽然說道。

夢，真是人活著最奇怪的東西，那麼私密親切，到彷彿跟自己都不好透露，可又遙遠恍惚得好像跟你沒相干，是個陌生人的造訪，因此，它是文學中最不好寫到幾乎一定失敗的東西，卻又是每個書寫者受盡誘惑而且一輩子總非試它兩次才甘心的東西。

朱天心曾說過，一個作家開始寫夢，常意味著創作生命大概差不多了。

佛洛伊德那一套對夢的天真爛漫解釋當然是不行的，正如巴赫金和納布可夫嘲笑的那樣。這裡，賈西亞・馬奎茲寫玻利瓦爾從不曾夢見過他唯一的妻子，也沒在生命中任一刻想到過她，卻最終在彷彿聖瑪特奧糖廠的糖味中將她從黯黑的死亡深淵釋放出來，叫出了她那一串南美洲人層層疊疊的完整長名字，或者說玻利瓦爾像個提前踩入幽冥地府的人，在那裡他終於又認出來自己死去多年的妻子。這奇怪讓我想起沒什麼相干的波赫士來，我們知道，波赫士和阿根廷的獨裁者庇隆將軍水火不容，庇隆掌權時刻意撤除了波赫士原來圖書館館長的位置，還把他調出當市場禽類調查員，就像中國古代把大臣貶去看守城門一樣，這當然是極大的侮辱，耿耿於懷的波赫士腦中一定揮不去庇隆的影子，但波赫士同樣從未夢到庇隆此人，他自己說的是：「我的夢也是有品味的——要我夢他，門都沒有。」

因此，入夢來的究竟是誰呢？是早已遺忘於無何有之鄉的瑪麗亞・特雷沙・羅德里格斯・德爾托羅・伊・阿萊薩呢？還是鐫刻於心的庇隆將軍呢？

這裡，我們要再次提醒玻利瓦爾的年紀，此時他四十七歲。當然，幾乎每一個讀《迷宮中的將軍》這本書至此的人，都已經心知肚明玻利瓦爾距離死亡亦只一步之遙了，不管這是得知於本書而外的相關資料，告訴你玻利瓦爾將在這趟馬格達萊納河之旅的終點倒下；或你在小說進行中早已看清此一終局，事實上，寫小說的賈西亞・馬奎茲並不諱言此一死亡，這畢竟不是一本故布疑陣的推理小說；甚至，你不必憑藉思維，光是物理性的觸摸就了然於胸，你閱讀至此，發現原本厚實的長篇小說只剩薄薄的頁數了，你於是曉得結局即將不保留的攤開在你眼前了。但試著拋開這一切閱讀者心有旁騖的預知死亡，單單純純只看賈西亞・馬奎茲的這一段書寫，一個曾經矗立於南美洲安地列斯山歷史最頂峰的人，在他榮光逝去又一身殘破的四十七歲某一刻，忽然溫柔的又想起他的由來之地，想起他塵封二十幾年的亡妻姓名，這個回憶自身，便已流漾了滿滿是糖漿甜味的死亡氣息。

我自己一直認定，不在於垂垂老年，而是人到四十來歲左右，才是死亡意識最猛烈襲來的時刻，是驅之不去的死亡感知瀰漫於你心思的時刻，不管你清醒，或是酣睡作夢，也不管你勤勤懇懇的忙碌於現實人生，或偶爾墜入孤單的沉思之中，更不管你歡快興奮，或是心思寥落，你都能嗅聞出多了一股死亡的異味於其中，死亡靜靜在一旁坐著，在你轉頭那兒，在你眼角的餘光之處。

是的，自然也包括閱讀在內，過去你不曾察覺，但這年歲你卻輕易在字裡行間看出來死亡的各種腳跡。

開始浮現出來的身體

米蘭・昆德拉的《無知》一書，是我個人近一兩年內讀過最好的一部小說，儘管台灣當前一些年紀輕輕的小說家評論家對它嗤之以鼻滿口譏嘲，或好一些，充滿同情的慨歎這位了不起的小說家老去了、磨損了，再不復昔日的銳利、繁複、技藝奪目云云——我並不想費神為昆德拉辯護，我相信時間，這些個卅幾歲、尚未通過人生一半折返點、猶野心勃勃向上攀爬的年輕人，很快也會到達我現在這般年紀，到達玻利瓦爾恍惚於聖佩德羅・亞歷杭德里諾甜蜜糖味的年紀，那時，如果他們還誠實，而且也還持續長進的話（我說不出來哪樣對他們比較困難），他們自會了解這樣一部小說寫得有多好。

在《無知》中，有如此一段話：

逝去的時光愈是遼闊，喚人回歸的聲音就愈難抗拒。這樣的說法似乎言之成理，但卻不是真的。人不斷老去，生命的終局迫近，每一瞬間都變成愈來愈珍貴，根本沒有時間可以拿來浪費在往事上頭。我們必須去理解這個關於鄉愁的數學悖論。

我想為昆德拉這番語含機鋒的話加進一點物質基礎，那就是人自己的身體。得先說明在先的是，我絕非那種閱讀的唯物論者或生物決定論者，我只是無法愉悅的放心，閱讀會是一種完全脫離身體的純精神活動，沒這等好事，它多多少少總會被人的身體重力不舒服的拉扯住，也許在專注進入美好的閱讀世界中你會遺忘如此的不快，像孔子講的暫時忘記自己已然老去的事實，但姑且不論這種遺忘終究何其短暫，事實上，遺忘並不等於作用不存在，年紀，或說年紀帶來的身體變化，直接改變了你的感受方式和內容，成為你一部分的閱讀前提，成為你閱讀準備的一個重要成分。

可是為什麼會在四十幾歲才跨越人生折返點的時刻，而不是距離死亡愈來愈近的老年呢？所謂人生的折返點，用現實的語言說，就是你身體開始往下坡走的時刻，這是一種全然陌生的新感受，因為它是第一次，你一時找不到可應付它的經驗材料；更糟糕的是，它不真的是新來的、陌生的東西才對啊，它是你不須臾離相處了四十幾年的身體，怎麼忽然翻臉忽然背叛你而去了呢？於是這不僅驚駭，甚至還是哀慟的。

我相信，人是有韌性有辦法的，山不轉路轉，時間一久，我們又會習慣於不斷墜落的身體新狀況，我們若不像玻利瓦爾般迅速死去，一定會找出和它再次融洽的相處之道，就像老年後的了不起小說家納布可夫一樣，這位人生前十九年在俄國聖彼得堡度過、中間十九年在歐陸、再來十九年在美國大放異彩、最終逝於瑞士的漂蕩小說家，晚年在瑞士接受採訪時說他如今最需要的是「安樂椅」，好安置自己又老又肥胖的身體——當然，身為最頂尖的現代主義大師，納布可夫的「安樂椅」是隱喻，他旋即解釋，「安樂椅在另一間屋裡，在我的書房。這是個比喻，整個旅館、花園，一切都像個安樂椅。」

可是四十幾歲你才乍乍跨過人生折返點那時候，你既來不及習慣衰老，更不可能甘心就範——不是再怎麼操勞、再怎麼病、再怎麼徹夜聊天飲酒至東方既白，好好睡一覺就全部好了嗎?牙齒、頭髮、指甲、皮膚、關節乃至於各器官內臟,不都會自己料理自己嗎?什麼時候開始還要我們分神去關心它修護它呢?

沒錯,還有眼睛,這是所有乍乍老去的閱讀者尤其最感刺激的部分。你被迫得開始計較字體大小,得計較燈光明暗,甚至還像個養尊處優之輩般計較閱讀地點的舒適性,於是,閱讀不再能是造次顛沛都能做的事了,它變得喬張作致起來,在順利進入書本世界忘掉一切之前,你總有一堆儀式般的動作非得先完成不可,這很令人痛恨,但無可奈何。

跟著憂患而來的

有關人的乍乍衰老,戀慕青春到不能自持的三島由紀夫用了不止一部小說對付它抗拒它到真的抵死不從的地步,但我以為講得最精準的還是賈西亞・馬奎茲,只一句話,這是他另一部小說《愛在瘟疫蔓延時》書裡的,老去的烏比諾醫生以為,他現在完全曉得自己內臟的位置及其形狀了。

無神論的波赫士曾講,光是一次牙痛就足以讓人否定上帝的存在。意思是,一個仁慈、睿智而且萬能的神,不可能把牙齒設計成這樣子,痛起來會到如此田地。如果說祂仁慈愛世人，那祂一定是個笨拙無能的創造者；如果祂有足夠睿智和能力做更好安排而不為，那祂必定是殘酷壞心眼的。總而言之，在牙疼暴烈襲來那一瞬間，你深切了解我們有關上帝的最基本屬性描述必定是彼此矛盾的。

其實，有關人的身體，矛盾的豈止是那小小三十幾枚牙齒而已。

烏比諾醫生之所以可以感覺到自己每個內臟（理論上肝臟除外），是因為我們的神經知覺系統是預防性的設計，報憂不報喜，像警鈴一樣的東西，只有損毀時或有異物入侵時才反應，並以各式各樣程度不等的痛苦來逼迫我們非正視不可，也就是說，我們的身體沒感受歡樂的物理性設計，快樂是唯心的、飄忽的，於身體只是一種輕鬆無事之感，身體最大的快樂便是你全然不感覺到身體的存在，所以老子才說，人的痛苦憂患，只因為我們有這個身體拉著我們，如此而已。

我個人曾經以此為答案來回答人類學家瑪格麗特・米德的一個再準確不過詢問——為什麼人類所有宗教烏托邦的天堂描繪都如此空闊、貧乏且毫無實感呢？相反的，所有有關地獄煉獄的想像卻都淋漓盡致生動不已到嚇個你半死？

帶著這樣「新的」身體進行閱讀，你便不僅僅只是惦記著自己胃腸何在、支氣管和攝護腺何在而已，隨著這些曾經透明的器官浮現出來，書本裡某些年輕時一眼掃過，完全無感的部分也開始一樣樣在你眼前自動跳出來，有時多到、目不暇給到每一本書都像第一次讀它一樣。身體的苦痛在閱讀時取回了代價，因為書本中有諸多「內

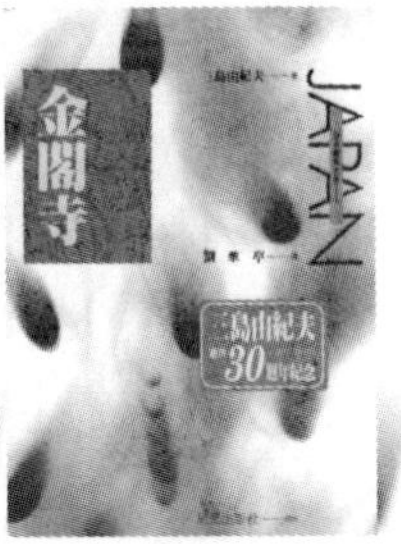

■《金閣寺》（星光）
《三個原始部落的性別與氣質》（遠流）

臟」部分，只對經歷過同樣折磨的人開啟，而且，這通常還是書中較深刻較扎實的部分，畢竟，寫書的人也有他煩惱不已的身體，並藉由如斯苦痛真切意識到自身存在的極限以及等在那裡的終點，而死亡，如昆德拉指出的，從年輕時概念的、文字的、意有他指的託情想像，變得真實、迫切而且帶著病痛之苦而來時，人方有機會真正站到死亡的位置，也就是生命之外的位置，回頭去看整體生命本身，而不是埋在生命之中無意識的、理所當然的活著，好像萬事萬物連同自已都會這樣無休止的存在下去。

在這裡，閱讀者和書寫者因同病而構成了聯繫，通過文字的有限負載力溝通並相濡以沫，消解了一部分痛苦，還相當程度安慰了孤獨受苦的寂寞。

更好的可能是，一直透明抓它不住的時間，也像染了色般開始具象浮現了出來了，一種深刻無匹的驚喜——連續如流水奔馳的時間，只有在被打斷時才被我們真正感知，才顯示了當下、過去、未來的豐碩層次出來，而最能打斷時間的，總是死亡不是嗎？一具過了折返點開始逐步瓦解的身體，死亡如我們所說的不再是個名詞、是個平滑溜手的概念而已，它開始一路裝填可感知可懼怕的物質性內容，神經質些，你甚至還開始嗅聞到它的異樣氣味（你有過和老年之人坐計程車封閉空間的經驗嗎？），不是香水、芳香劑、花草精油、口香糖或各類漱口沐浴藥水所能完全遮掩的，這個腐敗中的氣味，在《愛在瘟疫蔓延時》的遲到老年愛情之中，賈西亞・馬奎茲把它稱之為「禿鷲味」，當然是充滿死亡意味並彷彿招引來禿鷹覓食的不佳氣息，書中的費爾米娜便是在航於馬格達萊納河上的霍亂船上擔心阿里薩嗅聞出來。伴隨著你身體一點一點的死去並腐朽（雷蒙・錢德勒在他的名著《漫長的告別》書中說，告別，是每次死去一點點。也就是說，我們的死亡是分批的、漸層的，在心臟停止跳動被醫學的、法律的宣告不治之前，我們的身體已有某些部分早已完成死亡，比方說，掌理性愛生殖的那一大堆東西），你於是變得很容易留意到遍在的、每時每刻發生的他者死亡徵象，落葉、季節、昆蟲屍體、家中寵物、熟識不熟識的人們、煙囪冒起來的青煙、關著門的店家、一條街、一座城市、頭頂上變幻的天光雲影和看似永生明滅的美麗星空云云，時間屢屢因此被打斷，或更好如賈西亞・馬奎茲《百年孤寂》書中的約瑟・阿加底奧・席岡多在經歷了三千多名工人遭機槍掃射屠殺獨自逃生回來、關閉於老上校孤獨小房間裡見到梅爾魁德斯鬼魂的那段感想：「他發現時間也會失足、出意外，因此而裂開，在屋裡留下永恆的斷片。」

當死亡伸手可及了，成了可預期之事，成為定讞的判決，我們便因此窺見了時間的形狀及其內容，如同幻覺，如同梅爾魁德斯洞視生死奧祕的動人鬼魂。

從仰望到平視

四十多歲的閱讀，你看見了更多隱藏於字裡行間的東西，有時它是發見，也有時會是揭穿和破除。

波赫士在談書寫技藝時曾毫不留情面指出來，時間一長，很多文學的詭計都會被看穿。這原本談的是文學歷史的迢迢時間效應，但閱讀者卻也發現，隨著閱讀的數量和年資漸增，隨著年紀的日長，我們也有了更多看破詭計的能耐——精確點來說，這既是眼力，同時也是一種資格。我所謂的資格，意思很簡單，那就是你發現自己年紀已然大到超過了大多數書寫者寫其書的年紀了，年輕時我們看這些人全是天才、是怪物、是長者和智者、是遙不可及的天神一樣人物，忽然，他們還原成「正常」人了，甚至，其中一部分還是你的小輩。依據年紀，他們只是你的弟弟妹妹，你的兒子女兒，你的學生，或咖啡館坐你旁邊座位跟自己女朋友大吹大擂吵個你半死的毛頭小伙子。

尼采說，耶穌要是再活久些，到他說這話的年歲，應該會收回那些天真昂揚而稀疏的教義，大體便是如斯心思。

舉兩個熟悉點的例子吧。比方說馬克思和恩格斯歷史不朽文獻的〈共產黨宣言〉，這份末世啟示錄般的神聖宣言，很長一段時日你根本只敢卑微的仰望它，不解的地方你不敢認為是它語義不清或書寫者自己沒搞清楚，你只會認定一定是自己程度不夠沒能弄懂；看到不安的地方你也一樣不敢相信它會講錯，同樣一定是你自己想法不對有問題云云。然而有這麼一天，你忽然想到了，寫〈共產黨宣言〉的馬克思根本不是你深印腦中那個鬚髮怒張、彷彿才從倫敦大圖書館書海浸泡歸來的老馬克思，那個恩格斯也不是晚年書卷味十足、眉宇間透著睿智的好看恩格斯。一八四八年纂寫好宣言那會兒，恩格斯二十八歲，馬克思三十歲，用台灣現在的流行年齡分類學來說，這兩人彼時皆是你現在滿街看到的六年級小鬼。我們知道，有些東西源於天賦，有些可一步到位直接獲取，但有些則非得耗時間緩緩堆疊不可。那個小小年紀的馬克思和恩格斯，也許可以寫很好的詩如普希金，也許可寫出不複雜不世故但才氣縱橫奪人耳目的充滿潛力小說，打天下無敵的籃球或飆出時速一六〇的快速球，但說到總結人類的總體思維成果和複雜萬端行為，從而找出歷史規律並據此斷定未來那些還沒出生的人怎麼想、怎麼做、怎麼走。你真正能讚歎再三的便是他們兩個毛頭小子的勇敢無匹，可以憑藉這麼單薄的知識準備把話講到如此巨大且斬釘截鐵的地步。

另一個實例則是張愛玲小說。這位生長在極古遺老家庭和極現代（當時）租借地交壞之處的天才小說家，從小拿老人家東長西短的真實故事傳聞當童話聽、因此一直被看成是個精微洞視一切人情世故的無以倫比小說家。張愛玲小說在這上頭的確驚人，就她書寫時的輕輕年紀而言，但等你自己年過四十了，被迫知道人心的複雜種種，你再回頭讀張愛玲，不管是《怨女》、〈金鎖記〉或其他珠璣般的短篇傳奇，你很容易發現原來她是如此「文學」，小說中諸多人的反應、諸多觸及人性複雜幽深的地方，張愛玲往往力有未逮，她只能憑藉自己驚人的聰明去猜去想去編，並仰靠自己漂亮靈動而且氣氛營造能力十足的筆蓋過去——真是苦了你了，孩子。

■《張愛玲小說集》（皇冠）

附帶說一下，那些熟讀張愛玲的學養俱佳專業文學評論者如夏志清、如王德威為什麼不跟我們講這些呢？我猜，這恰恰好說明了他們之所以學養俱佳的原因，他們太專注於學院書齋的睿智世界了，代價是，他們於是在社會大學的人情世故裡遂相對的簡單、相對的天真，看不穿張愛玲如美麗迷霧煙塵的「詭計」。

如此來說〈共產黨宣言〉和張愛玲小說，我們當然也冒了不小風險。但這種因著閱讀者年紀到了的一眼洞穿其實是自然而然的，並不是壞心眼的刻意揭短，更不會是犬儒的、虛無的尖酸嘲諷，所謂「別人的失敗就是我的快樂」（這句充滿惡意的話係出自於某個可憐憫的臉部殘疾者之口）。我們並不因此喪失了對馬克思、恩格斯以及對張愛玲的尊敬，只抹消了表層一些神聖泡沫而已——至至不濟，你也得真心承認，今天你放眼四望，哪裡找得到這麼聰明、這麼視野恢宏而且基本配備如此超越自身年齡限制的六年級之人呢？我們更該回想一下自己在那個年歲時又是個什麼樣子。

對一個真正熱愛閱讀的開始老去之人而言，如此年紀的詭計揭穿，純粹是寸心得失之事，其效應只達對一己的除魅為止，讓一大部分浮沉於不假思索的、人云亦云風中的塵埃落盡，像秋日滂沱大雨過後的乾乾淨淨街景，暖暖陽光，有點森森然金屬味的涼風、乃至於空氣中的微小分子，毫無阻攔的全直接沁入你皮膚。禪學把這種涼爽清醒的感受稱之為「體露金風」，很漂亮的一種說法。

這無疑是人四十歲之後閱讀最為舒適的一面，你得到了某種平等，對書籍的仰望

■《1844年經濟學哲學手稿》（時報）

角度在時間中緩緩微調，如今已大致呈現平視、不弄瘦脖子的人性角度，閱讀亦從下對上的學習轉成平輩之人的對話。

對話，光看字面就知道遠比學習悠哉不迫人，也遠比學習綿密，有較大讓閱讀者的思維自由自在迴身的空間。我們以學習為主體的閱讀，通常會把絕大部分注意力嚴重集中於書籍的主軸線上，甚至就是書中最清晰、教訓最明白、應該手持紅筆畫下來熟記的那些部分，我們無暇亦無能力去掌握書的整體，更輕易就忽略過書寫者狀似不經意的部分。然而，一部完整的書，其實包含了它未說出來的部分，開始於它文字出現之前，包括啟動它的意念，困擾它的疑問，它思維展開所依據的前提和假設，它不得不暫時擱置的思維縫隙，以及它畫上全書完句點之後的另一階段瞻望。簡單點說，在對話為主體的閱讀中，書寫者不再是個全知全能的導師，而是一個大體上比你認真、比你縝密、比你學有專精而且在此話題比你先走一步的思維者，你也不再只是唯唯諾諾、忙著記筆記的學生而已，你同樣也成了個思維者。閱讀者和書寫者在此平等的分享同一身分，建立起雙向的往復聯繫，擺在你們中間那些有限數量而且有限負載能力的文字遂豐饒起來、深邃起來，藉由隱喻、藉由聯想，藉由它的語調、聲腔、觸感甚至不經意的轉折停逗，它「說出」了遠比它的直接呈現更多的東西——是的，這我們其實都有經驗的，做為一個對話者，你不會只滿足於聽對方說出來的話，你必定尋求可述說語言背後真正的心事和煩惱。在書籍之外的現實世界之中，我們以為這才算真正了解一個人；一樣的，在閱讀的世界中，我們也說這才算真正了解一部書，呃，或者說，這部書背後那個孤獨但認真美好的心靈。

也因此，四十歲以後的閱讀節奏遂有了鬆緊變化，多樣起來生動起來，不再像年輕時候那樣，往往就只一種速度貫穿到底，伴隨著均勻且堅決的進行曲樂聲，而沒變化的節奏最容易轉變成催眠曲不是嗎？四十歲之後的閱讀，有些書你看看就好，如踏花歸去，但有些書你卻一字一句不捨得放過、不捨得快，如促膝長談，那種你提著心不知道拿它如何是好的油然孤寂之感，最讓你又時時聽見時間的汩汩流水聲音，駭怕東方既白生途悠悠。我總會無端想起年輕時候莫名背下的一首司空曙的詩，詩名忘了，但字句卻歷歷分明——

> 故人山海別，幾度隔山川；乍見翻疑夢，相悲各問年；孤燈寒照雨，幽竹黯浮煙；又有明朝恨，舉杯席共傳。

做出抉擇

享有著四十幾歲之後的閱讀悠閒舒適一面，也就得來說說它迫促不得已的另一面，人生總是這樣子沒辦法，它給予了你，也取走你，沒一面倒的好事——這裡，我們先放兩句小說家格雷安・葛林的話在前頭，《沉靜的美國人》書裡頭的：「你遲早總得選一邊站的，如果你還想當個人的話。」

《沉靜的美國人》所設定的歷史現場是法國勢力尚未撤離猶最後掙扎、美國則乍乍伸出黑手這個犬牙交錯時刻的越南。小說中，不快樂、世故到已出現陣陣酸味的英籍記者弗勒，原是洞穿每一方罪惡、決意只過自己生活的中立者，謹慎的和彼時眼花撩亂的任一方勢力保持等距。然而，這個在美麗越南女子鳳的身體尋求慰藉、在鴉片氤氳香氣中放鬆看世界打打殺殺的怡然良心位置，最終卻只能是單純的頹廢之人、徹頭徹尾的虛無者甚至冷血者才能站得住腳的位置。弗勒沒辦法真的讓自己成為這樣的人，他一直極力抵抗的自身血氣、熱情、價值信念和對人生命的素樸同情，最終在一場傷及無辜包括小孩的陰謀爆炸聲中，逼他做成了抉擇。這個抉擇絕不是個愉快的發現或歸皈，而是失去一部分自己、放棄一部分自己的極不得已選擇，也因此，那句出自共產黨員韓勸告他的話才透露著這麼驅之不去的無奈和不甘心：「如果你還想當個人的話。」

四十歲以後的閱讀，你也會真實的感受到弗勒的尷尬處境，開始發現你好我好大家都好的和氣生財中立位置極可能只是一處流砂之地。其實對敏感些、用功些、在某個領域走得遠些的閱讀者而言，大約在之前三十來歲時候就不祥的瞧見這一端倪了，

■《沉靜的美國人》（時報）

只是你認為自己還有大把時間在手，而拖到如今的四十幾歲，你再沒置之不理的躲閃空間了，你得做出還是挺痛苦的抉擇，放棄一部分書，放棄一部分熱切的瞻望，目送這些路上猶昂首前行的堅毅背影，並再一次確認生命不可能圓滿、不可能完整的老結論。

這不只是時間分配從而丟失東西而已，就像你放棄臨了十年以上的漢隸魏碑，讓一堆美麗而且相當不便宜的日本二玄社書帖在書架上招塵；或你收起圍碁子並把陪伴你度過千百個不寐夜晚的吳清源實戰譜封存起來云云。四十歲之後的閱讀抉擇不僅僅只是這樣單純的悲傷告別，還包括閱讀內容的路線衝突問題，除非你不打算再深入追究了，除非你肯讓閱讀從此停留在消遣享樂的浮面上，否則你終究得選某一邊站，因此，這是人生位置的確認，決定你只能當什麼樣一種人，這會是很激烈的。

你當然老早知道了，人類思維世界不存在終極答案，找不到統一性的單一語言，如今你更加清楚的看出來了，人類的思維，係啟始於互不相屬的假設，並依此以各自的獨特語言和思維方式分道前行，愈往前愈分離，最終大致呈現了兩兩對峙、無法說理相融的意識形態拮抗景觀，比方說自由主義和社會主義的、唯物和唯心的、科學和人文的、集體和個人的云云。是還不至於到全然不可對話的徹底斷裂地步，也因此一再提供人們假以時日的動人希望，但起碼到可見的未來為止，所有試圖調和兩端、只採擷兩造之長的夢幻明星隊式努力看起來都是行不通的。

你曉得，在美國的職業棒球世界之中，有某些大城市同時擁有兩支球隊，像紐約的洋基和大都會，像芝加哥風城的小熊和白襪。有趣的是，遠仇不如惡鄰，這同城而居的兩造球迷反倒比什麼都水火不容——在芝加哥，於是就有這麼一段球迷的精準名言流傳：「如果有人跟你講，他是小熊隊的球迷，也是白襪隊的球迷，那這個人一定是個騙子，在芝加哥，這一套是不成立的。」

一樣的，若有人告訴你，他既是個自由主義者，又是社會主義的堅定信仰之人，那他——那他一定在這兩個思維領域中浸泡時日尚淺，只有浮泛的理解，如果他恰好不是個騙子的話。差不多六〇年代時候，曾經有一波所謂「調和論」的思維小熱潮，顧名思義想當跨海大橋聯繫兩端，像寫《不確定的年代》一書、在台灣亦小有名氣的加爾布理茲便是其中大將，這批好心的調人很快證明他們只能在表層現象打轉，因此迅速歸於失敗銷聲匿跡；八〇年代蘇聯瓦解冷戰告終，也有意識形態終結的聲音再次傳出來，但這回正如名經濟學家克魯曼指出的，這只是大聲講話的傳媒現象罷了（像章家敦《中國即將崩毀》一書便是最典型急於出名取利的膚淺實例），再沒有稍為認真點的思維者當他一回事了。思維的矛盾和斷裂可以演變成現實政治力量的對峙，但其根源處是嚴肅的，窮盡思維論證力量的，並非人的愚昧和頑固，輕率的二選一，因此反之不亦然，派生現象的偶然消解，並不等於而且絕不簡單就等於其本源處的矛盾就此跟著解除，也許更糟糕也說不定，它使其中一方不在思維的深度和真確性上獲

■《不確定的年代》（時報）

勝，只單純讓它擁有主宰一切的現實壓倒力量，這種內外失衡的結果極容易流於某種壓制和暴亂，像美國在九〇年代之後一連串愈來愈荒腔走板的返祖言論和行動，特別是小布希這個呆子上台之後那些全球唯一帝國式的言論以及四下揮兵的侵略行徑，多少便是其後果。

回到我們安靜閱讀的四十歲以後個人來。

當如此冰炭不容的現象矛盾於、斷裂於同一人身上時會是怎樣？會很不舒服到可稱之為痛苦，但其實也就是再正常不過的閱讀思維現象，是每一個持續閱讀到起碼深度的人總會遇上的。我個人的實際經驗儘管並不足為訓，但最起碼可看成一個真實發生的病例，乃至於一具捐贈出來供教學解剖用的屍體。就以自由資本主義和社會主義的矛盾來說，我自己便再清楚不過感受到理性和信念幾乎是徹底背反的無可奈何情況。我大體上知道市場機能的運作原理及其實況，大體上曉得價格和工資如何決定；我也同意社會組織起來和分工的必要，所謂的剝削和人的異化物化毋甯是其結果而非圖謀；我基本上也相信人性的某種恆定性和惰性，並非如黃金白銀般有那麼大的彈性係數可隨意搥打延展搓揉，因此自利之心仍是人行為的根本驅力，難以用其他更高尚的動機來替代云云。也就是說，在經濟學此一大範疇之中，我自己花較多的閱讀時間和心力在泛資本主義的論述書籍之中，也接受其基本假設和往下的觀察和推論大致上是合理的沒錯，然而，如果我們直接跳到其終端的現實結果呈現素樸的來看，卻不乏太多令你茫然、沮喪、悲傷、憤怒的事實，比方說，一個年輕黑人只因為會把個海碗大的皮球想辦法扔進個漏底的籃子裡，別說他的工資所得了，光是你請他在電視上公開喝一瓶汽水的代價，便足以支付整個大台北市每天大清早幫我們打掃街道、冒著被喝醉酒駕駛人撞死危險的所有工作人員一整年工資還有餘不是嗎？真的就可以這樣子嗎？又比方說，在這個仍隨時有全世界四分之一人口瀕臨餓死和長期營養不足並飽受各種病菌病毒肆虐同時，我們地球另一側的聰明人卻花最多資源在減肥藥、壯陽藥、生髮水和男性除臭劑上頭，而且動不動就把生產過剩的糧食給焚毀或倒入河中；或比方說就連賈西亞・馬奎茲也拿起筆計算過的（在他某篇短文），人類大規模生產、購買各式殺人武器，但一枚飛彈、一架隱形轟炸機、一部新型坦克、乃至於前些日子被當成海豚擱淺於台灣東海岸的魚雷，就足以改善衛生條件、解決學童教育經費或讓小孩有營養午餐可吃云云。諸如此類的見怪不怪現象合理嗎？合理的，如果你順著資本主義經濟學一路推論下來的話，不必什麼大經濟學家，我都可以講給你聽何以至此，而且好像還非如此不可。

相當程度來說，你一旦接受了它的假設和邏輯，結論差不多就被決定了，因此你只好說這是必要代價，是你得忍受的不完美結果，或乾脆把它們給逐出經濟學範疇之外，說那是政治學、社會學乃至於道德該負責料理的問題，不關價值中立經濟學的事，如此如此，這般這般。

你要不要忍著心加入這邊呢？加入生髮水、壯陽藥、減肥藥（確實俱是你這樣超過四十歲之人非常需要的沒錯）和各式殺人武器這邊而且講道理為它們解說辯護呢？你要不要不回頭成為這樣的人？

還有二十年時間

因此，四十歲之後的你，得開始把握愈來愈有限的生命時間，集中在你最想望的某些個領域中銳志深入，但每個領域都有其獨特的性格和指向，深入同時也意味著你極可能由此愈走愈遠，距離你另一些最原初的、最素樸的、而且壓根你就不打算失去的生命信念愈來愈遠。

可是你能因此停下來嗎？當然也存在這個抉擇，但停下來只意味著你兩邊都沒有了不是嗎？就像古希臘那隻等距於兩堆相同草料卻餓死了事的過度理性笨驢子不是嗎？

於是，如果有可能，你也真想問問當年回頭想這一輩子的老孔子，我相信他的自我反省必定是誠摯的，但四十歲之後不再疑惑是什麼意思？是解開了抑或毅然選擇完畢了？不管哪一樣那又是如何可能做到的？

然後，五十歲之後就清晰無比找到自己在廣大世界中舒適且怡然的生命位置了；六十歲以後聽什麼都對都有，都可以調到接聽頻道而且讓訊息無間然的進入自己生命之中；再到得七十歲，真正的生命終極自由就來了——這真的是一幅絕美的閱讀者圖像，是閱讀世界的一個烏托邦版本。

我是個超過四十歲並持續向五十歲蹣跚前進的閱讀者，唯至今滿心疑惑也許是遠遠落後了，但最起碼我想我大概還有整整二十年時間可以讀書，對我們這代人而言，這應該不算是太樂觀的估量才是。我不知道也沒資格來談人五十歲、六十歲乃至於七十歲以後的古稀疲憊年紀又會是哪種閱讀模樣、內容和感受，但既然我大致可以算出來我還大有讀書的餘裕，也許，有些現在不可解的事或許還有伸縮變化的餘地也說不定。

也許四十幾歲的這次抉擇也並非你人生不可逆轉的一次，也許你終究會找出更妥善安頓自己爭執不休的理性和信念的方法，誰知道呢？波赫士說好像未來什麼都有可能會發生的，這是閱讀者的樂觀，我也並沒忘記，我自己所相信的閱讀，本來就是個包含著無盡可能性、永遠抵抗絕望的世界。

11. 閱讀者的無政府星空

——有關閱讀的限制及其夢境

將軍讓伊圖爾維德帶給烏達內塔的另一封信，是要求烏達內塔銷毀他以前和今後寫給他的一切信函，以免留下他情緒憂鬱的痕跡。烏達內塔並沒有使他滿意。五年前，他曾向桑坦德將軍提出了類似的請求：「無論我生前還是死後，您都不要去發表我的信件，因為這些信寫得既隨便又雜亂。」桑坦德也沒有按他的要求辦。與他那些信相反，桑坦德給他的信無論從形式或內容看，都是完美無缺的，一眼就可以看出來，他寫這些信時就意識到它們最終將被收入歷史的篇章。

從寫於韋拉克魯斯的那封信起，到他去世前第六天口授的最後一封信上，將軍一共至少寫了一萬封的書信，一部分是他親筆寫的，一部分是他口授，記錄員抄寫的，還有一些是記錄人員根據他的指示撰寫的，被保存下來的信件有三千多封，被保存下來經他簽署的文件有八千多份。有時，記錄員們被他搞得不知所措，有時又與他們合作得很好。有幾次，他覺得口授的信不滿意，他不是重新口授一封，而是在原來的信上親自加上有關記錄員的一行字：「正如您將會發現的那樣，馬特利今天比什麼時候都笨。」一八一七年，在離開安戈斯圖拉以便結束大陸解放事業的前夕，為了按期處理完政府的事務，他在同一個工作日一連口授了十四個文件。也許由此產生了那永遠也沒有得到澄清的傳統，他說同時給數位記錄員口授各不相同的信件。

不必辯論，在南美的大解放者玻利瓦爾和哥倫比亞國的真正創建者桑坦德之間，賈西亞·馬奎茲百分之百是比較喜愛玻利瓦爾的。從一生的言行來說，哥倫比亞人是極寵愛他們這位「為國家爭得前無古人最多榮譽」（這話是賈西亞·馬奎茲自己白紙黑字寫的，他當然知道自己的所作所為和分量）的偉大小說家，賈西亞·馬奎茲也相應的給予自己極嚴厲的自我規範，對這個其實毛病不小的國家，賈西亞·馬奎茲要求自己絕不在國外、甚或面對外國媒體時批判自己國家，他只關起門來在國內講，對一個並不以忍耐力和自我砥礪能力見長的雙魚座人而言，這個實踐顯然是要在長時間中用盡氣力才做得到的。

然而，在哥倫比亞國內，他卻是個不折不扣的加勒比人，就像魚悠遊在這方溫暖多陽光的美麗海域，至於首都波哥大所代表的溼冷安地列斯高地連土地帶居民他可就沒什麼好話了。他十三歲離家初次沿馬格達萊納河溯流而上（恰好和玻利瓦爾的最後旅程逆向而行，也難怪在這趟明明是放逐之行死亡之旅的絕望筆調中，我們總還能在字裡行間嗅到某種奇怪的歡愉，像是歸鄉，也像某種重獲自由），在波哥大念了高中，「那所學校是一種懲罰，而那座冰冷的城市簡直是一種不公了。」他也如此描繪過眼中的波哥大印象：「一座遙遠而又淒涼的城市，那裡自從十六世紀以來就淫雨連綿，這座陰暗的城市首先引起我注意的就是在街上來去匆匆的眾多男子，他們跟我一樣，都穿著一身黑衣服、戴著禮帽，可是滿街竟見不到一個婦女。引起我注意的還有冒雨拉著啤酒車的高大佩爾切隆良馬、有軌電車在雨中拐過街角時迸發的火星以及為了給絡繹不絕的送葬的人群讓道而造成的交通阻塞現象。那真是普天之下最為悲壯的葬禮，四輪馬車拉著大祭壇，黑色的高頭大馬披著黑天鵝絨，駕車的把式戴著飾有黑絨羽的帶檐頭盔，還有那一具具的死屍，可是那些大戶人家還自以為葬禮操辦得盡善盡美呢。」——因此，同在哥倫比亞的咫尺波哥大成為全世界他最異鄉的所在，超過巴黎和維也納，超過任一方遙遠陌生的土地。

最口出惡言的，可能在《百年孤寂》書裡，彼時他還不是諾貝爾獎大人物，肆無忌憚多了。書中最喬張作致的人菲南妲・戴・卡庇奧，娶自波哥大的第三代媳婦，整個加勒比海岸地帶只她一人用金馬桶，「夜壺雖是純金的，表面刻有貴族紋章。裡面卻是大便，而且比別人的大便更髒，是自負的高地糞便。」

哥倫比亞之外，賈西亞・馬奎茲極關懷南美洲的集體命運，尤其是加勒比海沿岸這些本來人性歡快卻國族命運悲慘的國家，他在墨西哥待很長時間，同情古巴革命且和大鬍子卡斯楚是好友，加勒比海水拍打的國家他唯一痛惡的是美國，《迷宮中的將軍》書中玻利瓦爾所說：「也別和您家裡人一起到美國去，那是個無所不能又非常可怕的國家，它有關自由的神話到頭來將給我們大家留下一片貧窮。」這話賈西亞・馬奎茲自己一定百分之百點頭稱是。

因此國族是什麼？家鄉是什麼？範圍該畫多大？在更小、更肌膚可親可感的加勒比小鄉小鎮和更大、有生物學共同基礎的人類集體生命歸屬的同心圓狀層層光譜之中，為什麼獨獨非得排他性的高舉其中不大不小的國家這一環呢？——當然，國家不只是個抽象概念或幻覺，它是現實的，通過權力的占有和行使成為堅硬的存在實體，操控甚至相當程度決定我們的命運，但不正正因為這樣，我們更該隨時隨地警覺並努力尋求超越嗎？更該回頭來問哪些是我們真實的情感哪些只是別人（尤其是權勢擁有者）的催眠？

每個人都不只一個身分、一種分類歸屬，不管是你自己努力爭得或極不舒服被劃分認定。以賈西亞・馬奎茲而言，從「加勒比人電報員的兒子加博」，到人類共有的不世小說瑰寶，我們以為他最珍貴的是什麼？我相信絕不因為他是哥倫比亞人，全世界那麼多哥倫比亞人從種咖啡豆種香蕉、挖祖母綠礦石、踢足球到當毒梟的，我們為什麼只認他一個呢？

賈西亞・馬奎茲和法國的密特朗也是談文學的好友，他曾親自回憶一九八一年十二月密特朗頒他榮譽騎士勛章時、演講辭中「幾乎使我熱淚盈眶」的一句話：「你屬於我熱愛的那個世界。」

是，我們珍愛賈西亞・馬奎茲，是因為他屬於我們熱愛卻一直無從讓它在現實存在的那個世界，那個世界，至今只存留在我們讀者的世界裡。

留下狼狽不堪的模樣

因此，哥倫比亞不哥倫比亞當然不成為最終判準，賈西亞・馬奎茲比較喜歡玻利瓦爾，可能是玻利瓦爾的南美洲國大夢更揭示了某種心智的遼闊想像和可能性，可以聯繫那個令他熱淚盈眶的美好世界，也可能是賈西亞・馬奎茲綜合了諸多細碎史料的整體判斷云云。然而，單單從《迷宮中的將軍》書中這段對書信的不同做法來看，玻利瓦爾的確比桑坦德是個「素質」較好的人。

正如賈西亞・馬奎茲知道自己是歷史上為哥倫比亞爭得最多國際性榮譽的人一樣，玻利瓦爾也不會不知道他活著時已同時是個被寫入歷史的人物，他的一言一行，乃至於一句話一行文字一件衣服或任何一個日常用品，都將成為後人搜集、研究、取證的資料，如此自覺是人活著一種極沉重的負荷，就像《百年孤寂》之後的賈西亞・馬奎茲處境。我們知道，諾貝爾文學獎比諾貝爾其他獎項具公眾性，因此諾貝爾文學獎得主通常再難寫出重要且成功的作品來，它被視為人活著的文學榮譽頂峰，也因而一不小心就是書寫生命的巨大句點。

但我們來回想一下拿下諾貝爾獎之後的賈西亞・馬奎茲寫什麼？不就是他那本奇妙而美麗的愛情故事《愛在瘟疫蔓延時》嗎？——這我們不曉得該說他勇敢呢？說他專注呢？還是說他不在意好？在全世界人不合理的殷殷期待目光之下，賈西亞・馬奎茲居然選擇了「愛情」這麼小而且古老的一個題材，而且從頭到尾收起了他震撼全世界讀者的所謂魔幻手法不用，他無事般回轉到傳統敘事，耐心且興味盎然的講一個兩男一女長達七十年以上的戀愛故事，一直要到小說幾乎是臨結束那兩三頁，那艘盛載了費爾米娜和阿里薩以及他姍姍而來愛情的河輪，才在馬格達萊納河上的永生航程中正式「起飛」，讓我們又瞥見了那個叫人驚呼出聲的魔幻賈西亞・馬奎茲。

也就是說，與其講玻利瓦爾不像桑坦德那麼在意歷史聲名，不如講他更在意更專注於手中當下得做的事，兩下相權，他甯可選擇失敗和後悔，願意承荷失敗和後悔的風險代表人還好端端活著，猶迎向生命的無限可能，而不像照顧歷史聲名的人那樣已經關好門在料理後事了。《迷宮中的將軍》書裡另一處，賈西亞・馬奎茲便如此寫道：「對於外界一切有關他的傳言，無論是真的還假的，他都很敏感，任何關於他的不實之說都會使他臥不安寢，一直到他臨終時，他都在為揭穿謊言而抗爭，但是，在避免謊言產生這一點，他注意得很少。」

在當下、短暫時間裡，困擾人的通常是不形諸文字、在口耳之間飄浮的風言風語，然而，最可怕的終究是文字，一種抵抗時間的歷史鐫刻形式，風會止息，埃塵會落定，但文字，尤其是寫入了書籍的白紙黑字，卻頂多變成了黃紙黑字而已，所以了不起的近東詩人奧瑪開儼說：「任世間所有的淚水，也洗不去任一行。」

孔子曾大剌剌的講說人最該介意的是自己死後沒在後世留下痕跡，這是好的，由此人拉高了自身的視野和規格，但那些在生前就預先窺知自己必然存留於歷史的人如玻利瓦爾這樣，卻得神經質於究竟留下什麼痕跡，不只為「揭穿謊言而抗爭」，更麻煩是為真話而抗爭。畢竟人漫長一生之生存痕跡，從無知、啟蒙、嘗試、成熟到衰老昏聵，總是一個不斷和失誤打交道的艱難過程，不能不留有狼狽不堪、每一回想起來就脊骨發冷腦門一陣暈眩的言行記錄。才故世不久的古生物學者古爾德告訴我們，大自然裡只有無機體才可能形成對稱的完美形式，有生命的東西是做不到的，因為生存傳種所時刻面對的天擇是嚴酷沒僥倖的大事，救死不暇，甚至匍匐爬行各種爬蟲類的不雅觀姿勢都得採用，因此不會有那種完美形式的美學餘裕。賈西亞·馬奎茲也寫過這麼一副玻利瓦爾的滑稽模樣：「生活已使他充分的認識到，任何失敗都不是最後一

■《魯拜集》（桂冠）

次。僅在兩年前，就在離那兒很近的地方，他的軍隊被打敗了。在奧里諾科河畔的熱帶森林裡，為了避免在士兵中間發生人吃人現象，他不得不下令把馬匹吃掉。據不列顛軍團的一個軍官證實說，當時他那副滑稽可笑的樣子很像一個游擊隊員。他戴著畫有俄國龍的頭盔，穿著騾伕的草鞋，藍色的軍服上帶著紅色的纓飾和金色的釦子，一面像海盜似的小黑旗掛在平原居民使用的長槍上，小旗上的圖案是顱骨和交叉的脛骨，下邊則用血寫著：『不自由毋甯死。』」

當然不只這一處，事實上，從常識性的偉人形象而言，整部《迷宮中的將軍》中的玻利瓦爾樣子，簡直都是──用某位讀了原稿的歷史學家的話來說是：「這是一個赤裸裸的玻利瓦爾，求求您，請給他穿上衣服吧。」

這類歷史級人物的諸如此類宿命性麻煩，我們這些尋常人等讀者是有餘裕當笑話來講的──多年以前，我個人曾惡魔般的想編一本短篇小說選集，對象是當前台灣最好一批小說家的第一篇小說，尤其是那些十幾歲就開筆書寫的，像張大春高三那年發表於敝校校刊的某青春綺麗力作（為張大春一世英名著想，姑隱那麼長的小說題名及其內容），像朱天心寫於北一女高一時的〈梁小琪的一天〉，像朱天文寫於中山女高高二時的〈強說的愁〉云云。事實上我連腰帶上的宣傳文字都擬好了：「本書獻給所有有志成為小說家的人，您瞧，這些人都曾把小說寫成如此模樣，您還有什麼好怕的呢？」

■《方舟上的日子》（聯合文學）
《花憶前身》（麥田）

就算是賈西亞・馬奎茲，一樣也有他年少的第一首詩，第一篇短篇小說，不止如此，我們講過的，他還有白紙黑字簽名的欠款條子——那是他年輕落魄歲月在某異地積欠旅館主人房錢的憑據，最終人窮志短逃之夭夭，諾貝爾得獎之後，該旅店主人君子報仇不止三年的公開此一稀罕欠條，並開心的決定永久保存傳諸後世子孫，千金不易。

源遠流長的反書籍話語

白紙黑字，尤其是更裝訂成為書籍的可怖威脅，很奇怪也很有趣，有極聰明的人在書籍才誕生不久的曙光時刻就神經質預見了，而不是在受盡痛苦折磨之後才生出的經驗之談。

這讓我想起一段籃球史上的有趣名言。我們知道，美國的職業籃球曾在七〇年代分裂成為兩大聯盟，有三十年歷史傳統、較文雅的ＮＢＡ，和新創的、打紅藍白三色球的ＡＢＡ。後面追趕的ＡＢＡ為了搶市場，努力發明了不少球場花招（如三分球、灌籃大賽云云），還刻意強調暴烈性衝突性的球風，尤其鼓勵球員在比賽中灌籃。因此，這句名言便是：「ＮＢＡ球員不大灌籃，是因為他們以為在對手面前灌籃是不禮貌的；ＡＢＡ球員拚命灌籃，則是因為他們也以為在對手面前灌籃是不禮貌的。」

人類對書籍的正面負面看法也是這樣——今天我們讚歎書籍的發明，是因為我們相信書籍可抵抗時間傳之久遠；而古人質疑書籍的發明，則是因為他們也相信書籍可抵抗時間傳之久遠。

有些惟恐天下不亂似的，波赫士只要一談書籍的相關話題，幾乎忍不住一定先談這個，我們這裡只舉他〈論對書本的迷信〉文中的一段：「眾所周知，畢達哥拉斯沒有寫過東西。貢佩茨曾為他辯護說，他不寫是因為他更相信口頭表達的優越。柏拉圖的確鑿無疑對話，比畢達哥拉斯純粹的冥思默想更具力量，他在他的《蒂邁歐篇》中宣布：『發現這個宇宙的創造者和先祖是件艱難的事，即使一旦發現了，也不可能向所有人宣布。』在《斐德拉斯篇》中，他講述了一則埃及寓言來反對書本（書本這種實踐使人疏於利用記憶而依賴符號），並且說書本就如畫出來的形象，『外表栩栩如生，但卻不會回答任何問題。』為了減緩或消除這種缺陷，他想像了他的哲學對話。老師可以選擇學生，但書本無法選擇它的讀者，他們可能是愚鈍或歹毒之人。這種柏拉圖式的疑慮曾見之於非基督教文化大師克雷芒特・德・亞歷山大的話語之中，他說：『更為謹慎的作法是不寫東西，而是用活生生的聲音去學、去教，因為書面的東西會流傳下去。』他又說：『把一切寫在書中猶如把劍放到了孩童手中。』這些話也出自福音書中：『勿將聖潔之物贈于狗，不可在豬群之前撒珍珠，以免遭其踩踏而後又來蹧踐你們。』這是最大的演說大師耶穌的格言。他一生只在地上寫過幾個字，而且沒有任何人看過這幾個字。」

感謝波赫士為我們做此博學的蒐羅，當然，更得感謝的是書籍，為我們一路輾轉保留下來這麼多睿智而且反對它自身之話語。

我們看到，在這些對書籍和文字不信任的聲音中，並不只是玻利瓦爾式的為自身的歷史聲名清洗護衛，他們有更大、更無我的真實憂慮。這個憂慮，我們可以說，最根本處起自於赫拉克里特式的敏銳警覺：「你不可能伸腳到同一條河水裡兩次。」如果說萬事萬物如流水般是瞬息的、變動不居的，你如何可能以一組固定且有限的符號去捕捉不停運動中的活生生事物呢？就算我們別無他法，非得「暫時」的用語言或文字來表述不可，我們又如何可以讓這暫時性的、理應用後即棄的表述凝凍起來存留下來呢？不是就該像納瓦荷人儀式頌歌的沙畫般在結束時立即毀去嗎？從連續的、流變的萬事萬物，到當下的口語，再到固化的文字，最終到碑銘般風雨不動的書籍，這不就是中國人「刻舟求劍」故事裡的老教訓，一種隨著時間愈失真愈遠離的愚人做法嗎？

的確如此，這些憂慮全是真的，即使幾千年後的今天聽起來仍令人心頭一緊——否則聰明如波赫士也就用不著再重述一遍給我們聽了。

不再直接面對自然了

但怎麼辦呢？好像並不能怎麼辦。我的意思是，了解文字乃至於書籍的如此明晃晃缺憾及其使用風險，並不代表於是你就有妥善的、對症下藥的解決之道，生命裡有諸多這樣子的事，像人生必有死亡，你只能忍受，程度上的應付它，並最終訴諸抉擇。

有什麼樣的抉擇呢？最激烈的一種我們或可稱之為「仙人呂洞賓式的抉擇」。這是流傳於中國民間的寓言故事，相傳在呂洞賓成仙之前，曾隨仙人學藝修道，在學習點石成金之術時，呂洞賓問這是物理變化或化學變化，黃金是否就此不再回轉成石頭了呢？他的仙人老師坦白告訴他，不，五百年後仍會還原為石頭。於是，嚮往24K純金絕對境界的呂洞賓遂敬謝不學了——「去聖邈遠，寶化為石。」玄奘取經的《大唐西域記》書中這兩句蒼涼的話，掌故出處可能就是這則故事，成為玄奘目睹旅途中傾城廢墟、昔日人的艱辛經營成果重又被自然風砂侵蝕吞噬返原回去的千古喟歎。

是的，你可以如呂洞賓那樣抉擇，拒絕文字，終你一生不著書，甚至不記日記不寫信，而且還不讀書，直追畢達哥拉斯，在羅蘭·巴特所驚懼的符號訊息充斥囂嚷的五濁紅塵中，做個洗耳穎川的今之古人。

但這樣的抉擇，我們得說，落在我們這個「墮落」的時代中，仍有它的另一種風

■《大唐西域記》（台灣古籍）
《羅蘭・巴特訪談錄》（桂冠）

險，而且機率更高更難倖免——有沒有看過東京上野恩賜公園裡那些用藍色塑膠布攔起草坪遮擋風雪的辛苦無家人們呢？有沒有看過比方說京都四條河原町每一道巷口為色情酒店卡拉ＯＫ舉廣告牌換點清酒喝的流浪人們呢？在這個沒有隱士的窄迫時代中，畢達哥拉斯一不小心就會成為這樣的人。

這正是渥特・本雅明告訴我們的，人直接面對自然的時代可能已永遠過去了，如詩人席勒所說那種素樸詩的時代已永遠失去了，七月流火，九月授衣，我們當然可以堂堂正正的悲痛我們是被拋擲到一個我們並不樂意的時間裡，如活在大唐盛世的李太白詩中一輩子揮之不去的感慨一般，但感慨完，你還是有當下的功課得去面對。

失去了朗朗聲音的智慧

曾經，在書籍文字始生、稀有、昂貴的那個時代中，書籍要說是智慧的載體，也只能是帶著權勢財富的那一部分智慧，民間素樸的智慧用不起這奢侈品，於是只能留在語言口耳的空氣之中，因此，在有錢的智慧和沒錢的智慧之中，便隱隱有著緊張關係。今天，我們從波赫士蒐集的質疑書籍各種聲音中，仍然可以讀出這兩種逆向行駛的不安氣味，一是來自直接面對完整、連續、流變世界的民間聲音，質疑的是一種時間被取消、變化被靜止的固化；另一則是來自書籍智慧世界的占有者聲音，他們驚懼的焦點則是書籍的傳布及遠力量甚至還包括書籍將愈來愈便宜、愈平民化的勢不可遏走向，這不只將撼動現實世界四民不亂的安定層級秩序，還會永久改變智慧的既有形貌，他們的憂心不一定源自於獨占者的自私之心，還包括對既有秩序瓦解之後世界不知道變什麼鬼樣子的合理擔憂。

文字的確是人類歷史可以讓「鬼夜哭」的巨大發明，而書籍的產生則是它形式的完成，由此合成了一場空前而且大概也絕後的深遠革命，一場甯靜革命，用千年以上時間滴水穿石因此無人可阻擋的柔軟方式完成。今天，我們這些曾被貶喻為無知小兒、被聖者用不是太有風度的狗族豬群來形容的尋常人等，都可以掏出三百塊錢直接購買偉大的智慧成果，事情便完完全全倒過來了，仍受限於物理性時空世界的口耳相傳方式反而相對昂貴起來了——買一本教你燉一百種湯的精美全彩食譜一樣幾百塊錢，但要追隨個大廚被他又使喚又辱罵的學成一種湯可能得要五十萬元；而更普遍的實例是，今天那些送自家小孩進才藝班、進雙語幼稚園於是節衣縮食的父母都咬牙切齒知道我們在說什麼。

歷史的變化屢屢出人意表，在經濟學上有所謂公共財的分類概念，寫書的經濟學者最愛舉的說明實例便是陽光、空氣、水，這三種最有價值卻最沒價格的特殊物品，但我相信，今天的經濟學者在沿用這三個實例時一定心有忐忑得附加說明才行，只因為世界真的變了，這三大公共財已逐漸稀有且必須支付代價取得了（暫時是還沒到昂貴的地步，除非你堅持的陽光空氣水是那種高品質的別墅世界青山綠水）。同樣的，曾經懸浮於陽光下、井水旁、空氣中靠口語傳遞的智慧分子，一個個固化為文字掉落了下來，落入書籍之中，這個效應一經啟動，立刻形成反饋式的循環，有智慧的人轉身回書房改以文字來表述自己，尋求智慧的人也不再徘徊街巷通閭之上如昔日的蘇格拉底，以至於一度是智慧集散之地的巷語街言，只剩一些流俗的、輕薄的傳聞閒談如今天我們所見到的模樣。智慧這個行業失去了聲音，沉默起來，當然也孤獨起來了。

有關智慧失去了聲音這件事，在聖奧古斯丁著名的《懺悔錄》書中留下了不經意的生動記錄，那是他去見米蘭主教安布羅斯時驚愕發現的：「當他閱讀時，他的眼睛掃瞄著書頁，而他的心則忙著找出意義，但他不發出聲音，他的舌頭靜止不動。任何人都可以自由接近他，訪客通常不須通報，所以我們來拜訪他時，常常發現他就這般默默閱讀著，因為他從不出聲朗讀。」

這個讓昔日聖奧古斯丁嘖嘖稱奇的讀書方式，正是我們今天每個閱讀者日用而不自覺的——既是實然，也是隱喻。

■《懺悔錄》（台灣商務）

無聊乏味的行萬里路

當然，在歷史的實然因果之間，原因極少是單個的，但本雅明所指出的，人的經驗的空洞化、廉價化乃至於後勢的不斷看跌，書籍的發明和傳布的確扮演了重大的角色。人一方面用孤獨的沉靜思維來替代如柏拉圖《對話錄》或孔子《論語》那樣往復的、熱切的集體爭辯討論，但另一方面，它抵抗了空氣的阻力，用視覺串起另一個更多人參與的對話網絡，接通了更遠方甚至更古老的珍稀訊息，使得人受困於物理法則的個別經驗相形見絀，失去了令人驚異的魔力。

安伯托・艾可便不止一次談到，不管你樂不樂意，如今我們的確得以文字為主體才得以認識這個世界，眼見為信早已遠遠不敷我們基本生活所需了，遑論進一步取得心智拓展所必備的思維材料。如果萬事萬物都要求親身抵達現場才算數，把艾可的話轉為我個人的經驗，那我將不確定地球上真有澳洲這塊土地、真有美國這一個國家，等一等，地球是什麼？這恐怕只有美蘇兩國那寥寥幾個太空人（但真有太空人嗎？）見到過，還有，別說艾可、賈西亞・馬奎茲、卡爾維諾這些嚴重影響我生命的哲人可能都只是虛構人物，事實上，我就連我親祖父是否真的存在不是騙局現在都沒把握了，那我究竟從何而來？我的生命經此懷疑還能殘留哪些東西？我該不該開始考慮我的臉只是鏡子的曲折幻象？

我不確知今天猶存的某些過度強調實踐因而不免敵視文字書籍世界的強硬左派，究竟如何看待本雅明對經驗貶值的判決，多半還一如當年把這位不馬克思主義者的泛馬克思學者當異端吧。但事態的急遽進展不僅再再證實了本雅明半個世紀前的此一「預言」，甚至還大大超越了本雅明論述所及的幅度——以當年歐陸的旅行工匠制為代表，本雅明以遠遊歸來的人為說故事的人兩大傳統典型之一，當然包含了水手、行商、冒險家、遠征的兵士乃至於被神差遣的傳教士云云。是這些人負責攜回了遠方的珍稀故事，並像傳遞花粉的蜜蜂蝴蝶般穿梭交換兩地的訊息。但今天，我跑遠洋貨櫃船、動不動行萬里路的水手朋友告訴我，全世界大概不容易找到比他們更單調更無聊更封閉的行業了，絕大部分時間，他們只是在「圓天蓋著大海，黑水托著孤舟」的一成不變風景下，靠打電玩、打乒乓球、翻漫畫和武俠小說、以及賭賭小錢和發呆過日子，而且安全得全無幻想，不迷航也碰不了暴風雨，好容易靠港了，「你也知道，全世界有哪個貨櫃碼頭長不一樣的？」而且，「你曉不曉得現代貨櫃碼頭的卸貨裝貨速度有多快？那都是成本，才半天一天時間你去得了哪裡？」那種在異國小酒館裡買醉、思鄉、哲思、撒錢兼勾勾搭搭，在每一個小港口都留有種一畦金線菊情婦的浪漫詩意行徑，稱之為門都沒有。

至於我家鄉宜蘭南方澳漁港的，不管是抓鰹魚、抓烏魚或釣鮪魚的，除了不是孤單一人，真的就是海明威《老人與海》小說裡描寫的那個樣子。

無政府的閱讀夢境

我以為，今天仍在說反書籍言論的大致有兩種人，一是讀書讀煩了累了或虛無了，打算告別好好休息或幹點其他事的人，是閱讀者的離職聲明；另一是重度閱讀者，這種人並不打算轉行，對書籍乃至於閱讀一事的狐疑只是一個必然發生的反省，一種自覺——真正從頭到尾不閱讀的人不太講這些話，一來他們直接就做了，二來他們也發現不了書籍的如此致命要害。

波赫士當然是第二種人，他從沒打算停止過，連失去了視力都阻止不了他，郁郁乎文哉，吾從波赫士。

我說這是一個必然會發生的反省，指的不只是理性的察知而已，當你閱讀累積到某種地步你要不看到書籍的限制都很難沒錯，但最深沉來說，我個人堅信，一個好的閱讀者，自覺不自覺的，應該都擁有著一個無政府主義的乾淨靈魂，即使在現實的政治主張上，他的理性另有歸屬。

少了這個無政府的靈魂，閱讀會變得很容易完成，三年五年十年，而再不是終身實踐白首偕老的事了。

我當然很擔心白紙黑字這麼講會帶來不好的誤解（你看，我這兒也玻利瓦爾起來了不是嗎？），尤其在今天懶惰虛無的民粹主義空氣之中。民粹是一種不用大腦、永遠冒著法西斯恨意不去的無政府墮落形式，它因為自身又笨又懶的緣故，並不想追尋任何美好的東西，不想和美好的人比肩齊步，而是滿心妒恨的把好東西砸毀，把好人拉下來踐踏，以為這樣就一切平等了，但這當然只是一種反智的、無望的平等，還帶著獰笑，它奉自由之名行動，並借助虛偽的民主形式，走向的卻是一成不變的法西斯式集權——因此，它和閱讀智性的、自由的本質永遠背反，如果說閱讀有什麼永久性的大敵，那非民粹莫屬，民粹對閱讀的戕害，超過了人類歷史任何已知的論述和現實壓迫形式。

閱讀的世界是不玩民主遊戲的，它必定有懷疑有矛盾，但這是一種肯講道理的懷疑和矛盾，更是一種極具耐心的懷疑和矛盾，既不借助民主表決的數人頭方式來快快弭平爭議，事實上，贊同反對的人數多寡根本無意義可言。我們可以說，在現實世界之中只有少數秀異之士所做得到的雖千萬人吾往矣的堅強勇毅，在閱讀世界中卻是常態，是任何像回事的閱讀者天天做到的事，這當然不是說閱讀賦予我們什麼神奇的力量，而是閱讀的世界自有它不妥協、寸步不讓的判準，我們誇張點來說，賈西亞・馬奎茲說一部書好，對我個人而言，永遠超過百萬尋常人等的網路投票結果，當然，不必是賈西亞・馬奎茲也不只是賈西亞・馬奎茲，你大可把這個名字換成愛因斯坦、以撒・柏林、本雅明、海涅、紀德、伏爾泰、克普曼、阿城云云。閱讀者痛惡集權，但他相信是非對錯，即使是非對錯暫時陷入渾沌而呈現出懸而不決的矛盾樣態，也並不

■伏爾泰（Voltaire, 1694~1778）

因此跳入另一端的相對主義裡，因而民主表決殊無意義可言，解決不了任何真的、具體的懷疑和矛盾。

閱讀者服膺是非，衷心信任某一些了不起的人，但請留意，「這些」了不起的人永遠是複數形式，而且通過閱讀者自身的閱讀積累和必然變化，這些名字又是可替換的，就像我個人青春期時光曾短暫相信詩人泰戈爾和紀伯倫是其中最光亮的兩個人一樣——我常想，如此複數的、閃動的瞻望追隨圖像，在我個人的實際經驗記憶之中最像什麼？我以為最接近星空，理性上，你完全知道他們巨大、不可逼視而且距離你遙遠以億萬光年計，但對你個人而言，他們卻「慧而有情」（借佛家對「菩薩」一詞的詮釋），彷彿可為你一人而存在，永遠在你抬頭那兒還像伸手可及，跟你一人講話但溫和不迫人；而且雖然個個閃爍獨立，你卻又可以把他們畫線聯繫起來，浮出一個又一個、一次又一次不同的圖像來。

「星辰下，濤聲裡，往事霸圖如夢。」亙古以來，星空底下就是人的想像之地，人甚至在這裡發明了神；這也是人思省自身之地，人在這裡找回了自己的歷史和存有。世俗的權力、計較和壓抑暫時睡著了，天地之間又回復成遼闊自由的無政府模樣，也正因為這樣的遼闊自由，才容得下一切不相互擠壓，包括萬物微邈但平等堅實的存在，包括一切不易見容的念頭，包括所有所有的懷疑和矛盾。

除了這麼遼遠空曠的自由和寬容，哪裡還會有懷疑和矛盾的棲身之處呢？

星空之下，人察覺出一種深不見底的奧祕，一種全然自由心緒下必定生出來的不確定之感，保有一個永恆的狐疑，以至於堅實存在的萬事萬物還有你自己，同時每一個邊界處全滲透模糊開來了，形成了光暈，轉成了夢境。波赫士、卡爾維諾都引過而且喜形於色的詳述莊子是莊周？是蝴蝶？的栩栩如生夢境，我相信其他人只是沒講出來或不幸沒讀到而已，每一個了不起的閱讀者一定都珍愛這個人類最美麗的寓言，它再難更好的透露出無政府主義者自由的最後心事。

我們知道現實是殘缺的，所以我們轉身進入了書籍的豐饒世界；我們又發現書籍是有限制的、仍是不完美的，所以我們存留了想像、夢境和告別這一切而去的可能——很抱歉，我暫時很難把閱讀者的終極無政府本質說得更明白一些，也許將來我還會更進步、想得更清晰，但即使只是這樣，我相信這個不完整的交談仍會成立，只因為語言文字的殘缺，並不真的阻礙我們看到、或者說叫喚出我們共有的心事和希望，不是這樣子嗎？

12. 數出7882顆星星的人
——有關小說的閱讀

在將軍的隨從人員裡，何塞・瑪麗亞・卡雷尼奧的殘臂所感到的不便是大家友善的取笑的原因。手的動作，手指的觸感，他都感覺得到，雖然他的胳臂裡已沒有骨頭了，陰天骨骼的疼痛他也有知覺。他仍具有譏諷自己的幽默感。相反的，使他擔心的是在睡夢中回答別人問話的習慣。在夢裡他仍能與人進行任何方面的交談，但無一點清醒時的控制能力，能說出他在醒著時守口如瓶的打算和挫折；某一次，曾有人毫無根據的指控他洩露軍情。船隊航行的最後一天夜裡，靠著將軍吊床守夜的何塞・帕拉西奧斯聽見睡在船頭上的卡雷尼奧在說話：

「七千八百八十二個。」

「你在說什麼啦？」何塞・帕拉西奧斯問道。

「說星星。」卡雷尼奧答。

將軍睜開了眼睛，他確信卡雷尼奧在說夢話，於是欠起身透過窗戶看了一眼夜空。夜，廣袤遼闊，皎潔燦爛，明晃晃的星星填滿了天幕。

「差不多要多十倍。」將軍說。

「就是我說的那個數字，」卡雷尼奧說，「加上兩個在我數時一閃而過的流星。」

這時將軍離開吊床，看到他仰面睡在船頭上，顯得比什麼時候都清醒，光著的身子上布滿了橫七豎八的傷疤，在用傷殘的胳臂數著星星。委內瑞拉白崗子那一仗結束後，找到他時就像這樣，上下染滿鮮血，渾身幾乎被砍得稀爛，人家都以為他死了，就把他放在泥沼裡。身上有十四處被馬刀砍傷，其中幾刀使他丟了胳臂。後來，又在別的戰鬥中受了另外一些傷。但是，他的精神絲毫無損；他的左手學得如此靈巧，以至於不僅刀槍精絕，聲名卓著，他那精妙的書法也遐邇聞名。

「連星星也逃脫不了生活的衰敗，」卡雷尼奧說，「現在就比十八年前少。」

「你瘋了。」將軍說。

「沒有，」他答道，「我老了，但我不願相信這是真的。」

「我比你足足大八歲。」將軍說。

「我的每處傷口要算兩歲，」卡雷尼奧說，「這樣我是我們中間年齡最大的人。」

我個人非常非常喜歡《迷宮中的將軍》書中這一段，打算用它來談一個我喜歡的較私密話題：讀小說，為什麼我們要讀小說。這個仰睡船頭心思遊了出去數星星的卡雷尼奧，首先總令我想到古希臘找金羊毛阿果號上一名和大夥兒不同工作步調、做自己獨特之夢的船員，那就是奧爾菲斯，他在遠征船上只負責彈他的琴唱他的歌，但他的歌聲琴聲使這艘年輕、野心勃勃的船變得不只是遠洋商業貨櫃輪。

再怎麼淒涼絕望，這趟最後的馬格達萊納河之航怎麼可以沒有一個詩人伴隨呢？或者該說，如果生命已頹敗至此，人都已經付出了如此沉重的代價，怎麼可以沒有文學家小說家來收屍呢？好多少取回些東西、保護住些東西——整部《迷宮中的將軍》書中，我想，卡雷尼奧這個數星星的人是最像小說家的一個（數星星這浪漫的行為讓他像個詩人，但拉回現實說星星比十八年前少那番話，讓他更像個小說家），擁有一個小說家的奇特靈魂，儘管他真正的身分是一名英勇的解放戰士。

但多麼呼之欲出不是嗎？賈西亞・馬奎茲講他的每一句話看起來都像隱喻，比方說他殘臂的奇特知覺，比方說他睡夢中仍與人交談的能力、和總是失控講出心事和真話的煩惱，但最有趣還是他數星星堅持的具體數字，7882顆，還有他對人年齡計算方式的執拗主張，身上每一處傷疤都得再加兩歲，相信受傷會讓人蒼老世故，就像職

■《異鄉客》（時報）

業拳擊手都知道的，中拳比揮拳流失更多體力。

有關7882顆的星星準確數字，讓我想到波赫士以〈隱喻〉為題的演講中的一段話：「我記得這個比喻是從吉卜齡一本名為《四海之涯》這本不太為人所知的書中所引用過的：『一座如玫瑰紅豔的城市，已經有時間一半久遠。』這種話他大概說了也是白說。不過『有時間一半久遠』就給我們魔幻般那樣的準確度了——這句話跟一句奇怪卻又不常見的英文擁有同樣的魔術般的準確，『我要永遠愛你又多一天』。『永遠』已經意味著『一段相當漫長的時間』了，不過這樣的說法實在太過抽象，不太能夠激發大家的想像空間。」

插句嘴，就在波赫士的話語中，我所在寫稿的咖啡館正播放披頭四的老情歌，〈Eight Days a Week〉，一星期我愛你八天，這是四位利物浦少年最具體但也最狂妄的情感承諾。

然後，波赫士列舉了《一千零一夜》的1001，莎士比亞詩〈四十個冬天圍攻你的容顏〉的40，都和卡雷尼奧的7882一樣具體而且武斷——它們其實都是「多」甚至無限，但卻是如此文學詭計所說出來的一種有感覺的、有內容厚度的、可讓情感找到踏實焦點的「多」和「無限」。

我們的詩人鄭愁予也懂得這個技藝，他寫的是：「我從海上來／帶回來航海的二十二顆星／你問我航海的事兒／我仰天笑了」。

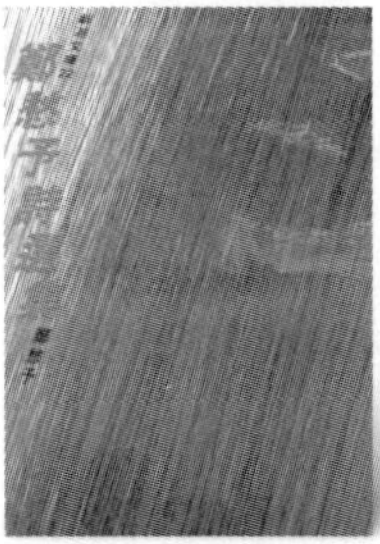

■《鄭愁予詩選集》(志文)

葛林這位小說家試著告訴我們箇中道理。葛林說上帝是「無限」，但人愛上帝，如何去愛一個「無」呢？愛得有對象、有焦點、有宛如音波撞擊到某一實體傳回來讓我們接收到回聲的報稱感才行，所以儘管道理上我們都曉得上帝不該命名，更不可造像，但為了人，為了我們有限存在的自己，我們還是得賦予上帝名字和形象以便愛祂。

無限不是人的可知對象，但文學巧妙的以具象來處理它、指稱它並相當程度的馴服它。文學以有限的焦點實體和我們自身有限的存在打交道，接通並喚醒我們的感受；文學並且以此具象的一點為發光星體般的核心，用其光暈般漫射出去的隱喻，點燃我們的想像力，負載我們飛離自身的侷限試著去窺探無窮。

以下這段文字係取自於卡爾維諾的名著《看不見的城市》：

大汗試著將注意力集中在棋局上：現在困惑著他的反而是下棋的理由。每一棋局的結果非贏即輸，但輸贏什麼？什麼是真正的賭注？對手一將軍，勝利者的手將國王撂倒在一旁，只剩下虛無：一黑色方格，或一白色方格。忽必烈將他的征服抽絲剝繭，還原到本質，便走到了最極端：明確的征服，帝國的多樣寶藏不過是虛幻的包裝而已；它被化約成鉋平的木頭上的一個方格。

馬可波羅接著說：「大人，閣下的棋盤嵌有兩種原木：黑檀木和楓木。閣下聰慧的目光所注視的方格是從乾旱年頭生長的樹幹上的年輪切砍下來的，您瞧見了它的纖維組織如何排列嗎？這裡可以看出一個隱約浮現的節瘤；這代表曾有一嫩芽試圖在一個早臨的春天發芽，但夜裡的寒霜卻使它凋零。」

那時大汗才知道這個外國人懂得如何流利的以本地的語言表達意思，然而令大汗感到驚訝的並非他表達的流利。

「這裡有一個細孔：也許曾經是昆蟲幼蟲的窩；但不是蛀木蟲，因為蛀木蟲一生出來，便開始蛀蝕樹木，毛毛蟲啃食樹葉，是造成這棵樹枝挑出來砍掉的禍首……這邊緣是雕刻師用半圓鑿刻劃出來的，以便與下一個方格相接合，更突出……」

一小片平滑而空洞的木頭可以解讀許多道理，令忽必烈汗驚奇不已；馬可波羅已經在談黑檀木森林，談載運木頭順流而下的木筏、碼頭和倚窗而立的婦人……

用實體來思索

一邊是忽必烈汗式的概念思維，尖銳的、深入的、如昔日蒙古鐵騎般一路征服過去，快速的抵達世界盡頭，柏拉圖曾以為「路的末端」是至善、是統一一切的真理，但大汗找到的卻只是如棋盤格子畫成的世界帝國，也是虛無，如海德格、德希達找到的那樣——這是人類幾千年來走的思維主流之路。

另一邊則是馬可波羅式的實體思維，專注的、興味盎然的，把目光集中在眼前就這一小片木頭上，然後，就像一朵花緩緩舒展開來的模樣，從嫩芽、蟲窩、一棵樹、一片林子、筏木工、大河、碼頭商埠、人聲鼎沸中單獨靜靜等待的一個女人……每一個都是真實的東西真實的人，如此沒有盡頭的流淌下去，不捨棄，不放過，直到我們再分不清它是新知還是記憶，是經驗或僅僅是夢境裡的景象——這是文學獨特的思維方式，尤其是小說。

卡爾維諾在他《給下一輪太平盛世的備忘錄》的演講中重新引述了自己這段驚心動魄的文字（對他這麼謙遜不自戀的人而言，這個不尋常的舉動饒富深義，至少可看出這段文字對他的重要性，以及難能找到其他作家有類似的文字可堪替代），用來揭示他自己以及人類的兩種不同思維方式、兩種不同認識世界的方法。在那回演講當時，卡爾維諾並沒有也無意做出任何優劣或說偏好的判決，事實上，他把自己描述為一個忙碌不堪的思維者，總是反覆在這兩端衝過來衝回去、拚命在維持這兩種思維方式的不易平衡。

但我們得說，像卡爾維諾這樣總是在兩種極端之間尋求對話和聯繫的人是極稀少的（輕與重、快與慢、簡與繁云云），這使他不像個「純粹」的小說書寫者，既寫出如《馬可瓦多》這樣馬可波羅式的動人小說，也有像《帕諾瑪先生》這樣忽必烈式的、幾乎是運用數學、天文物理學演算出來的奇特作品，這是卡爾維諾個人的獨特野望，說真的也是小說的冒險，絕大部分的好小說家並不這樣，他們毋寧專注的留在馬可波羅的實體世界之中，包括在台灣飽受誤解，好像他一輩子只在想鏡子和迷宮的波赫士在內。波赫士直截了當而且還不只三次五次的講，他是個實體思考的人，事實上，他說的是他只會這樣，他根本就不會概念式的思考（「我想我重形象勝過注重概念。我不擅長抽象思維，正如希臘人和希伯萊人所做的那樣，我傾向於以寓言和隱喻的方式而不是以理性的方式來思考問題，這是我的看家本領。當然我不得不時而做一些笨拙的推論，但我更偏愛作夢，我更偏愛形象。」）

然而，一樣在《給下一輪太平盛世的備忘錄》書中的另一次演講，我們卻也看到了卡爾維諾終究講出了如此沉重的話來：「但或許這種缺乏實體的現象不但存在於意象和語言當中，也存在這個世界本身。這種瘟疫侵襲著人們的生活和國族的歷史，使得一切的歷史變得沒有形體，鬆散、混亂，沒有起點，也沒有終點。我的不安來自於我在生命中察覺到形象的喪失，而我所能想到的抗衡武器就是——文學觀念。」

在這段話語中，卡爾維諾用了「瘟疫」這樣的字眼告訴我們如今現實世界發生的事及其迫切性，幾千年努力下來，概念性的抽象思考已成為普世性的暴政，成功的建構出一個沒形象沒實體的虛空漂流世界，比方說市場，不再是那個擺滿琳琅物品、時

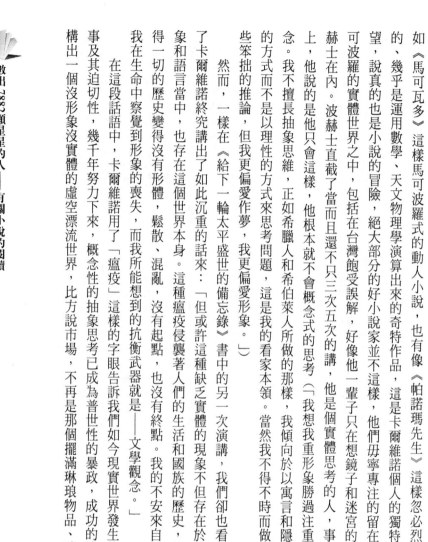

間一到大家都來了、人人大聲講話、挑揀、討價還價、調笑、爭吵、散播東家西家八卦的一派熱鬧聚散之地，它不在任何地點，也看不見找不著，更遑論觸摸和感受，它就只是供給和需求而已，同樣的，世界、國家、社會、人民、群眾、城市、政府……，無一不抽象，無一不是概念，相應於此，卡爾維諾所提出的文學，便有著迫切且重大的救贖意義，它不再只是做為學科分類之一、做為書籍諸多品類之一的專業性文學而已，它還是一種人看待生命、和周遭真實事物相處的態度，一種失落久矣的實體召魂術，一種全然不同但必要的思維方式，以它特有的實體思考，重新為整個虛無的世界裝填豐饒可感的內容。

為什麼要在此時此刻講閱讀小說，簡單一點說，就為這個。

凝視的能力

卡爾維諾的憂慮絕不誇張，今天，在抽象概念所統治的虛空世界之中，實體反而變得不「真實」了，成為碎片的、鬼魅的、如本雅明所說「轉過一個街角就斷去線索」的存在。或者應該說相應於居於統治地位抽象概念的要求，所有的實體得被割裂、分解、把自身也提煉成薄薄一層的抽象概念才能塞得進這個窄迫的秩序中好求取生存。

我們再難認識一個具象完整的人了，他只是某個勞動力、某個統計數字的尾數零頭、某個號碼、某個機構的說話聲音或人形介面（你一定聽過各種語音服務那種非人式的人聲不是嗎？）、某個職業身分或就只是一張寥寥幾個字就講完全部包括公司名字、職稱、姓名、電話、手機、傳真和E-mail信箱的名片；同樣的，我們也得把自己動手「整理」成這樣好符合社會的詢問，社會已經沒耐心或者說再不具備可接聽稍微複雜、具實體內容回答的能力了。因此，你相處整整十八年之久的女兒，也就只能是「青春期」「某女校高三學生」「第一類組考生」云云，每一個抽象身分都是概稱的、公約數的，都只聯結著制式的內容和想像（其實該說全無想像），大致組合成一個情緒不穩、易哭易怒、睡眠嚴重不足、瘦弱雙肩被沉重書包壓垮、而且將來大學畢業很可能找不到工作養活自己的悲慘女生模樣，你熟悉而且珍愛的「那一個」女兒消失了，或者說，你忽然擁有了成千上萬個、滿街走著都是的陌生無比女兒了，你當然再明白不過這不是真的，可是能怎樣？你只能為做為一個完整獨立個人的女兒感到委屈和抱歉。

當所有具體的人、具體的事物都成為碎片的、虛空的存在，不再有自身的獨特性，他們和消滅究竟有什麼不同？我們所說甚至一代代被鄭重書寫在人類各個偉大宣言的不可剝奪、不可侵犯、不可讓渡生命便失去了意義了，不再是莊嚴、得認真信守的終極命令。概念當然是可替換，比起替換機械零件還不需費手腳，也比替換零件更平靜（更換零件時你起碼還會心生惋惜和懊惱），因此，葛林的小說以《喜劇演員》為名嘲笑自己，曾經，人的死亡至少還會是悲劇，是本雅明所說最具公眾展示意義的大事，如今我們只是被更換或被刪除被註銷。

史大林可能是歷史上把話講得最白的人，他那兩句眾人皆知的名言：「一個人的死亡是悲劇，一百萬人的死亡就是統計數字。」

文學，尤其是小說，如何處理一百萬人甚至一千萬人的死亡呢？我們就以雷馬克的小說為例，不管是《西線無戰事》或《生死存亡的年代》云云，他都只處理一個人、一對情侶、一個班或一個家庭，具體的、獨特的、有來龍去脈的，我們當然知道一次世界大戰倒下了數百萬人，二次世界大戰更連兵士帶平民死去上億人，但文學只專注於有限甚至單一的死亡，接通我們的感官和同情，還原成為悲劇。

概念化的快速掃射成為習慣，成為我們彼此對待的方式，我們會失去一種凝視的能力，那種眾裡尋他、在眾聲喧譁中定定辨識出某人某物的感動，如本雅明說的，我們把目光固定在岩石上某個定點夠久，一個人頭或一隻動物的身體便會緩緩浮現出來；或者如小時候我們很多人都有的、如同何塞・瑪麗亞・卡雷尼奧那樣不寐夜裡抬頭數星星的經驗，在第一時間內，你能看到的通常只是那幾顆叫得出名字的一等星二等星，你得耐心，讓瞳孔緩緩適應那種光度，宇宙最深處那些密密麻麻的小星才有機會將它的微光投入你的視網膜之上，幾年前，我個人曾為一個看星星的文化性公益廣

■《西線無戰事》（志文）
《生死存亡的時代》（允晨）

告下過一句輕微噁心的slogan，「看得久，你才能看得清楚。」

在人群圍擁中演講的波赫士，便說過這樣的好話，當時他八十好幾了，雙目已盲：「我不是在對他們說話，我是在同你們每一個人說話。說到底，人群是一個幻覺，它並不存在。我是與你個別交談，渥特·惠特曼曾說：『是否這樣，我們是否在此孤單相聚？』哦，我們是孤單的，你和我。『你』意味著個人，而不是一群人，人群並不存在。」

一種千眞萬確的經驗

波赫士引用惠特曼的「孤單相聚」來確認你和我具體完整的存在，是藉由你此時此刻的真實存在，才讓我獲得，或者說憶起了，我真實的存在，並一併想起這一路行來多麼孤寂難言，這是否全為著這一刻的相聚做準備呢？在現代「孤島化」的世界中，這給我們帶來一種杳遠的感動甚至是震動，這是已變得極珍稀但人人似曾有過的美麗經驗，時間停止，卻又彷彿飄渺如一瞬，因此歡樂中帶著不敢置信和憂傷，用本雅明冷酷到帶著幸災樂禍口氣的旁觀者之言是，「別具易感之美」——本雅明的話較完整來看是這樣：「然而這是一個在長時段中發生的程序。如果我們只把它當作『傾頹時代的徵兆』，甚至是『現代性傾頹』的徵兆，那就犯了大錯，這毋寧是一個具有數世紀歷史的力量所形成的現象；這些力量使得說故事的人一點一點的走出活生生的話語，最終只侷限於文學之中。同時這個現象也使得那消逝的文類，別具易感之美。」意思是，現代人的隔絕處境由來已久，它並非忽然降臨的懲罰或更大災難的預兆，它已是一種確確實實的現實；同時本雅明的意思也是，人和人這樣相聚，實體的、完整的、活生生語言的，是常態而不是千年一瞬，人就曾經「定居」在這樣的世界之中，而無需特別去尋訪，不是在逆旅中不期而遇，需要珍惜需要喟歎還得互贈禮物。

我想起我的老師一首七言詩，果然是寫於逆旅流亡之際，末兩句是：「惟恐誓盟驚海嶽，且分憂喜為衣糧。」把彼此分擔的憂喜化做實物的、可用的、拿手上沉甸甸的、他日各自逃難路途中或救得了一命的衣物糧食，這樣的誓盟於是有了重量有了內容。

真實的人，真實的事物，真實的相聚，不復存在於我們的居住之地，得動身去尋訪，這使得現代人的生命深處總有一種逆旅之感，總想聽見什麼樣的召喚聲音。我在想，也許這正說明了多麼需要戀愛，即使在眼前並無一人的獨處時刻，除了生物性傳種的演化命令之外，更多的是，我們渴望一個真的人、完整具體的人在我們面前、在伸手可及之處，好確認恍惚的自己。

本雅明的嘲笑的確沒錯，現代的小說讀者的確是生活於孤寂之中，比其他讀者都更加孤獨，這是讀到一部好的、彷彿把自己講不出來的話全寫出來的小說時，每個人或者都油然而生過的經驗，仿若戀愛。但我們可能得這麼想，如果那個活生生的年代、那個萊斯可夫所說人和自然共鳴的時代、那個席勒所說素樸詩的時代已經結束且一去不回頭，那孤獨總比純粹的隔絕要強，孤獨起碼還存在感覺，還可以意識到自己做為一個獨特個體的存在，一如旅居紐約的作家張北海如此不悔的回憶自己參與六〇年代保釣從此半輩子人生栖栖流亡說的，戀愛失敗總比沒戀愛過強。我一直記得張北海講這話時的臉上表情。

波赫士曾正色的說：「讀書是一種經驗，就像，姑且比如說，看到一個女人，墜入情網，穿過大街。閱讀是一種經驗，一種千真萬確的經驗。」這說的當然是文學的閱讀，大概只剩文學的閱讀，還能是「千真萬確」的，好像你在大街碰到真實的人、從此展開一段無可替換生命經歷那樣的經驗，其他以概念思維書寫而成的書籍很難這樣，不管它是《資本論》或是《純粹理性批判》。也因此，我們面對現代人的如此隔絕、人人像個島嶼的處境，求助於一般書籍，希冀得到解答找到方法，通常總是失望而返，我們很容易弄到一堆言之鑿鑿、甚至有心理學臨床證據有社會統計學數字支撐的答案，卻感覺每一個答案都和我們擦身而過，恍然若失，而且即便我們樂意聽從配合，它們卻總是銜接不上我們的經驗，完全無法實踐。於此，本雅明敏銳到一種地步的指出如此困境的真正核心：「事實上，所謂的勸告，也許比較不是針對一個問題提出解答，而是針對一段（正在發展中的）故事，提出如何繼續的建議，如果我們要人給我們一份勸告，那麼我們便得先敘說我們自己的故事。而且更基本的是，如果一個人要得到有益的勸告，那麼他先要找到適當語言來表達他的處境……編織在實際生活體驗中的勸告，便成為智慧。」

是啊，不真的是要「一個」答案徹頭徹尾換一種人生，沒有誰做得到這樣或真的打算這樣，而只是我此時此刻這個人生要如何繼續而已；困難也不在於有沒有解答，儘管我們往往錯覺如此，困難在於我們得如何先講清楚自己的處境，人生命中有太多麻煩很難概念式的提煉出來，化成單純乾淨的問題形式來發問，它只能在連續性的、完整的具體經歷中明滅恍惚的呈現並且被領受。

追根究柢些來說，這我們得怪上帝，一如諾斯替教派講的那樣，因為我們不幸有一個相當笨的上帝，祂老兄在創造時未善盡自身職責，包括沒把我們的心、頭腦和嘴巴順利連成一線，我們能感受的，遠遠超過我們能思考的，又遠遠超過我們能講得出來的。

可感的世界真的比可知的世界大太多了，概念思維只在可知的世界進行，概念式的問題也只在可知的世界中發問，正是因為如此，我們才常聽說，問題比答案重要，問對問題答案自然就跑出來了，原因在於從問題到答案，在可知的世界之中，就只是推理演繹一條坦坦大道而已，跑都跑不掉。由此，我們知道柏拉圖那段乍聽荒誕神祕的認識論主張極可能是講得通的，柏拉圖以為，人的所有知識都只是記憶，我們此生此世忘掉了它，然後在生命中不假外求的重新認真的想起它來，回憶的方法便是邏輯和辯證法云云。

至於窄迫的可知世界之外，那個廣漠、蕪雜的可感世界怎麼辦？那些在生命時間流淌中新的、偶然的、持續碰觸你肌膚侵入你感官的東西怎麼辦？它無法清晰到可用語言直接表述、又獨特到無法進行概念抽取，因此建立不起命題，無法演繹無法辨證無法用既有「記憶／遺忘」封閉模式包藏起來。對這些異質東西，柏拉圖的想法很簡單，當然也有點賴皮，他把它們全驅逐出去，認為它們全是低劣的、瑣細的、不重要的而且有礙於我們對真理的專注尋求。另一方面，我們也曉得柏拉圖要把詩人文學家悉數逐出共和國，只留一點工具性的、是非分明的假東西好「有益人心」，這兩樣柏拉圖生命中最重大的驅逐作業絕非偶合，它們是同一件事，也為了建構同一個東西——柏拉圖的概念性封閉認識體系，也就是他的理想國。

柏拉圖預設了一個紡錘形的思維模型，在所有煩人的雜渣清理殆盡之後，各種概念性學問乍看不同各自努力，但最終全指向同一個好東西，也許偏理性氣味的叫做真理，也許更廣闊些把道德、信念、價值也全收攏進來叫做至善，稍後還得到宗教神聖加持、乾脆推到極致成為至大無外至小無內的神或上帝，當然也可以俚俗易懂些就代稱為「羅馬」，條條大路通羅馬的「羅馬」。在當時，我們不能不說，這真的是極其動人的思維烏托邦版本，它應許一個看似不遠的終點逗引我們如詩人說地平線逗引飛翔的雁群，讓思維揮別早期人們素樸的一時一地經驗世界，快速、銳利且野心勃勃各自朝某一個方向或說深處進展，鑄造成一個一個不同的學科，用各自抽象的、專業的概念語言捕捉適合各自漁網孔目大小的隱藏真理，當時人類的思維圖像，遂有點像科學家想像的宇宙生成大爆炸圖像，從一個完整不分割的總體經驗核心爆炸開來，碎片各自向著四面八方快速飛去，並形成一個一個獨立的星系——今天我們走進任一家像回事大小的書店，仍抬眼就看到這個星系簡圖，標示著學科星系名稱的書架各據一方，指引著我們找書選書並緬懷昔時。

然而，就生命整體而言，柏拉圖這個紡錘形的、大家放心很快會在道路末端濟濟一堂融洽相會的預言很顯然徹底落空，無限而且開放的世界，讓每一門學問彼此越前進就越分離，如天文物理學紅位移現象所透露的那樣，而空間和時間的持續擴大隔絕又復造成此語言的歧異發展，越來越無法對話，甚至連分享彼此的思維成果都困難無比；另一方面，可知的世界又太小了，思維把自己限定其中，很容易就走到了極限撞上演化的「右牆」。人類這一段昂首奮進的思維歷史真相是，差不多到得十八世紀笛卡兒、史賓諾莎的最鼎盛時刻，各種撞牆的不祥聲音也就開始傳了出來了（比方說萊布尼茲的單子，獨特、不可分割不可化約的存在，休謨的大懷疑論及其回頭全面檢查感官和經驗，甚至，頑固封閉的宗教亦有喀爾文教派號稱「最終辯神論」的上帝不可知主張和預定說，好荷蘭小孩般堵住千瘡百孔的神學漏洞，恢復上帝的自由和無限），往後，幾乎每一門學科都陸續思索自身的極限問題及其定位，只賦予自己有限的目標，構築防禦性的壁壘，比方說經濟學宣告價值中立、科學不處理人的情感和信念，甚至放棄追問事物的原因、法律只管外部行為不看人心云云，他們甚至把嚴守自身的專業分際稱之為「高貴的義務」（有點兒像我們把戰敗撤退稱之為「轉進」），凡不知道的都當保持沉默。

同時，我們也不難注意到，在思維方法上，曾經雄據最中心位置的邏輯學三段論而今安在哉？演繹讓位給歸納到今天又讓位給愛因斯坦簡直無法忍受的統計和機率（「上帝總不會跟我們擲骰子吧？」），數學這個曾經是最高貴最純淨的概念性學問地位一落千丈（我們是否也留意到數學自身由最早期以等號為主體的最嚴格因果關係，逐步發展為去認識數字之間、概念之間的各種更鬆弛、更複雜甚至更偶然關係，如大小、性質、規律、對應、近似乃至於聯想云云，這我們從數學符號的發明歷史就可讀出來），都向著同一個方向變化，傳送給我們相同的訊息。

概念思考的如潮退卻，留下了太多的空白，它們不會因為你不處理而消失，或者該更嚴酷來說，它們不但不會因為我們宣告不可知、沒有明白立即的答案就從此停止折磨我們，相反的，它們只會因為我們束手無策而變得更迫切更猛烈，像死亡就是其一，概念思維從不能妥善處理死亡，死亡被認定是言語邊際之外的東西，是永恆而純粹的疑問，是我們生命之外黑暗甬道裡的事，但在我們真實人生裡，它仍高懸我們頭上，靜靜等在我們眼角餘光之處，如影隨形追躡我們的足跡，並在我們無力防禦的睡夢翩然來臨。曾經，在很久很久之前，人們如佛雷澤所說的用神話來馴服過它（即便是柏拉圖，在記憶蘇格拉底死刑定讞的對話，蘇格拉底賴以抵抗死亡的仍是神話），如今我們只能靠藥物和健身房跑步機來拖延它。今天，是人類歷史上最怕死的時代，原因還不在於我們過得最好、有最多要保護的東西因此死不起，而是無力處理的恐懼，否則我們也不會同時又是自殺率最高、彷彿生無可戀的沮喪時代。

總而言之，這些概念思考扔下來的空白，不是幻覺不是我們吃飽撐著想太多，它們全真實到一種地步，該說時時襲來還是乾脆講就是我們生命的基本處境（所以米蘭・昆德拉籠統稱之為人「存在」的問題，是小說獨特的詢問和動身冒險），在沒有神、沒有普遍真理、了不起的論述各自成立卻彼此衝突、人人說著只有自己少數人才聽得懂但片面性話語的這個幽黯的歷史時代，誰負責思索那些大家都宣稱與我無關的空白？誰去尋求大家都可能聽可能講的共同語言？誰還肯去和人類仍忍不住做著的無限之夢對話並試著表述它撫慰它呢？

一如米蘭・昆德拉，卡爾維諾說的也是：「過分野心的構想在許多領域裡都遭到反對，但在文學卻不會。只有當我們立下難以估量的目標，遠超過實現的希望，文學

■《生命中不能承受之輕》（時報）

才能繼續存活下去。只有當詩人和作家賦予自己別人不敢想像的任務，文學才得以繼續發揮功能。因為科學已經開始不信任一般說明和未經區隔、不夠專業的解答，文學的重大挑戰就是要能夠和各類知識、各種密碼羅織在一起，造成一個多樣化、多面向的世界景象。」

爲人類作著無限的夢

在廣闊的星空下面，
挖座墳墓讓我安眠。
我樂於生也樂於死，
我的死是出於自願。

這四句詩是史蒂文生〈安魂曲〉的前四行，這麼簡單，卻有著一種千真萬確的幸福感，儘管他講的是死亡，還有人的生之艱難，和你我日日所面對的、困惑的、煩惱的、駭怕的並沒不一樣。

終究，我想柏拉圖是不對的，至少是不太對勁的。生命的難以窮盡，固然如卡爾維諾也講的那樣，可以也必須是人一種興高采烈的野心目標，但也得同時是生活中每一時每一刻無法刪除無法拒絕的感受，很難是柏拉圖相信的，彷彿是額外的、分離的、獨立的「一個」目標，而且也不會那麼乾淨潔整，真實的東西很少長這模樣，礦石如水晶（卡爾維諾用它隱喻過那種忽必烈式的概念思維方式）還有可能，但凡有生命的真實之物卻不如此，真實之物如德昆西說的，「不是向心凝聚，而是有稜有角、有裂紋的真實。」因此，它既在路的末端，但同時也近在咫尺，像沒藥的香味，像微風天坐在風帆下；像荷花的芬芳，像酒醉後坐在河岸上；像雨過後的晴天，像人發現他所忽視的東西；像人被囚禁多年，期待著探望他的親人……唱這首死亡之歌，說看見死亡如今就如此具象在他眼前的埃及人，顯然比柏拉圖說得對也說得好。

謎在哪裡？不會在明晰的概念語言上，化為概念語言那一刻就只能是已知的了，所缺的只是一番苦工甚至體力勞動的演繹推理而已，真正的謎永遠只包藏在實物裡頭，有厚度有內容有三維不同面向的實物才有足夠地方藏得住它。無限數量的實物存在，讓我們整個世界、整個人生就像波赫士為我們描繪的那樣，是個巨大的美麗之謎。美麗正在於它的不可解，但這是人「稍後」看待它的溫柔心思，困惑、混亂乃至於不幸才是它之於我們的第一時間感受，才是它真正的本質，然而，「對一個詩人來說，萬事萬物呈現於他都是為了轉化為詩歌。所以不幸並非真正的不幸，不幸是我們被賦予的一件工具，正如一把刀一件工具一樣，一切經驗都應變化為詩歌，而假如我

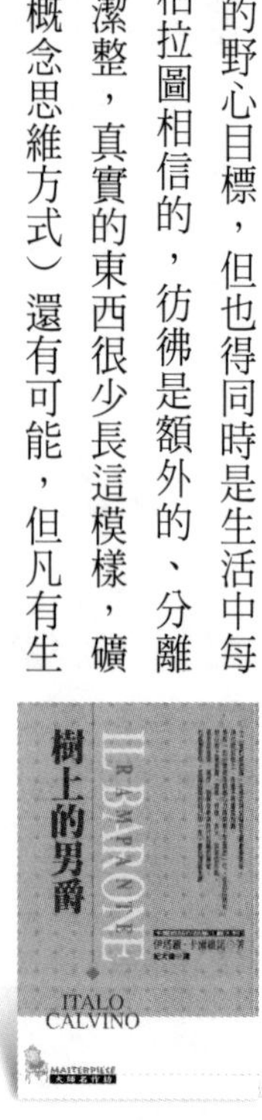

■《樹上的男爵》（時報）

們的確是詩人的話，假如我的確是一個詩人，我將認為生命的每時每刻都是美麗的，甚至在某些看起來並不美麗的時刻。但是最終，忘記把一切變得美麗。我們的任務，我們的責任，即是將情感、回憶、甚至對於悲傷往事的回憶，轉變為美，這就是我們的任務。而這一任務的巨大好處在於，我們從不將它完成，我們總是處於完成這一任務的過程之中。」

不幸是真實而且和我們生命綁在一起的，無法分離開來予以消滅（「生滅滅矣，寂滅為樂」那種佛家概念解決之方，是連生命亦一併取消，和自殺無有不同，這只有是巨大不堪負荷的苦難者可做如此主張，並不適用我們一般人），但文學可以溶解它消化它。在此，我個人獨獨更鍾情於小說的是，今天詩歌可能更接近本雅明說的那樣只書寫「生命中無可比擬的事物」，小說還好，它是文學中最謙卑最體貼的一種，它距離我們普遍的生命現場最近，保留了最多生命實物素材的樣態讓我們得以交換感受，還有它所使用的語言，即巴赫金所說的「雜語」，進入我們可參與的語言稠密地帶，因此，它仍是可傳述的可指指點點的，一如我們今天在咖啡館中仍可聽到尋常人等大肆談論甚至批評《尤里西斯》或《生命中不能承受之輕》，但少有人膽敢對《純粹理性批判》或《一般理論》置一詞，這更意味著，小說仍能為我們說出自己的故事，表達我們的處境，把「勸告」編織在實際生活體驗中，讓閱讀成為一種千真萬確的經驗。

■《尤利西斯》（九歌、Oxford）

至此，我們終於可以把約翰·厄普戴克這段美麗的話給講出來了，老實說，在寫這篇文字之前之中，我一直耿耿一念的，甚至應該說處心積慮的，想找一個最對的時間出手——你得為它鳴鑼開道，為它先醞釀成某種合適的氛圍，好讓它不損傷力量，讓它恰如其份的熠熠發亮。

厄普戴克講：「波赫士、賈西亞·馬奎茲和卡爾維諾同樣為人類作著無限之夢……其中又以卡爾維諾最溫暖最明亮，並且對於人類的真實有著最多樣、仁慈的好奇。」

這裡，真正要大家看的當然是前一句的「為人類作著無限之夢」，後面涉及比較的讚語並沒那麼要緊——儘管我個人以為這話其實很敏銳也很公平。三人之中，賈西亞·馬奎茲極可能是更專注同時也是更好的小說家；波赫士則最瀟灑最本色，讓他心無掛礙的一人隻身探入最幽微深奧的所在，捕捉那些生命中最恍惚、文字語言最抓不住的東西，因此他的創作顯得難懂，他開拓的那個世界可能更合適跟在他身後的小說書寫者而不是一般人，因此薩瓦托稱他為「作家的作家」；相形之下，卡爾維諾是最同情我們這些普通人的一個，他因此得分心做較多的事，又是探險者又是柔和的解說人，他是最好的一個朋友，真的是溫暖而且明亮。

當然，每一個認真的小說讀者，都可以而且讀書學劍意不平的為這紙「無限之夢」的三人名單，續上自己鍾愛的名字，納布可夫、康拉德、普魯斯特、契訶夫、葛林、托爾斯泰、梅爾維爾、馬克吐溫、吉卜齡、昆德拉云云。還有，噩夢一定也是人類無限之夢頂重要的一部分，如波赫士堅持的那樣，那就一定有杜斯妥也夫斯基、福克納和愛倫・坡，也就帶出了但丁和歌德，帶出了莎士比亞，再上溯荷馬乃至於輝煌的史詩和神話，當然也可以旁及像費里尼這樣直接訴諸影像來做大夢的人；有費里尼，那就更沒完沒了了……

這是地瓜藤般一個拉著一個、可一路填空下去的名單，這樣，固然讓我們損傷了一小部分厄普戴克原先話裡的特殊意指，以及對我們當代此時此刻的具體關懷，但卻讓我們精神為之一振以為補償，原來我們的世界並沒我們以為的那般荒枯，就好像數星星的卡雷尼奧，他大概不費心去想，那些遙遠的星星本體是否有已然熄滅、爆炸或永遠沉睡者，對他而言，這7882顆星星此時此刻都還清清楚楚閃著光芒，包括那兩顆一閃而過的流星。

各學科學門壁壘分明，「巴別塔現象」已成為人人朗朗上口近乎廉價感慨的此時此刻，惟獨在文學的世界裡，我們仍能聽到波赫士毫不氣餒的話：「我個人以為，所有的作家都是在一遍又一遍寫著同一本書。我猜想每一代作家所寫的，也正是其他代作家所寫的，只是稍為不同而已。」

既然如此，我們就讓這一切在波赫士這首名為〈海洋〉的十四行詩中結束，希望那朗朗的聲音能傳送耳中：

在我們人類的夢想（或恐怖）開始
編織神話、起源傳說和愛情之前，
在時間鑄造出堅實的歲月之前，
海洋，那永在的海洋，一向存在。
海洋是誰？誰是那狂放的生命，
狂放而古老，齒啃著地球的
基礎？它既是唯一的又是重重大海；
是閃光的深淵，是偶然，是風。
那眺望大海的人驚歎於心，
第一次眺望如此，每一次眺望如此，
像他驚歎一切自然之物，驚歎
美麗的夜晚、月亮和營火的跳蕩。
海洋是誰？我又是誰？那追隨
我最後一次掙扎的日子會做出答覆。

13. 做為一個讀者

在船隊起錨離開蒙波克斯前，他對他的老戰友洛倫索·卡卡莫作了一次拜訪，意在賠禮道歉。只是這時候才知道卡卡莫病情很嚴重，前一天下午他所以從床上起來，是專門去問候將軍的。儘管疾病已嚴重的危害了他的健康，他還得強打精神挺著身子、大著嗓門說話，而同時，他卻不斷用枕頭擦著眼眶裡湧出的與他精神狀態無一絲共通之處的淚泉。

兩個人一起感歎自己的不幸，為人們朝三暮四和勝利後的忘恩負義感到痛心，並一起發洩對桑坦德的激憤，這是每當他們兩人碰到一起時必談的話題。將軍很少這樣直言不諱過。在一八三一年的戰役裡，洛倫索·卡卡莫親眼看見了將軍和桑坦德的一場激烈爭吵，當時桑坦德拒絕服從越過邊界第二次解放委內瑞拉的命令。卡卡莫仍然認為那次事件是將軍內心痛苦的起源，而歷史的進程只不過使之加劇罷了。

……

洛倫索・卡卡莫看見神情憂傷且已無任何禦敵之力的將軍站了起來，他感到將軍和他一樣，對往事的回憶甚於年齡對他產生的負擔。當卡卡莫把他的手握在兩手中間時，發覺兩個人都在發燒。

《迷宮中的將軍》書中，老朋友卡卡莫就只出現這一場，畢竟，死亡已靠太近了，時間迫促，馬格達萊納河不舍晝夜持續往大海奔去，兩個人最終只來得及見這一次。

奇怪在傳聞的習焉不察之中，愛情總被視為一個重要到不惜用永恆來形容的文學主題，卻很少人把友誼與之並比。這首先可能是個通俗印象，或者說是閱讀者通俗需求的投射，我們用愛情的有色眼睛去看書，並在書中尋找其足跡，我們於是也就一直找到，儘管比方說《伊里亞德》這一個十年戰爭故事之中，巴里斯王子和海倫毀滅式的戀愛只是書前的前提而已，其實，書中憤怒自閉的英雄阿契力士和偷他鎧甲冒他之名出陣戰死的帕卓克羅斯這兩個人之間的友情，分量都比那兩個已偷情完畢的男女要緊。

如果，今天我們把電影當成更進一步的通俗化（它確實是），事情就更清楚了，帕卓克羅斯只會是一個拍完一場戲就下去領紅包的配角，已成文學不朽象徵但可惜拒絕談戀愛的孤寂卡珊德拉亦可有可無，但絕世美女海倫一定是從選角開始就全球矚目甚至炒作的焦點，她必定是女主角，絕大部分時候，女主角的最重要工作，一如六四天安門鎮壓前夕的中共解放軍密語，正是「來談戀愛的」。

在《唐・吉訶德》這本書事情還要更清楚些，我們看這一趟拉曼查愁容騎士的冒險故事，當然是吉訶德先生和他隨從桑丘・潘札的友誼，然而，在我們年輕時候拍成的電影《夢幻騎士》中，達辛妮亞（即愛朵紗）仍輕易越過了桑丘，當時，是由最美麗的伊莉莎白・泰勒蓬頭垢面但不改國色演出的，她有一對明迷但星芒閃爍的眼睛，還有一個至今再沒見過，最美麗曲線的額頭。

進一步來說，通俗的需求總帶著童稚式的粗疏和重口味，一如小孩總要問誰是好人壞人一般，這顯示了愛情在文學中總是個最戲劇性、最顆粒清楚的點，是不尋常的事，因此，在現代小說愈發向一般性、非戲劇性傾斜時，愛情其實不是而且愈來愈不可能是小說的重要主題（要不要認真點數一下哪些重要現代小說是寫愛情的？除了賈西亞・馬奎茲逆向行駛、擺明了來乾脆讓他們一談七十年談個夠的《愛在瘟疫蔓延時》？），愛情要不就王謝堂前燕般被通俗文學所快樂接收，要不就躲在詩裡頭，詩的唯我性格和激情有著青春期的清晰徵候，仍合適談戀愛，也合適講出我們正常時候講不出口的戀愛語言，難怪有那麼多人年輕求偶時都寫詩，包括一堆日後重要無比的

■《堂吉訶德》（聯經）

小說家，常成為他們日後再不肯提起、想回收銷毀的記憶。

波赫士是個要我們多想友誼的人，他說：「我想友誼或許是生活的基本事實。正如阿多爾佛・博埃・卡薩里斯對我說過的那樣，友誼有優於愛情之處，因為它不需要任何證明。在愛情問題上，你老是為是否被愛而憂心忡忡，你總是處於悲哀、焦慮的狀態，而在友誼中則不必如此。你和一個朋友可以一年多不見面，他也許怠慢過你，他也許有過躲開你的企圖，但如果你是他的朋友，你知道他也就是你的朋友，你不必為友誼而操心。友誼一旦建立起來，它便一無所求，它就會發展下去。友誼有著某種魔力，某種符咒般的魔力。我要說，在我那最不幸的國家，有一種美德依然存在，那就是友誼的美德。……實際上，當詩人愛德華多・馬列亞寫出一本名為《一段阿根廷熱情史》的好書時，我自忖，那本書寫的一定是友誼，因為這是我們真正擁有的唯一的熱情。然後我就把書讀下去，發現那不過是一個愛情故事，這讓我頗感失望。」

即便在詩裡頭，我們知道李白也仍是個寫友誼遠遠多於愛情的人，他是個浪漫而且很熱情的人，但甚少關涉情愛，對女性不狎膩，偶爾寫閨情，亦只是個興味盎然的旁觀者，他的情感乾乾淨淨，時間的單位總是很大很長，沒有那種動物性的只知當下欲念，連暗示都沒有，他焦慮的是生途悠悠的時間，但從不質疑情感，像波赫士所說的那樣，友誼對他有種符咒般的魔力。

賈西亞・馬奎茲也是浸泡在友誼中的人，南魚座的他會在生活中戀慕而且過度依賴他美麗而且因為嫁他不得不更理性堅強起來的妻子梅塞德斯，但他仍是那種請了假就跟朋友耗一起的人，在他得到諾貝爾獎後不得不躲起來、甚至避居到北邊的墨西哥去時，據悉他日常最大的耗費便是打長途電話：「我是加博啊……」——加博是朋友喊他的方式，是哥倫比亞加勒比地區加夫列爾的縮減暱稱，今天，全哥倫比亞的人也都親愛的喊他「我們的加博」，看來舉國之人後來都以他的朋友自居。

玻利瓦爾將軍和卡卡莫的相聚，賈西亞・馬奎茲說，總是一起回憶往事，這絕對是對的。具體的話題也許恰恰好是「一起感歎自己的不幸，為人們朝三暮四和勝利後的忘恩負義感到痛心，並一起發洩對桑坦德的激憤」，但其實就只是回憶而不是什麼國事天下事的歷史反思檢討云云。這是友誼另一個很奇怪的特質，它如本雅明說的新天使總是面向著過去，總是在回想，而且回想的永遠就那幾樁特定往事不嫌煩的一說再說，以至於像個乏味的儀式一般（尤其對跟過幾次的冷眼旁觀者老婆大人而言），卻沒儀式的目的和證明意義；更奇怪的是，人的往事中總有過多不堪至極的、想起來背脊發涼一身冷汗的可怖成分，是人單獨一個時回憶不起的，但只有在朋友你一嘴我一嘴的回憶時完全不會，它的符咒魔力中包含了一種奇異的寬容，既寬容朋友，亦鏡子般一併寬容自己，因此它最禁得住人世滄桑乃至於炎涼。朋友之間，尤其是年少朋友，人生之路會走向再沒交集，甚至心智程度會在十年廿年呈現巨大落差，生活態度和方式亦天南地北，但那幾樁往事仍在，就依然能見面，依然不少喝酒話題。

孔子和那位爛人般的原壤關係大概就是這樣，他們是年少朋友——世界上，少有東西能像友誼那麼耐用耐磨的。

最後這一次話題，我想借用友誼來看人與書的關係，來看閱讀，我以為這種情感方式是最貼切的，做為一個讀者，你和書之間是友誼，而不是愛上它。

以友誼待之

安伯托．艾可的小說《玫瑰的名字》開了波赫士一個並不高明的玩笑，借用了他盲人以及圖書館長的雙重身分，把它寫成了小說中熱病的、像守護聖物般守護書的祕密、而且不惜殺人的老僧侶佐治——這真是個一點也不知心不會心的玩笑，要說波赫士身上最少什麼，那便是這種拜物教式的淺薄激情，他是個自由無比的無神論者，包括他對書籍。

友誼是生活的基本事實，是自在的、用不著證明的，因此，友誼碰到最尷尬的狀態便是，有些人，尤其是有些太自大或太自卑的人，以及因為太自卑所以得把自己弄得更自大的人，總不智的用愛情的方式來猜想它甚至處理它，讓它變得戲劇性、變得不平等、變得斤斤計較而且時時擔心受怕，也因而，把愛情動輒而來的分手也一併帶了進來。

還有，在我們這個更加不幸的國家裡，我們的虛無傾向也像洪水溢堤了一般淹入生活的基本事實之中，以至於所有原本自在的、無需再證明的東西都高度神經質的被懷疑，因此，比起波赫士的阿根廷，我們似乎就連友誼的美德都不再擁有，如今單純乾淨的友誼也一定要被抹上某種同性的（尤其是雄性的）、幫派的、動輒要以生死相互保證的特殊氣味塗料才安心或說甘心，以至於友誼還得靠共謀做些不理性的、甚至是背德的惡事才堪確認。最近，夏鑄九教授告訴我「挺」這個流行台語動詞的意思，那就是「盲目的支持」，說得好，這樣的情感方式流行，說明了「盲目」這個特質亦在我們社會裡如火如荼流行，就像那首咖啡館裡常可聽見的老情歌：〈煙霧吹進了你的眼睛〉。

活在這個只會講「愛」、不懂還不承認有其他情感方式的奇怪國家中，每天在現實生活中已夠讓人厭煩了；如果在書籍的美好世界中，也得色情狂一般愛過來愛過去，這就讓人有某種無可遁逃於天地的沮喪了。

如此沮喪關乎閱讀的本質問題，也同時是美學問題，一個喜歡書而且真的還不時打開書來看的人，我想是不應該會有這麼糟糕的品味和用字遣詞能力的，這恰恰說明了或說暴露了自身是個不及格讀者的基本事實。我承認，有些夠好的書，或應該講有些正巧在對的時間出現的對的書，是可能叫喚出人片刻的忘情激情的，像波赫士自

■《葉慈詩選》（洪範）

承：「有時在閱讀斯溫明、羅塞蒂、葉慈或華滋華斯的作品時，我會想到，哦，這太美了。我不配讀我手上的這些詩。但我也感到恐懼。」我也自反而縮願意承認，有些我們年輕時某一刻喜歡的書，會十年廿年擺書架上積塵，再沒打開過任一回，彷彿像拋棄了它們似的，但我們不會憎恨它們，就算有點不堪回首的汗顏之感，也是對著彼時那個程度不佳的自己，跟書無關，書本身仍可以是溫暖的——人的激情通常撐不到天亮雞啼，強烈的愛和強烈的恨或憎惡只適用於極少極少的書，在這麼一道至少以十年為時間單位、以百本為數量單位的閱讀路途上，那都不是閱讀者的「基本生活事實」。

有關這方面，《迷宮中的將軍》可能還可以多給我們一點啟示。這部小說，正面書寫近代拉丁美洲最身影巨大的一個「偉人」（最常識定義下的偉人），如同俄國人寫列寧或我們寫孫中山，這樣我們就知道事情有多困難（那麼會寫小說、曾讓英國的E. M.佛斯特望之興歎的俄國人，可有人寫列寧小說嗎？），在過度壅塞的歷史事實和歷史情感下，小說家很難有必要的想像編織空間，更難取得更必要的平等，因此，通常能找出的書寫策略和書寫角度，總是側面的、一角的，最常見是帶點八卦意味的鑽入偉人的私密生活尤其是其情欲的一面，既聳動又可藉此顛覆取得某種與之平等抗衡的姿態。在台灣，小說家平路寫宋慶齡的《行道天涯》差不多就是這麼來的，只抓住宋慶齡老去時和他年輕男祕書的情感糾葛事實這個點，因此，書名好像漏了個副標題

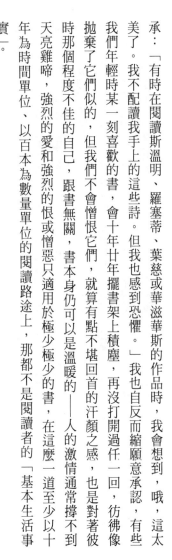

「有關宋慶齡的情欲世界」之類的。

我自己也去過北京什剎海邊保留下來的宋慶齡故居，合法狗仔隊的侵入她的起居室和臥房，我還看了她的書桌和打字機、她的西式調子廚具和老冰箱，還有她院子裡的好大鴿子籠，另外就是四面開敞的大窗，可以遙遙看向始終權力沸騰的中南海那頭，革命喧嚷的聲音也輕易傳得進來。這樣一個孤寂、曾經有左翼行動信仰和年少習慣卻再無事可做的老人，那麼長的漫漫時日都在想什麼做什麼回憶什麼希望什麼？我曉得宋慶齡一定有她獨特的「基本生活事實」，她不是空洞的「國母」，但也不再可能是個平凡人如你我，兩端都一樣偷懶一樣不實，她是宋慶齡，一個獨特的人在一個獨特的歷史位置上，或者說一個獨特的歷史位置建造出她這樣獨特的人，她和我們一樣吃飯、睡覺，但她和自身的歷史命運再分割不開。需要告訴我們宋慶齡也和我們一樣得吃飯睡覺嗎？

在宋慶齡故居中，派駐北京充當地陪的朋友說，宋慶齡想再婚一事最終被周恩來勸下來，理由是「這樣我們就少了一個國母」，我當時回答：「應該講，這樣我們就多了一個國父才是。」

《迷宮中的將軍》也寫玻利瓦爾的床上事蹟，但既不是為寫情欲而情欲，也不是那種佛洛伊德式的探索隱喻，那只是玻利瓦爾的基本生活事實，其中最精采的，當然是那位強悍而且怨言不出口的曼努埃拉・薩恩斯，八年時間，她是玻利瓦爾最火熱的性愛伴侶，但在擁有整整卅五個正式情人和不定期飛來的夜行性小鳥的玻利瓦爾生命中，曼努埃拉同時以更沉厚而且家常日子的友誼與他相處，整部小說中聽不到她講任一句自怨自哀的戀愛中人話語，倒是她亞馬遜女戰神也似的策馬戰鬥身影讓人眼睛一亮：

曼努埃拉忘了將軍的忠告，她確實像回事兒的，甚至有點忘乎所以的，扮演起了全國第一個玻利瓦爾主義者的角色，單槍匹馬對政府展開了一場文字宣傳戰。莫克斯拉總統不敢對她進行起訴，但並未制止他的部長們這麼做。面對官方報紙的人身攻擊，她以謾罵相回擊，並印成傳單，在女奴的護衛下騎著馬在皇家大街散發。她手握著長矛，沿著市郊石子路的小巷追擊那些散發攻擊將軍傳單的人，那些每天早晨出現在牆上的侮辱將軍口號，她用更激烈的辱罵覆蓋上。

官方組織的宣傳戰最後指名道姓攻擊她，但她一點也沒有畏縮。她在政府裡的一些密友給她報信說，在國慶節的某一天，大廣場要安裝煙火架，架子上掛有一幅將軍身著滑稽可笑的國王服裝的漫畫像。曼努埃拉和她的女奴們不顧警衛隊的阻擾，騎著馬把煙火架衝個稀爛。於是，市長親自帶了一小隊士兵，企圖從床上把她捉走，而她則手握兩支上好膛的手槍等候著他們。

還有，忠實而沉靜的僕人何塞・帕拉西奧斯則是另一種表現形態的友誼。整部書中，他沒一處如曼努埃拉或將軍其他隨行老戰友般，為歸於頹敗的南美解放大夢負隅頑抗或哀傷，他甚至不參加任何大事談論，以至於我們幾乎弄不清他追隨玻利瓦爾是否包含著解放大業的這部分心志，還是只忍耐玻利瓦爾異想天開冒險習性、永遠在私底下幫他收拾家當和善後的那一種無悔朋友。

然後，便是我們所引述將軍和卡卡莫最終握手那一幕，兩個病人：「發覺兩個人都在發燒。」

一種更精緻的情感

「發覺兩個人都在發燒。」——這裡我們要說的是閱讀的精緻部分，這是很容易錯失的，尤其是最為可惜的，它明明已經準確找上你了，卻往往因為我們自己的某種多疑、某種膽怯、某種不當的戲劇性庸俗想像而復歸流失，復歸虛無。

戀愛中人，有一種絕對已達折磨程度的大麻煩，那就是他總是被要求同時還不智的也要求對方得說出來。戀愛，在某個意義上，和多疑是完全可互換的同義詞，它永遠不信任可感覺到的，它只相信它可聽到的，彷彿人身上再不存在其他更精緻或至少不同方式、不同捕捉對象的感官似的，這真是糟糕，因此，我總想像戀愛之為物是Discovery頻道上像熱帶野兔一類的長一對大型耳朵的小動物，極度沒安全感，極度神經質到隨時準備落跑了事；而且，還不僅僅只相信聽到的，甚至還變本加厲只相信可證明的，正因為這樣，戀愛尤其到得今天才蔚為如此龐大一個工業體制，刺激景氣帶動繁榮和就業，不信你去查查光是一年兩天的中式西式情人節創造出多少商機就可一目了然。這個證明的渴求，於是總給戀愛鬆上一層虛榮的色澤，千古如此，太多文學作品尤其是詩歌做過這個心痛的指控，尤其是那些滿心是愛卻沒足夠財力好證明自己在愛的不幸之人。

也因此，戀愛這個詞連同它獨特的情感方式最好不要引喻誤用，不當心就會出事造成災難的。戀愛最好只保留給某個年齡的男男女女，保留給那些輪到在生物演化中負擔著傳種存續此等沉重大事的人，就像納稅的五月底佛滅日或年滿十八歲服兵役一樣，每個人一生中總有些不幸的義務不得不去履行，除此而外，我們是自由的不是嗎？所有生物學者都可以告訴我們，人的世界之所以如此多樣、精緻、富創造力，就生物性關鍵來看，在於他幼年期和老年期的延長，這是生命漫長演化之路一個美麗的意外，讓人得以脫開沉重而且單一的演化鐵鍊，抬起頭看別的東西做別的東西思索並夢想別的東西。

宗教中人不當竊占戀愛一詞，告訴我們神愛我們，還把〈雅歌〉這樣的男女戀愛篇章拿來比喻人和神的交往關係，人於是倒了大楣，幾千年下來每天每時被要求證明，所以亞伯拉罕就得把老年得子的獨生兒以撒綁上柴堆舉辦烤肉宴；政治中人也學著竊占戀愛一詞，強要我們沒事得跟國家民族談戀愛（形象上有點猥褻感，好像你跟某一個家具或剪刀鐵鎚在談戀愛），警覺些的人就知道慘了，接下來便是如翦徑盜匪般不是要錢就是要命，問題是強盜基本上容許你哭喪著臉甚至事後咒罵他或報警抓他，愛你的國家民族還要求你扮出笑臉，是你心甘情願。

我最近聽到最會心以至當場笑出來的提議出自一位劍橋念書回來的年輕朋友之口，他認真的說要不要考慮立個法，每講一次「愛台灣」就罰三百塊錢。

所以，同樣的錯就別一犯再犯了——不要跟你的書談戀愛。書，不管做為一種知識智慧載體，或做為物質性的紙張、黏膠、油墨、塑膠膜還有裝訂的細線，都不是合適的戀愛對象，把戀愛保留給應該獨占它的老婆或女友，這樣對兩造大家都好，你的生活也比較可能得著安甯。

跟你的書保持友誼就夠了，很多人也許不信，但友誼真的是比戀愛遠遠寬廣而且精緻的情感。它的寬廣和精緻是相互為用的，這是因為如本雅明講的，它基本上是在某種心智鬆懈的狀況下進行的，太過強烈的情感總同時是緊張的、偏執的、排他的，顏色上它趨向於大紅大綠的簡單分別，它的目標也總是「過大」的而且還是已知的，因此，與其講它在搜尋什麼，不如講它其實只是要證明些什麼，它不會留意到事物的細微變化乃至於更微妙的滲透，事實上細節只令它不耐，就像碎石亂草總絆住一個急急趕路之人的腳一般；它也一定厭惡意外，不認為會帶來驚喜、帶來什麼始料未及的好事情，意外對它而言只意味著困頓、厄運以及迷失——

閱讀當然不可以這樣子，閱讀者自身這麼清晰，另一端書的世界就黯淡下去了；閱讀者自己的身影如此巨大，又怎麼可能進得了事物細微的縫隙之中恢恢遊刃有餘？閱讀者只想找特定的一張臉、聽特定的一種聲音，他的耳朵就自動把其他所有的聲音給過濾掉、讓其他所有的有意思沒意思臉孔從他眼前略過——今天，我們經常會慨歎世界變得粗糙了，從抽象的事物到看得到的具體建物器皿什麼的，可這不完全是事實，有很多東西其實仍是它原來的模樣，月亮仍舊準時昇起，竹子也仍然和蘇東坡看它時沒差別，葉慈的詩也和他寫成那會兒一字不易，甚至於，生物學家一定敢拍胸脯告訴你，就連我們的身體結構也沒改變，我們的每一種感官功能仍和三千年前乃至十萬年前一個樣，真正變粗糙的，其核心之處極可能是我們的心志、我們的情感方式。

來看卡爾維諾所為我們引述里歐帕《隨想》一書中的這段文字，看看「光」這玩意兒是否仍如愛因斯坦相信的那樣自在如亙古，看看它如何精緻的照臨、穿透、反射在不同物體的不同間隙孔縫之中，看看它微妙而且生動的模樣：

在看不到太陽或月亮，也無法辨識光源時，所看到的陽光或月亮的光；這樣的光的反射，以及它所衍生的各種物質效果；這樣的光穿透過某些地方之後，被阻撓而變得不明確，不易辨識，彷彿穿過竹叢，在樹林中，穿過半掩的百葉窗等等同樣的光在一個光沒有進入或直接照射的地方或物體上，而藉由光直接照射的地方或物體反映並漫射出來；在從內或從外觀看的走道上，在迴廊等光線與陰影交融的地方，彷彿在一個門廊下，在一個挑高的迴廊下，在岩石與山溝間，在山谷中，從蔭蔽山腹所見的，山頂閃閃發亮的山丘上，譬如，彩色玻璃窗的光線在物體上反射後，再經由彩色玻璃所形成的投影；簡而言之，所有那些藉由不同的物質和最微細的狀況而進入我們的視覺、聽覺等等的物體，以一種不穩定、不清晰、不完美、未完成或不尋常的方式存在。

當然，並不是只有光這個亙古不易的東西可以如此微妙精緻，其實我更想引述的是比方說像納布可夫的《羅麗泰》或普魯斯特的《往事追憶錄》，國內則是朱天心的《漫遊者》，那才是人心，人的情感、回憶乃至於所有感官纖細到如在空氣中震顫的樣態，只可惜原文太長，技術上構成困難。

然後，是莫泊桑一段意圖描述日出顏色卻陷入煩惱的文字：

朝霞是粉紅色的，一種深玫瑰紅。怎麼表達它呢？我說它像鮭魚肚的肉紅色，如果這種色調稍微亮一點。當我們面對著所有的色調聯繫帶，而我們的雙眼又試圖一一的從一種色調過渡到另一種色調時，我的確真實的感到我們缺乏詞彙，我們的目光，或確切的說，近代的目光，可以看無限的有細微差別的色調系列。這種目光區別著色彩中的一切細微差別間的聯結處，區別這些細微差別中所呈現的各個色調等級的遞減程度，區分出一切在鄰近色調等級、光線、陰影和每天各個不同時刻的影響下所產生的細微變化。

這裡，莫泊桑又一次講出了所有誠實的書寫者，尤其是其中的文學書寫者，都說過或至少不只三番兩次忍不住想說出的真話，也在在佐證我們實在不宜用對待情人的苛刻方式去對待書——人看到的、感受到的永遠比我們可以說出來的要多很多，也精緻很多，你硬要逼他講出來才算數，或說你只肯相信語言直接講得出來的那部分，那我們錯過的可就多了。事物的精微只留在它完整具體呈現的情況下，語言的表述不等於它，因此也沒能力重現它，語言只能指示它，或說提示它，喚起我們在心中盡力重現它的具體完整模樣，所以讓—雅克・盧梭在《論語言的起源》書中才說：「對眼睛說話比對耳朵說話更有效。」所以我們才講所有的語言文字都是隱喻，更因此我們總是在我們愈熟稔、愈完整精密掌握某一物某一人時，我們會變得愈難開口說出它來，不是沒得講，而是你意識到不管怎麼說，你遺漏的東西總是比講出來的更多。很多人講過這個弔詭現象，這裡我們回頭用賈西亞・馬奎茲的話，在《番石榴飄香》這部訪談錄之中，賈西亞・馬奎茲侃侃回答了上百個問題，便只有這麼絕無僅有的一個問題，也就是被問到有關他老婆梅塞德斯時，他說了這麼兩句話：「我對梅塞德斯實在太了解了，以至於我簡直不知道在現實生活中她究竟是什麼樣子。」

賈西亞・馬奎茲認識梅塞德斯時她才十三歲，如《百年孤寂》書中奧瑞里亞諾上校認識他妻子的年紀，又過了十多年才結婚，訪談當時他們已結婚廿五年了。有趣的是，反倒是當然不可能如賈西亞・馬奎茲那麼了解梅塞德斯的問話人門多薩，如此毫無困擾的描述梅塞德斯，我們閱讀的人也感覺他介紹得很準確很呼之欲出：「確實，梅塞德斯在各種災難面前，特別令人欽佩的是，在生活歷經坎坷的關鍵時刻，總是鎮定自若，表現出花崗岩般的堅強。她敏銳的，然而冷靜的觀察一切，有如她的埃及先祖（父系的）注視尼羅河的潺潺流水。當然她也酷似加勒比地區的婦女；她們在賈西亞・馬奎茲筆下，機智的把握著現實，在權力之後形成了一股真正的權威力量。」

話說回來，在《迷宮中的將軍》書中，我個人以為，真正驚心動魄的情感揭示之處，還不在於書中那幾場其實都很精采的情愛，而就是玻利瓦爾和卡卡莫握手那一幕——「當卡卡莫把他的手握在自己兩手中間時，發覺兩個人都在發燒。」

聲音・節奏・顏色・象徵

從這個角度來，我們大概就可深一層知道他們為什麼總是講諸如此類的話了。像波赫士，總說他是個讀者，然後試著寫點什麼；或像卡爾維諾，他居然劃出一道界線，把讀書的人和製造書的人切開來，勸誡我們小心不要越過這條線，甚至一步也不要踩進出版社，以免失去了純粹的閱讀樂趣。

我想，現在我們大致懂了，這不僅僅是因為書籍的製造（從書寫到編輯、印製以及往下的全部商業行為）是苦役、而閱讀者是舒適悠閑大爺的好逸惡勞建議，更嚴肅的差別可能在於，做為一個書籍的製造者，你只能在語言文字的相對狹窄層面工作，惟有一個讀者可和書保持友誼，享受那些說出來寫出來的，還享受那些說不出來寫不出來的，他用心智閱讀，還可以用感受閱讀，沒有人會逼他講出來，更沒有人逼他證明，他不必捨棄不必擱置更不必在尋思說理的過程中倒過頭來狐疑自己千真萬確的感受，他擁有書的全部，更好的是他還可以保有書的全部。

我們其實知道的，並非所有好東西都能轉化成所謂的「意義」，一如我們生活中的快樂哀傷有其更自在更體貼遂也想起來不免有更神祕來源一般，某種轉折、某種柳暗花明，我們真實貼在皮膚上卻只能說它是無來由的，其實並不真的全無來由，而是它說不清個道理，而且和意圖確認它的意義反思脫鉤。書籍中，特別是文學書籍中，這樣無法訴諸意義也無法以意義捕捉的好東西俯拾可得。本雅明不無嘲諷的指出，從廣闊的傳說故事到封閉性的現代小說中，便落入「意義思索」的窠臼之中，從而蒼天不語大地無言，我們遂再聽不見其他所有無所不在的聲音，我們還把已經在我們心中叮叮作響的聲音給驅趕出去。

一方面因為小說和散文通常太長，不好引述，我們只好用詩；二方面也因為我們常用「詩意」這樣的詞語來表述某些意義之外的美好感受，甚至我們會用「詩意」來講某部小說某篇散文尤其是其中某個片段，正是某些跳躍在文字之間之上的好聽聲音或美好象徵捉住了我們的眼睛和耳朵，我們說不出來又要告訴別人，只好「伸手指頭去指」——比方說中國歷史上五言絕句詩寫得最好的王維，「獨坐幽篁裡／彈琴復長嘯／森林人不知／明月來相照」，或「空山不見人／但聞人語響／返景入森林／復照青苔上」，你說它什麼意義（除了後代那些笨拙而煩人的禪學解說之外）？它毋寧就是聲音、顏色和象徵，在一切成形的意義之先；李白真正的好其實也這樣，他不像杜甫那樣總停下來苦苦思索意義，他只是奔馳如馬，是卡爾維諾熱愛的那樣，快、輕盈、奔馳到忽然長出了翅膀飛走（難怪中國人把快跑的馬上升為在風雷聲音中飛起來的龍），李白的聲音和節奏的確是中國最好的，沒人可做到像他那樣，他的聲音和節奏如長河直下，就是在這裡他奇特的捉住了時間，給了時間色澤和汩汩流走的可聽見聲音，於是他又是中國古來最會書寫時間的一個人，他的詩中永遠有一個空茫無垠的時間背景。

愁來飲酒二千石／寒灰重暖生陽春／山公醉後能騎馬／別是風流賢主人／頭陀雲月多僧氣／山水何曾稱人意／不然鳴笳按鼓戲滄流／呼取江南女兒歌棹謳／我且為君搥碎黃鶴樓／君亦為吾倒卻鸚鵡洲／赤壁爭雄如夢裡／且須歌舞寬離憂——讀李白的詩你總忍不住要把它唸出來，顧不得它究竟在跟你講些什麼。

我們並不總是讀到意義，而是如波赫士美麗的話：「發現那些東西總是在把一只鈴鐺敲響」，所以波赫士說他也努力想寫出一首既美麗又什麼含意也沒有的詩，這首詩名為〈月亮〉，題給他的紅顏知己兼晚年的眼睛瑪麗亞·兒玉：

那片黃金中有如許的孤獨。
在眾多的夜晚，那月亮不是先人亞當
望見的月亮。在漫長的歲月裡
守夜人已用古老的悲哀
把她填滿。看她，她是你的明鏡。

只可惜我們這裡無法用原文來讀它聽它，掉落了太多原來的聲音、節奏、顏色和象徵，但即使這樣，還是好得不得了不是？

閱讀者的書寫

然則，幸福的讀者為何總是要同時是個不幸的書寫者呢？不再說波赫士、不再說卡爾維諾，就先講渺小如唐諾我個人，幹嘛總喋喋沒個完呢？

就絕大部分書寫者而言，閱讀和書寫可以分離為兩件不同（但絕非不相干）的事，書寫有著不同於閱讀的衝動或說驅趕力量，它是某些人的獨特技藝，如李維—史陀講的是他在云云世界和漫漫生命中總得要有的雙腳站立位置，或講得更不幸點，那是他生命中難能遁逃的一種苦役形式，是某種神祕的「命運」，好的時日裡是書寫叮叮敲響召喚著他，在困阨枯竭的時日則是，除了這個他還能做什麼？

分離的部分大致如是，而聯結的地方又是如何呢？

我自己是這麼想的，也是這些年來的真實經驗。書寫，尤其是在閱讀之後、因閱讀而興的書寫，對閱讀有著我不曉得是否僅此一種的積極意義，那就是思考，一種異乎尋常的、生活中再難以做到的最精純思考——在閱讀過程之中，當然還是有甚多東西得想的，但閱讀如流水有自身的節奏和行進路徑，往往並不方便喊暫停（我忽然想起誰講的，好開玩笑的馮內果是吧？說某人遇上搶匪厲聲「要錢還是要命？」他正色回答：「哦，這是個非常嚴肅的問題，我得認真思考一下。」）特別是牽涉到不同書籍所交集的同一話題。在這裡，書寫是閱讀的暫時駐留，把此一焦點放大，逼迫自己不分神的想下去，而書寫，寫過的人都知道，又是個帶點神祕性的極特別思考方式，我相信是人的高度專注、甚或是把自己逼到絕境所叫喚出來的奇特力量，它做的不僅僅是把你已知的、存在意識層面的蕪雜東西整理出秩序而已，它會帶來某些始料未及的新發現（多寡有運氣的成分），或者說把某些原來徘徊在意識底下的東西，如水落石出般上浮到意識層面來，把「不知道」的變成「知道」。這是書寫此一苦役過程最棒的報償。

我這個想法，我以為在波赫士的一番話中得到證實。當時他被問到有關馬塞多尼奧・費南德茲這位作家的事，波赫士說：「馬塞多尼奧・費南德茲，一個天才——這天才不總是體現在他的作品中而常常在他近乎無聲的談話中閃現出來。你如果沒有頭腦你就沒法同馬塞多尼奧說話……馬塞多尼奧以他的甯靜使我們大家受益，甚至我，也變得機智了許多。他說話聲音很低，但他無時無刻不在思考。他不考慮出版。我們背著他出版他的著作。他只把寫作當成一種思考的方式。」

另一個和閱讀直接聯結的書寫理由，我以為是某種社會公益心情（當然，有很多公害是始源於誠摯的公益之心，如海耶克說的那樣，這我們得小心）、是某種文字共和國公民的應盡義務。柏拉圖在他《理想國》書中以那一則著名的「洞窟寓言」揭示過此一義務，要那些有幸看到好東西、真東西的人得回頭來告訴告訴其他人，不管你多不情願；大陸的小說名家阿城則直接稱之為「報恩」，賦予了此一義務勞動一個

「受人一滴湧泉以報」的道德理由以及龐大的利息計算。

阿城的情形是這樣子的——一定有人覺得奇怪，阿城是馬塞多尼奧那樣的作家，他私下書寫不輟，卻鮮少發表出版，而且書寫筆調愈來愈簡，文字中的副詞形容詞如北方深秋的枝葉凋零一空，只餘名詞和動詞，像他《遍地風流》一書那樣，但有趣的是，他的《常識與通識》一書，卻一反他的此一書寫走向，語調溫柔、詳盡、悠長，不厭其煩的事事細說從頭。我是《常識與通識》台灣繁體字版的編輯，當面問過阿城何以如此，阿城談起啟蒙史家房龍，以及他《人類的故事》這部書，房龍當年就是這樣跟他講話的，打開他的閱讀世界，今天，他一樣用房龍的語調和聲音講話，講給如昔日自己的下一輩年輕小鬼聽，這是報房龍當年的恩。

因此《常識與通識》的書寫，不是個人創作，甚至不知道該不該署名、該不該主張所有權，書寫者動了筆，卻是述而不作，如佛經阿難的「如是我聞」，我是這麼聽說的，取諸閱讀世界，還諸閱讀世界。

從這裡，我們便可以回答有關此類述而不作文字的常見狐疑了——比方說我一位也寫很好小說的老朋友吳繼文，不只一次好心的勸誡過我或說期許我，很想哪天看到我把文章中披披掛掛的他者話語給沖刷乾淨，沒有賈西亞・馬奎茲，沒有波赫士、卡爾維諾云云，「說自己的話」。我含笑領受教誨，惟不改其志，像個冥頑沒救了的人。

不曉得欸，我始終對於所謂人要有一己「創見」這說法覺得怪怪的，很難單獨

■《遍地風流》（麥田）

的、孤立的把它當一個人生目標。我以為，人的思維，乍看悠閑隨意，汗都可以不流一滴，也一定是自由的，不為勢劫，但其實最根本處仍是認真的、嚴肅的，而且有著某種聯繫於現實的急迫性和激烈性，是被某個真實的困惑所引發並驅趕，即使做白日夢的胡思亂想時刻亦復如此。因此，有意義的目標在於你想的對不對、好不好、深不深入、準不準確、有沒有想像力或究竟還有沒有其他可能性，哪有那個美國時間去檢查這是否是你獨創、第一個講、只有來者不見古人？

如果再加進讀者身分、加進做為一個讀者的報恩心情、加進了做為一個讀者對自己書寫文字所有權的不確定，那更是僅存的疑慮當場一掃而空了——如果波赫士就是講得比你好，好這麼多，為什麼非堅持用「自己的話」來說呢？引述，除了美學考量，我以為還有一個有意思的功能性著眼，那是做為一個讀者才曉得的。我個人的經驗，而且絕不會只是我個人的獨特經驗，一定是普遍性的，通常在我們順利打開某人寫的某本書之前，總是先三番兩次聽過他名字和這個書名，累積了一些相關的細碎訊息，尤其是在另外的書上或文章中讀到過並驚異過他的某一句或某一段神采奕奕話語，再再構成了美麗的誘惑，像李維—史陀之於我就是如此，知道他這個人和讀他書整整相隔了六年之久。了解這個「前閱讀」的必要程序和基本心理，我們就曉得該怎麼做了，我完全承認我個人是有意識的引述，而且往往還過度引述，甚至已到破壞文章流水節奏的地步了，但我渴望有些好的名字、好的話不斷會被看見，放一個叮叮作響的美麗聲音在也許哪個人不經意的記憶角落裡，就像太多人為我做過的那樣；我希

■《天河撩亂》（時報）

望我的書寫有很多可能的岔路、有李維—史陀所謂的洞窟，或可讓某個人如愛麗絲般摔進去，驚異的發現自己到了一個更美麗而且根本不是我提供得起的世界。

這絕對比什麼「創見」都讓人愉快，愉快多了。

真的，書寫有時會讓人變得自大唯我，惟閱讀永遠讓你謙卑，不是克己復禮的道德性謙卑，而是你看見滄海之闊天地之奇油然而生的謙卑，不得不謙卑。也因此，閱讀和書寫的最終關係是，一個閱讀者不見得需要書寫，他大可讀得更快樂更自由，但一個書寫者卻不能不閱讀，這才救得了他。

「我們是誰？我們每一個人，豈不都是由經驗、資訊、我們讀過的書籍、想像出來的事物組合而成的嗎？否則又是什麼呢？每個生命都是一部百科全書、一座圖書館、一張物品清單、一系列的文體，每件事皆可不斷更替互換，並依照各種想像得到的方式加以重組。」——這段我們已然引述過一次的話，出自卡爾維諾《給下一輪太平盛世的備忘錄》的最後一回演講的卷末，是他對我們以及下一個至福千年人們的諄諄叮囑。

所以，什麼是自己的話呢？我們是誰？

最終，我想讓這個沒完沒了的話題暫時終止在某個美好的名字、美好的文字尤其是聲音裡頭，於是我依然選用波赫士，是他名為〈一本書〉的這首詩，詩中，被他挑中的書之代表是莎士比亞的《馬克白》，由此，我們又發現了另一道美麗的岔路不是嗎？

■《馬克白》（聯經）

物中之物，難得有一件
可以用作武器。這本書一六〇四年
誕生在英格蘭，
人們賦予它夢的重載。它內裝
喧譁與騷動、夜色和猩紅。
我的手掌感到它的沉重。誰能說
它也裝著地獄：大鬍子的
巫師代表天命、代表匕首，
閃射出陰影的律法，
古堡中氤氳的空氣
將目睹你的死，優雅的手
能夠左右大海的血潮
戰鬥中的刀劍和呼號。

靜寂的書架上，那靜默的怒吼
沉睡在群書中的一冊之內
它沉睡著，有所期待。

附錄1

從狩獵到農耕
——我的簡易閱讀進化史

找書像不像一場狩獵呢?可能挺像的吧，感覺上，尤其是其間最興奮和最沮喪的那些片刻。我沒辦法那麼肯定，不因為我沒找過書，而是因為我沒打過獵，這輩子活到今天很慚愧最接近的經驗是小學時在宜蘭河釣魚，也許真正該去問的是海明威那樣的人。

我所說閱讀行為中最興奮的一刻，是打算開始找書卻還沒真正開始行動的這段時間。有看過電影《藍波》或至少知道吧?整部殺過來殺過去不稍歇的神經影片中，最沉靜卻也最讓人屏息的，不就是單人殺戮機器藍波整裝待發那一幕嗎?我們看著他繫上頭帶，肩上交叉掛好兩長排子彈，腰邊沒忘插把藍汪汪鋸齒尖刀——後來以他為名的藍波刀，再掂量掂量手中那挺重機槍云云，你曉得接下來馬上有大事情要發生了，滿滿是風雷。後來更好的香港電影，王家衛的《阿飛正傳》，片頭片尾也都是這樣的戲，阿飛型的年輕小鬼對鏡梳頭仔細打理自己一身行頭。不同的狩獵配備，不同的狩獵對象，這些香港無聊年輕人想打下的不再是飛鳥走獸，而是飛鳥走獸般的某個女孩，以及因此可能粉身碎骨的城市夜晚不回頭冒險。

找書，當然前提是你心中有事，有瞻望有疑問，所有行動因尚未發生，因此只能是想像，正因為還停留於想像，所以什麼都可以發生，暫時還不必領教現實的嚴酷撞擊，不打折，不磨損，不挫敗。每隻獅子都應聲倒地，每個女孩都召之即來，每本書都靜靜躺在燈火闌珊處等你伸手去取，而且每一張乾淨的書頁裡都記著你要的答案，並準備好潔淨你從此開啟你全新的人生。這樣所有可能性百分之百的實現，遂讓這短暫即逝的瞬間延長下來而且璀燦奪目。

閱讀是很美好而且很容易的，如果不用真的付諸行動去找書去讀書的話——我的意思是說，即便今天現實世界中有關閱讀的不好消息持續傳來，但我個人依然堅信，我們缺乏的並不是隔段時日就想找本書來讀的如此善念，我們只是一次又一次陣亡於付諸實戰的種種困難，我樂觀的以為，這兩者是大有分別的，意念的火花若時時仍在，我們要對付的敵人於是只剩一半了，儘管很不幸這一半比較巨大，是難能撼動、不隨我們意志而轉的冷硬現實。

來到現實，沮喪的時刻於焉來臨。

我們冷靜一下自己回頭來問，既然狩獵如此迷人，如此武勇豪情，為什麼人們捨得讓它從人類歷史舞台上退下來？為什麼從主角降為龍套？為什麼人們甘願把自己奴隸般牢牢綁在土地上頭也不抬的耕作？甘願像《聖經》中耶和華的詛咒般辛苦流汗而放棄如鷹飛翔的自由遊獵呢？

這本來不用特別回答，因為從狩獵採集進入農耕是人類歷史鐵一般無法回頭的普遍事實，但這裡我們還是再抄一次人類學家李維—史陀的報告，這是《憂鬱的熱帶》書中他在巴西內陸南比克瓦拉人社群中的親身經歷：「家庭食物來源主要是依賴婦女的採集活動。我常和他們一起吃些令人難過的簡陋食物，一年裡有半年時間，南比克瓦拉人就得靠此維生。每次男人垂頭喪氣的回到營地，失望又疲憊的把沒能派上用場的弓箭丟在身旁時，女人便令人感動的從籃子裡取出零零星星的東西：幾顆橙色的布里提果子、兩隻肥胖的毒蜘蛛、幾顆小蜥蜴蛋、一隻蝙蝠、幾顆棕櫚果子和一把蝗蟲。然後他們全家便高高興興吃一頓無法填飽一個白人肚子的晚餐……」

也就是說，狩獵是極不穩定的食物供應方式，純粹以狩獵維生的大多數時間總是處於飢餓狀態，不管是契訶夫小說裡沒土地可耕種的可憐舊俄獵戶，或非洲草原上的獅子——閱讀是不是也這樣呢？很不幸是的，現實總不吝於澆我們各式各樣的冷水，你要的書可能太少人讀對不起書店不進貨，可能早已絕版（如賈西亞・馬奎茲的訪談集《蕃石榴飄香》），可能根本未譯成中文（如葛林的《沒有地圖的旅行》），可能書找到了卻不符你原初的想像，沒有你渴求的答案（太多次這樣了，需要舉例嗎？），可能有答案但你就是讀不懂如同天書（如量子力學）云云。

不只如此，還有時間差的問題。我指的是，閱讀意念的火花不定什麼時間來，偏偏大多夢一般在夜闌人靜的孤獨時分找上你，卻往往無法延燒到明天日出之時，你要不要保護這珍貴的火種不滅呢？那你當下就得供應它易燃的書頁好持續燒下去甚至就此蔚為燎原大火，沒辦法等你到書店重開大門再彎弓射箭一番。

更不只如此，還有狩獵目標不確定的問題。我個人再再的經驗是，你想找想看的書，通常只有在極特殊的情況下，它才是特定的、獨一無二的、恰恰好就是那本書；正常狀況下，你遵循自己心中大疑想找到的那本理想大書，在現實世界的書架上，係散落成幾十上百本不同的書籍、這本書裡兩句、那本書裡一段的紛雜形式。瞄準開槍三原則：「看不到不打，打不到不打，瞄不準不打。」因此，你很難再是神氣射日的后羿，毋寧比較像狼狽的屈原，上天入地的去問去翻找搞得自己形容枯槁。

凡此種種。人類歷史不得不進入無趣的農耕時代，我的閱讀亦然。

農耕時代，人們不再餓著肚子苦苦追逐並等待一隻大鹿三天二夜非君不吃；閱讀的農耕時代也是這樣子，我得貪婪的耕作採集，寧殺錯不放過的看到大約可以是自己食物的書就攫取購買，今天有事沒打算讀它，但誰曉得下星期下個月或明年某個晚上我會心血來潮想看呢？飢餓時時可能襲來，你得預先為它做準備。

也因此，閱讀者自己書架的景觀跟著不一變，而成為如今我們熟悉的倉廩模樣了。

閱讀的故事

不只我個人，我所知道的每一個閱讀者，沒有誰看完過他手中全部存書的，包括可稱之為讀書機器的昔日渥特・本雅明。愛書如癡的本雅明反問，誰家天天把珍藏的全部名貴瓷器拿出來用呢？我環顧自己零亂、積塵、四下散落如暴風雨肆虐過後的家中存書，實在不好說這些是名貴骨瓷，而是，如李維—史陀說的，有布里提果子，有肥胖毒蜘蛛，有蝗蟲，有蜥蜴蛋，有蝙蝠……

有讀過且一讀再讀的，有讀了一半因故停下來的，有翻了幾頁算了的，有根本還沒看的，有心知肚明這輩子大概不會去讀它的云云。換句話說，通過一而再再而三的地毯式搜刮，我得承認有不少書直接可稱之為「買錯了」，只能扔在那兒任它腐朽。

買錯書懊不懊惱呢？很奇怪，幾乎完全不會，一方面大概因為書價相對於其他生活花費是低廉的，而且錯誤到此為止不會衍生麻煩（想想你買錯一部電腦、一輛汽車、一幢房子、一個老婆的物質代價及從此纏身不休的夢魘）；另一方面，我自己早已跟自己講清楚，書沒那麼容易理解穿透，閱讀前的種種相關訊息當然是有意義的，可是真正的理解卻得在綿密的相處過後才見分曉，因此，買書是有機率問題的，沒有一個購書的統一場理論可完全消除掉它，換句話說，書的上帝是跟我們擲骰子的。

或者這麼講，你也看或至少知道棒球吧？我很喜歡的一本美國棒球書《史上最爛的十支球隊》一開始就講，棒球是一種和失敗相處的遊戲，想想看，一支當年世界冠軍的球隊少說還是得輸掉六十、七十場比賽；一名千萬年薪而且一定進入棒球名人堂的偉大打擊手，每十次打擊，就有七次是失敗而歸的——因此，棒球最嚴酷的真義不在於勝利，而在於失敗，如何面對、承受、理解、料理失敗，並和失敗相處且生活下去。

失敗可讓聰明的人反省，但我要說的不是這個，我要再再強調的是，買錯書（不管此一結果帶不帶來反省）應該做為閱讀找書的前提。不見兔子不撒鷹的精準要求之人，或許會是個成功者，但抱歉絕不會是在閱讀的領域之中，只因為閱讀的真正主體，永遠是在不確定的狀況下發現各種可能性，而不是找一個排他的、唯一的明確解答。拒絕犯錯，也同時就徹底消滅掉成功。事實上，我個人乾脆這麼算，這輩子讀書，我可不可以給自己一筆買錯的預算，諸如銀行或企業體的呆帳準備之類的？我給自己五百到一千本寬裕的犯錯空間，以五十年歲月折算一年是十到二十本，每本書估價三百元，如此一生的總額是十五萬到三十萬元整。我不曉得別人怎麼想這筆錢，我自己覺得意外的少，還遠遠不夠買錯一部最陽春汽車的價錢。如此計算結果令我精神抖擻，頓覺得自己富裕闊綽得不得了，天底下再沒多少你不敢放手一買的書了。

至此，我成了個快樂的農夫。

會夜深忽夢少年事的想念自由無羈的狩獵日子嗎？當然會的。會再付諸實踐嗎？當然也會的。不同的是，正如屠格涅夫筆下的獵人和契訶夫筆下的獵戶不同一樣，屠格涅夫的獵人，是溫飽有餘，有大把土地、莊園、農奴、僕傭在手的貴族老爺，打獵是樂趣，以及野味，而不是有一家子嗷嗷待哺的老老小小等食物下鍋。

而且，因為台灣如今的書店都是大小、規格大致相當的中型連鎖書店，又講究坪效，因此從南到北自西徂東擺出來的書就是那些，你在這家書店找不到的書，在另一家大概也不會有——對書的狩獵人而言，這無疑是個枯竭的獵場，打不到什麼令人驚喜的珍禽異獸。

貴族老爺的新獵場在哪兒呢？到大洋洲那些美麗小島海域去釣芭蕉旗魚，或到非洲去薩伐旅云云——我自己如今的書籍獵場，便有著這樣聽起來令人生厭的有錢有閒階級味道，它是英國天下第一書街的查令十字路；或近些，上海北京各家大型書店；或更近些，網上的亞馬遜書店，託電磁波快速飛翔之福，按幾下滑鼠即可，好像狩獵也進入了按鍵戰爭的不公平時代了。

能夠的話，我還是比較不喜歡亞馬遜書店這樣的獵場，儘管它反而有更多書籍內容之外的資訊可參考。我是老時代走過來的獵書人，我喜歡書店現場，買書時能摸得到書頁，感受到書籍沉厚的重量，並且在走出書店後的第一時間就能翻開其中一本來讀。

剛過去的乾爽秋天，我才又剛完成一次這樣的北京上海獵書之旅，足足寄回來六大包書，當然，最想看的那幾本我留在旅行包裡，用卡爾維諾的話是，你攜帶著它，把它當成自己獨特的負擔，而且在旅行告終之前，甚為滿意的便已經讀完了它。

附錄2

書街，我的無政府主義書店形式

我想，我跟書店的關係後來變得挺麻煩的，同時擁有著如電池正負兩極的身分——壓迫者與被壓迫者（聽起來好像杜斯妥也夫斯基的小說書名）。

這種時候，你就能再次驗證卡爾維諾這個號稱有人類大腦最複雜紋路之人（解剖他的醫生說的）真是睿智無匹了。在他《如果在冬夜，一個旅人》書中，他不無自省意味的勸我們留在純粹讀者的愉悅世界之中，別跨過界線成為和書籍製造有關係的人，卡爾維諾甚至神經質的要我們別踏入出版社一步，一絲絲可能的風險都不要去冒。

對書店，我是個買書的讀者，這當然是花錢大爺的舒適身分；可我也是個出版社的從業人員甚至書寫過幾本書的人，於是當場卑微下來，不太敢做出任何可能冒犯書店的事。幾年前，誠品書店找我演講，我二話不說領命到場，完全不顧自己不信任口語、不應允公開演講的自誓。那天，在敦南店地下二樓的下午沉鬱空氣中，大學時代最喜歡的魏晉南北朝史忽然湧上心頭，我遂以一個石勒石虎的往事當演講開場白——話說某名隱士，終石勒一生不得一見，石虎登基之後卻一召即來，石虎也得意也詫異的問何以如此，隱士的回答是，你父親敬重讀書人，我不理他不會得罪他，你就不一樣了，你是會殺人的，我不來當場就人頭落地了，你說我怎麼敢不來呢？

我們必須先假設，誠品和金石堂的老闆大人皆是石勒而不是石虎，但願如此，這樣我們有關書店的話題方得以進行下去——其實，我真正想說的是，如果可能，人世間能不能不要有連鎖書店這種東西？我是個徹徹底底的書籍無政府主義者，這話說來忐忑，因此是最真誠的。

有溫度的書籍販售之地

最接近書籍無政府主義者的書籍販售圖像，不是一家奄有一切、統治一切、臥榻之旁不容他家書店酣睡的超級大書店，怪物般矗立於一片沙漠之上（或者說它把四周吞噬、夷平、榨乾成為沙漠），而是一整道書街的繽紛形式，像我們古老記憶裡未廢墟化時候的重慶南路，像日本東京的神田神保町，像，是的，天下第一書街的倫敦查令十字路。

書街裡沒有王，人人任意而行。

我曉得許多人喜歡（我該用緬懷這個不祥的字眼嗎？）書街勝過mall型大書店，有太濃厚的浪漫成分；我也承認，太情調太醉翁之意如明清某些好做讀書狀的文人（如寫〈四時讀書樂〉的翁森、如寫《幽夢影》的張潮）的確讓人輕微噁心。然而，人和書的關係，人和書店的關係，終究是很複雜的，買書也從來不止於是一種銀貨兩訖的純經濟活動或購買行為而已，即使像我這樣無趣的、性急的、不隨便感傷留連的人。

愛默森講，書店（他原來講的是圖書館）是個魔法洞窟，裡面住滿了死人，是因為我們進去，才將他們從酣睡之中喚醒。我很喜歡這話裡面的時間感，豐碩、流動、多層面的疊合碰撞，但最終一切還是得堅定的回到我們活著的此時此刻來——購書乃至於再接著的閱讀一定是當下的，死者的復活也只能發生在當下。

再沒有任一種尋訪書、取得書、閱讀書的形式，比書街更準確契合著這樣的時間感受了。比方說你人在查令十字書街，走進一家魔法洞窟，出來，再進去另一家……你不停穿梭在不同的時間裡，可你也再再返回到天光雲影的當下活人世界來，你不僅不會在時間中迷路，而且你讓自身像顆鵝卵石般在時間之流中碰撞、切割並打磨，在你尚未真正打開書之前，彷彿你的閱讀已提前展開來。然後，不是因為情調關係或要拍照證明自己征服過此地插上旗子，你是真的有點腳瘦得坐下來，這時一家咖啡館變得非常非常必要，不是魔法洞窟裡見不得陽光的附設咖啡館，而是真正的、獨立的咖啡館，空氣流動，天好時曬得到太陽，秋冬時節冷得你精神抖擻的咖啡館，咖啡因對你此刻紊亂且有點發脹的腦袋有安定的治療效果，你也可趁此確認一下自己買到和還沒買到的書，稍稍翻閱並整理合併，像替一個個不同的時間理出一個暫時的秩序方便於攜帶行走一般，因為這家咖啡館頂多只座落在書街的中點，前面還有整整半條街要走——

時間有數不清的、甚至無從分割起的層次，但唯獨只有當下、此時此刻是有溫度的。書街是這樣有溫度的書籍展示販售之處。

瘋子的暫時棲身之所

無政府主義的核心是自由，一種24Ｋ純度的自由堅持，因此打死不相信有一個單一的、統一一切的睿智，可由此建構出一個囊括一切的井然秩序。有機體的生命形式不會是對稱的，無政府主義者服膺生物學家的如此直觀發見。

有關書店對於書籍的理解這事，通常有個迷思，那就是大型的連鎖書店，由於規模和資源的緣故，容納得了專業，因此會比眾多紛立的書街小書店更理解書之為物，這當然是錯的。

連鎖書店確實有其專業的要求和養成，但針對的不是書的內容，而是賣書行為，這兩樣不同的專業不可混為一談。細緻點來說，對賣書行為理解的尋求，儘管一開始必須仰賴對書內容的理解，但並不需要太多，很快到達一定程度之後，對書內容的更理解便成為多餘而且「不划算」了，兩者開始背反，愈是專業的掌握賣書技藝，愈會妨礙對書的內容的真正理解，反之亦然。

之所以產生如此的弔詭現象，是因為有個冷酷的原理作用其中，那就是經濟學家稱之為「邊際效益遞減法則」這個討厭的東西——把賣書當純粹的經濟活動，講求的是效益的極大化，是成本和產出兩道曲線交會的最適量那一個點，這是經濟學教科書已經寫好幾百年的最起碼道理。翻譯成我們書籍世界的人話是，書店對書內容的理解，係屬於成本這一側的，它不允許人窮盡一切所能如一名上癮讀者那樣埋頭追下去，邊際效益遞減法則很快會制止他，你愈想比從前多了解一分，所耗用的成本便以更快的速度增加，你要追求對書內容百分之百的理解，成本也就趨近於無限大。

對工具理性所統治的純經濟活動而言，如此無視邊際法則存在的行徑是瘋子才會做的事，連鎖書店是書店的高度資本主義形式，它不雇用瘋子，喜歡賣書維生的瘋子必須自己開店當老闆。

而只有書街這個無政府的國度，才有瘋子老闆們的暫時棲身之地，相濡以沫。

可能性的儲藏及其滅絕

我個人曾在一篇談日本京都的各式工匠技藝文章中談究極技藝在今天市場經濟世界的脆弱性，它不僅必然受制於邊際法則，更要命是它很難被一般大眾辨識出來，一如一碗究極的蕎麥麵和一碗中上程度的連鎖店蕎麥麵，像我這樣粗糙的人吃不出它們多大差別一樣。究極技藝訴求的永遠只是少數知心人，因此這樣的店家總是小的，訴諸一般大眾公約數鑑別能力的連鎖店則是負責消滅它們的洪水猛獸——每當你抬頭看見又一家連鎖店大馬金刀冒出來，就得在心中默唸有多少家美好小店收起來了。

因此你會想抵抗，螳臂當車的抵抗它一下。

這無關病酒悲秋，也無關於扣帽子式的所謂貴族菁英心態，其中有我個人認為的嚴肅正經不得已理由。我喜歡引用波赫士一句看似沒膽子的超級樂觀之言：「好像未來什麼事都可能發生。」這話係在他閱讀書籍時如花朵般冒出來，也只有在此書籍世界的土壤裡才取得堅實的意義——我不用「希望」這個晃盪盪的詞，我喜歡說的是「可能性」，一種幾乎已完成、只剩實現的伸手可及希望。書籍正是我們人世間可能性的最大收存倉庫、最重要的集散地，書籍以它的輕靈（三、四百克重）、廉價（兩三百塊錢價格）、可親的裝載形式，把人類數千年來思維可及的一切可能性，守財奴般幾近不遺漏的撿拾保存下來，是完整可能性的擁有，方讓波赫士樂觀，讓我們面向茫茫未來可精神抖擻得起來。

但就像最近生物學家的可怕警言，說致命病蟲害的侵襲，極可能讓可可樹在二〇〇九年絕種，讓美好的巧克力從此絕跡一般。災難時時可能產生，可能性的致命病毒之一便是單一分類、單一秩序、單一性的規格化和效益要求，這個病毒早已存在並不斷伸展擴大，也有足夠的耐心伺伏一旁。連鎖書店正是仿製它成功統治的樣態，以單一觀點和秩序來整頓書、嚴厲篩選淘汰書的強大新武器，用它來占領並且替代那些不同老闆、以各個不同價值信念和獨特方式向各種可能性試探的老書街琳琳琅琅小書店。

很久了，沒什麼好消息傳來，重慶南路早已淪陷了，神田神保町我兩個月前才去，又奄奄一息了點，至於久違的查令十字路好像也在緩緩敗退之中。

率先陷落的書街

壞消息倒一刻沒停過好像，最近這一年來我個人所聽到最壞的消息是所謂的「文化產業」，請留意，這裡文化只是類別，是大商品目錄裡不起眼的一欄，產業才是主體，是一切規則的制定者和最終裁決者；而最難聽的話，則是順此邏輯而下的傲慢挑釁之言：「文化人準備好了沒有？」準備好什麼？準備好自我切割，去掉所有產生不了直接經濟利益的東西，好適合市場大神的秩序和要求以蒙其悅納。

說這話的人原是我們這邊的一員，他是我的老友詹宏志，一個曾經比誰都喜歡查令十字路、而且至今猶把「閱讀花園主義」此一無政府主張長掛嘴邊的好讀者。

但嚇誰啊？人死不會更死，昔日的牯嶺街舊書攤已成今天光華商場色情光碟供應中心，重慶南路像等待拆除重建的廢墟，奈何以死畏之？

地理教科書上寫，我們看似平靜不變的湖泊，其實只是一個暫時性的地理現象；書街也是這樣，如果有所謂書籍流通販售的教科書，我們也一定會讀到一模一樣的話。

在人類的思維歷史上，無政府主義一直被描述為某種天真、不切實際甚至於秀斗的主張，但天真爛漫了幾百年，也慘敗了幾百年，不會不累積出足夠的歷史世故來——今天，無政府主義已從現實世界的角力場退下來，不再是一種意圖付諸實現的正面主張，它只是某種夢想、某種境界、某種絕美的自由圖像，懸掛在高高的地方，用來反襯、照見乃至於鞭撻那些必然七折八扣的現實有力主張，不讓任一種因暫時的得勝而酣睡，以保衛人類思維和反省的持續。

今天，我個人相信，無政府主義真正的生存土壤是文化性的場域，只因為文化最終源生於自由，不管它是因為悠遊自由之中而百花齊放，或是因為自由遭受抑制而壯麗的突圍；我甚至願意武斷的講，以文化為志業的人，不管自覺或不自覺，一定得有一個無政府的靈魂，這是他最後不可讓渡的一樣東西。

幾百年來，在政治上壓制無政府主義的那些主張，愈來愈有和無政府主義和解的趨勢，它們傾向於把自己的暴力自限於現實權力的場域，不隨便侵入文化的世界之中；今天真正的威脅反而來自於它昔日的短暫曖昧盟友，一樣號稱抵抗政治機制、要求百分之百自由的市場經濟。

在文化活動的場域之中，我們的書街係處於最接近市場經濟的不利位置，是文化和經濟的交壤之地，因此，第一個宣告陷落大概也是不可免的了。

我不願意垂淚感慨，也沒那閒工夫，我當它是更大歷史暴風又將吹襲的警訊。

附錄3

有這一條街，它比整個世界還要大

乍讀這本書稿時，我一直努力在回想，查令十字路84號這家小書店究竟是長什麼個模樣（我堅信寫書的海蓮・漢芙不是胡謅的，在現實世界中必然有這麼一家「堅實」存在的書店），我一定不止一次從這家書店門口走過，甚至進去過，還取下架上的書翻閱過——《查令十字路84號》書中，通過一封一九五一年九月十日海蓮・漢芙友人瑪莘的書店尋訪後的信，我們看到它是「一間活脫從狄更斯書裡頭蹦出來的可愛鋪子」，店門口陳列了幾架書（一定是較廉價的），店內則放眼全是直抵天花板的老橡木書架，撲鼻而來全是古書的氣味，那是「混雜著黴味兒、長年積塵的氣息，加上牆壁、地板散發的木頭香……」，當然，還有一位五十開外年紀、以老英國腔老英國禮儀淡淡招呼你的男士（稱店員好像不禮貌也不適切）。

但這不也就是半世紀之後今天、查令十字路上一堆老書店的依然長相嗎？——如此懸念，讓我再次鼓起餘勇、生出遠志，很想再去查令十字路仔細查看一次，對一個有抽菸習性又加上輕微幽閉恐懼毛病如我者，這長達廿小時的飛行之旅，我自以為是個很大的衝動而且很英勇的企圖不是嗎？

然而，不真的只是84號書店的誘引，我真正想說的是，如果說從事出版工作的人，或僅僅只是喜愛書籍、樂於閱讀的人得有一處聖地，正如同麥加城之於穆斯林那樣，短短人生說什麼也都得想法子至少去它個一次，那我個人以為必定就是查令十字路，英國倫敦這道無以倫比的老書街，全世界書籍暨閱讀地圖最熠熠發光的一處所在，捨此不應該有第二個答案。

至少，本書的譯者一定會支持我的武斷——陳建銘，就我個人的認識，正是書籍閱讀世界的此道中人。一般，社會對他的粗淺身分辨識，是個優美、老英國典雅風味卻內向不擅長議價的絕佳書版美術設計者，但這本《查令十字路84號》充分暴露了他的原形，他跳出來翻譯了此書，而且還在沒跟任何出版社聯繫且尚未跟國外購買版權的情況下就先譯出了全書（因此，陳建銘其實正是本書的選書人），以他對出版作業程序的理解，不可能不曉得其後只要一個環節沒配合上，所有的心血當場成為白工，但安靜有條理的陳建銘就可以因為查令十字路忽然瘋狂起來。

這是我熟悉、喜歡、也經常心生感激的瘋子，在書籍和閱讀的世界中，他們人數不多但代代有人，是這些人的持續存在，且持續進行他們一己「哈薩克人式的小小游擊戰」（借用赫爾岑的自況之言），才讓強大到幾近無堅不摧的市場法則，始終無法放心的遂行其專制統治，從而讓書籍和閱讀的世界，如漢娜・鄂蘭談本雅明時說的，總是在最邊緣最異質的人身上，才得到自身最清晰的印記。

在與不在的書街

《查令十字路84號》這部美好的書，係以一九四九年至一九六九年止長達廿年流光，往復於美國紐約和這家小書店的來往信函交織而成——住紐約的女劇作家買書、任職「馬克與柯恩書店」的經理法蘭克・鐸爾負責尋書寄書，原本是再乏味不過的商業行為往來，但很快的，書籍擊敗了商業，如房龍說「一個馬槽擊敗了一個帝國」（當然，在書籍堆疊的基礎之上，一開始是漢芙以她莽撞如火的白羊座人熱情鑿開缺口，尤其她不斷寄送雞蛋、火腿等食物包裹給彼時因戰爭物資短缺、仰賴配給和黑市的可憐英國人），人的情感、心思乃至於咫尺天涯的友誼開始自由流竄漫溢開來。查令十字路那頭，他們全體職員陸續加入（共六名），然後是鐸爾自己的家人（妻子諾拉和兩個女兒），再來還有鄰居的刺繡老太太瑪麗・褒頓；至於紐約這邊，則先後有舞台劇女演員瑪莘、友人吉妮和艾德替代漢芙實地造訪「她的書店」，惟遺憾且稍稍戲劇性的是，反倒漢芙本人終究沒能在一切落幕之前踩上英國，實踐她念念不忘的查令十字路之旅。全書結束於一九六九年十月鐸爾大女兒替代父親的一封回信，鐸爾本人已於一九六八年底腹膜炎病逝。

一樣產自於英國的了不起小說家葛林，在他的《哈瓦那特派員》中這麼說：「人口研究報告可以印出各種統計數值、計算城市人口，藉以描繪一個城市，但對城裡的每個人而言，一個城市不過是幾條巷道、幾間房子和幾個人的組合。沒有了這些，一個城市如同隕落，只剩下悲涼的記憶。」——是的，一九六九年之後，對海蓮・漢芙來說，這家書店、這道書街已不可能再一樣了，如同隕落，只因為「賣這些好書給我的好心人已在數月前去世了，書店老闆馬克先生也已不在人間」，這本《查令十字路84號》於是是一本哀悼傷逝的書，紀念人心在廿年書籍時光中的一場奇遇。

但海蓮・漢芙把這一場寫成書，這一切便不容易再失去一次了，甚至自此比她自身的生命有了更堅強抵禦時間沖刷的力量——人類發明了文字，懂得寫成並印製成書籍，我們便不再徒然無策的只受時間的擺弄宰制，我們甚至可以局部的、甚富意義的擊敗時間。

書籍，確實是人類所成功擁有最好的記憶存留形式，記憶從此可置放於我們的身體之外，不隨我們肉身朽壞。

也因此，那家書店，當然更重要是用一本一本書鋪起來的查令十字路便不會因這場人的奇遇戛然中止而跟著消失，事實上，它還會多納入海蓮•漢芙的美好記憶而更添一分光暈色澤，就像它從不間斷納入所有思維者、紀念者、張望者、夢想者的書寫一般，所以哀傷的漢芙仍能鼓起餘勇的說：「但是，書店還是在那兒，你們若恰好路經查令十字路84號，代我獻上一吻，我虧欠它良多……」

這是不會錯的，今天，包括我個人在內，很多人都可以證實，查令十字路的確還在那兒，我是又過了十多年之後的八〇年代、九〇年代去的，即便84號的「馬克與柯恩書店」很遺憾如書末注釋說的，沒再撐下去，而成為「科芬園唱片行」，但查令十字路的確還好好在那裡。

一道時間大河

查令十字路，這個十字不是指十字路口，而是十字架的意思，事實上它是一道長約一公里許的蜿蜒市街，南端直抵泰晤士河，這裡是最漂亮的查令十字路車站，如一個美麗的句點，往北路經國家藝廊，穿過蘇活區和唐人街，旁及柯芬園，至牛津街為止，再往下走就成了托登罕路，很快就可看到著名的大英博物館（大英博物館一帶又是另一個書店聚集處，但這裡以精印的彩色大版本藝術書為主體）。

老英國老倫敦遍地是好東西，這是老帝國長而輝煌的昔日一樣樣堆疊下來的，如書中漢芙說的（類似的話她說了不止一回）：「記得好多年前有個朋友曾經說：人們到了英國，總能瞧見他們想看的。我說，我要去追尋英國文學，他告訴我：『就在那兒！』」

然而，和老英國其他如夕暉晚照榮光事物大大不同之處在於，查令十字路不是遺跡不是封存保護以待觀光客拍照存念的古物，它源遠流長，但它卻是active，現役的，當下的，就在我們談話這會兒仍孜孜勤勤勞動之中，我們可同時緬懷它並同時使用它，既是歷史從來的又是此時此刻的，這樣一種奇特的時間完整感受，仔細想起來，不正正好就是書籍這一人類最了不起發明成就的原來本質嗎？我們之所以喪失了如此感受，可能是因為我們持續除魅的現實世界已成功一併驅除了時間，截去了過去未來，成為一種稍縱即逝卻又駐留不去的所謂「永恆當下」——有生物學者告訴我們，人類而外的其他動物和時間的關係極可能只有這樣，永恆的當下，記憶湮渺只留模糊的鬼影子，從而也就產生不來向前的有意義瞻望，只剩如此窄迫不容髮的時間隙縫，於是很難容受得了人獨有的持續思維和精緻感受，只有不占時間的本能反射還能有效運作，這其實就是返祖。

更正確的說，查令十字路的時間景觀，指的不單單是它的經歷、出身以及悠悠存在歲月，而是更重要的，就算你不曉得它的歷史沿革和昔日榮光，你仍可以在乍乍相

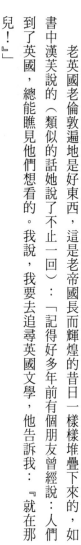

見那一刻就清晰捕捉到的即時景觀，由它林立的各個書店和店中各自藏書所自然構成——查令十字路的書店幾乎每一家一個樣，大小、陳列布置、書類書種、價格，以及書店整體氛圍所透出的難以言喻鑑賞力、美學和心事。當然，書店又大體參差為一般新書書店和二手古書店的分別，拉開了時間的幅員，但其實就算賣新書的一般書店，彼此差異也是大的，各自收容著出版時日極不一致的各色書籍，呈現出極豐碩極細緻的各自時間層次。

不太誇張的說，這於是成了最像時間大河的一條街，更像人類智識思維的完整化石層，你可以而且勢必得一家一家的進出，行為上像進陳列室而不是賣場。

相對來說，我們在台灣所謂的「逛書店」，便很難不是只讓自我感覺良好的溢美之辭。一方面，進單一一家書店比較接近純商業行為的「購買」，而不是帶著本雅明式遊手好閒意味的「逛」，一本書你在這家買不到，大概另一家也就休想；另一方面，「逛」，應該是不完全預設標的物的，你期待且預留著驚喜、發現、不期而遇的空間，但台灣既沒二手書店，一般書店的書籍進退作業又積極，兩三個月前出版的書，很可能和兩三千年前的出土文物一樣不好找。

連書店及其圖書景觀都是永恆當下的，在我們台灣。

海蓮・漢芙在書中說到過她看書買書的守則之一，對我們毋寧是極陌生到足以嚇人一跳的，她正色告訴鐸爾，她絕不買一本沒讀過的書，那不是跟買衣服沒試穿過一樣冒失嗎？當然我們沒必要激烈如這位可敬的白羊座女士，但這其實是很有意思的話，說明舊書（廣義的，不單指的珍版珍藏之書）的購買、收存和再閱讀，不僅僅只是屯積居奇的討人厭行為或附庸風雅的噁心行為而已。這根源於書籍的不易理解、不易完整掌握的恆定本質，尤其是愈好、內容愈豐碩、創見之路走得愈遠的書，往往遠遠超過我們當下的知識準備、道德準備和情感準備，我們於是需要一段或長或短的迴身空間與它相處。好書像真愛，可能一見鍾情，但死生契闊與子成說，執子之手與子偕老的杳遠理解和同情卻總需要悠悠歲月。

因此，從閱讀的需求面來說，一本書的再閱讀不僅僅只是可能，而是必要，你不能希冀自己一眼就洞穿它，而是你十五歲看，二十歲看，四十歲五十歲看，它都會因著你不同的詢問、關注和困惑，開放給你不一樣的東西，說真的，我努力回想，還想不出哪本我真心喜歡的書沒有而且不需要再再重讀的（你甚至深深記得其中片段，意思是你在記憶中持續重讀）；也因此，從書籍取得的供給面來看，我們就應該聰明點給書籍多一點時間、給我們自己多一點機會，歷史經驗一再告訴我們，極多開創力十足且意義重大的書，我們當下的社會並沒那個能力一眼就認得出來，不信的人可去翻閱大名鼎鼎的《紐約時報》歷來書評（台灣有其結集成書的譯本），百年來，日後證明的經典著作，他們漏失掉的比他們慧眼捕捉到的何止十倍百倍，而少數捕捉到的書中又有諸如沙林傑的《麥田捕手》或錢德勒的《大眠》被修理得一無是處（理由是髒話太多云云）。一個社會，若意圖在兩星期到一個月內就決定一本書的好壞去留，要求書籍打它不擅長的單敗淘汰賽，這個社會不僅自大愚蠢，而且可悲的一步步向著災難走去。

一種只剩永恆當下的可悲災難。

部分遠大於全體

便是這個永恆當下的災難啟示，讓我們得以在書籍暨閱讀的世界中，推翻一項亙古的數學原理——這是柏拉圖最愛引用的，全體永遠大於部分，但我們曉得事實並不盡然，短短的一道查令十字路，的確只是我們居住世界的一個小小部分，但很多時候，我們卻覺得查令十字路遠比我們一整個世界還大，大太多了。

最是在什麼時候，我們會生出如此詭異的感覺呢？特別當我們滿心迫切的困惑不能解之時。我們很容易在一本一本書中再再驚異到，原來我們所在的現實世界，相較於既有的書籍世界，懂得的事這麼少，瞻望的視野這麼窄，思維的續航能力這麼差，人心又是這麼封閉懶怠，諸多持續折磨我們的難題，包括公領域的和私領域的，不僅有人經歷過受苦過認真思索過，甚至還把經驗和睿智細膩的解答好好封存在書中。

從形態上來看，我們眼前的世界往往只有當下這薄薄的一層，而查令十字路通過書籍所揭示的世界圖像，卻是無盡的時間層次疊合而成的，包括我們因失憶而遺失乃至於根本不知有過的無盡過去，以及我們無力也無意瞻望的無盡未來。

看看小彌爾的《論自由》和《論代議政治》，這是足足一百五十年前就有的書，今天我們對自由社會和民主政治的建構、挫折、一再摔落的陷阱以及自以為聰明的惡意操弄，不好端端都寫在書裡頭嗎？

看看李嘉圖的《政治經濟學原理》，這是兩百年前的書，書中再清晰不過所揭示的經濟學最基本道理和必要提醒，我們今天，尤其手握財經權力的決策者，不還在日日持續犯錯嗎？

或者看看本雅明的《發達資本主義時代的抒情詩人》，這又是超過半個世紀以前的書，而今天，我們的大台北市才剛剛換好新的人行步道、才剛剛開始學習在城市走路並試圖開始理解這個城市不是嗎？

還是我們要問憲法的問題（內閣制、總統制、雙首長制、還有神祕的塞內加爾制）？要問民族主義和民粹主義的問題？問生態環保或僅僅只是整治一條基隆河的問題？問男女平權？問勞工和失業？問選舉制度和選區規劃？問媒體角色和自律他律？或更大哉問的問整體教育和社會價值暨道德危機等等問題？

是的，如海蓮・漢芙說的，書店還是在那兒。

全世界最便宜的東西

而查令十字路不僅比我們眼前的世界大，事實上，它做得更好——查令十字路不僅有著豐碩的時間層次，還呈現具體的空間分割；它是一道川流不息的時間之街，更是一個個書店、隔間、單一書籍所圍擁成的自在小世界，讓閒步其中的人柳暗花明。

我猜，這一部分原因有歷史的偶然滲入作用而成，比方說，老式的、動輒百年以上的老倫敦建物，厚實堅強的石牆風雨不動的制限了商業流竄的、拆毀一切夷平一切的侵略性格，因此，小書店各自盛開如繁花，即便是大型的綜合性書店，內部隔局也曲折迴旋，每一區塊往往是封閉的、隔絕的，自成洞天，毋寧更像書籍層層架起的讀書閱覽小房間而非賣場；而且，美國的霸權接收，讓英文不隨老帝國的墜落而衰敗，仍是今天的「準世界語」，仍是普世書籍出版活動的總源頭和薈萃之地，因此，你一旋身，才兩步路便由持續掙扎的東歐世界出來，卻馬上誤入古怪拼字，但極可能正是人類最遠古家鄉非洲黝暗世界，如同安伯托・艾可在《玫瑰的名字》書中最高潮的驚心動魄一幕——第七天，威廉修士和見習僧艾森終於進入了大迷宮圖書館中一切祕密埋藏所在的非洲之末。

一個無垠無邊的智識世界，卻是由一個個小洞窟構成的。

我尤其喜歡查令十字路的一個個如此洞窟，一方面，這有可能正是人類亙古的記憶存留，是某種鄉愁，像每一代小孩都有尋找洞窟打造洞窟置身洞窟的衝動，有某種安適安全之感，而讀書，從閱讀、思索到著迷，最根柢處，本來就是宛如置身一己洞窟的孤獨活動；另一方面，我總時時想到李維─史陀的話，這些自成天地般洞窟的存在，提供我們逃避的機會，逃避什麼樣的壓迫呢？逃避一種李維─史陀指稱的大眾化現象，意即一種愈發一致的、無趣的、再沒性格可言的普世性可怖壓逼（正是社會永恆當下的呈現），而這些動人的洞窟，正像《愛麗絲夢遊仙境》的樹洞，你穿過它，便掉落到一個完全異質、完全始料未及的世界裡去。

於是，我遂也時時憂慮我們最終仍會失去屬於我們這一代的查令十字路，如同漢芙早已失去她的查令十字路一般，我們的杞憂，一方面是現實中斷續傳來的不利訊息（如商業的腐蝕性只是被減緩，並沒真正被阻止），更是人面對足夠美好事物的很自然神經質反應，你深知萬事萬物持續流變，珍愛的東西尤其不可能一直存留，如朝霞，如春花，如愛情。

但你可以買它——當然不是整條查令十字路，而是它真正賴以存在、賴以得著意義的書籍，市街從不是有效抵禦時間風蝕的形式，書籍才是，就像漢芙所說：「或許是吧，就算那兒沒有（意指英國和查令十字路），環顧我的四周（意指她從查令十字路買到的書）……我很篤定，它們已在此駐足。」

從事出版已超過半輩子之久，我個人仍始終有個問題得不到滿意的答案：我始終不真正明白人們為什麼不買書？這不是全世界最便宜的一樣東西嗎？一個人類所曾擁有過最聰明最認真最富想像力最偉大的心靈，你不是極可能只用買一件看不上眼衣服的三千台幣就可買下他奇蹟一生所有嗎（以一名作家，一生十本書，一書三百元計，更何況這麼買通常有折扣）？你不是用吃一頓平價午餐的支付，就可得到一個美好的洞窟、以及一個由此聯通的完整世界嗎？

漢芙顯然是同我一國的，她付錢買書，但自掏腰包寄食物還託朋友送絲襪，卻仍覺得自己占便宜，在一九五二年十二月十二日，她說的是：「我打心裡頭認為這實在是一樁挺不划算的聖誕禮物交換。我寄給你們的東西，你們頂多一個星期就吃光抹淨，根本休想指望還能留著過年；而你們送給我的禮物，卻能和我朝夕相處、至死方休；我甚至還能將它遺愛人間而含笑以終。」而在一九六九年四月十一日的最終決算，她仍得到「我虧欠它良多」的結論。

美國當前最好的偵探小說家，同樣也住紐約的勞倫斯・卜洛克也如此想，他在《麥田賊手》一書，通過一名仗義小偷之口對一名小說家（即沙林傑）說：「這個人，寫了這麼一本書，改變了我們整整一代人，我總覺得我欠他點什麼。」所以——買下它，我指的是書，好好讀它，在讀書時日裡若省下花費，存起來找機會去一趟查令十字路，趁它還在，如果你真的成行並順利到那兒，請代我們獻上一吻，我們都虧欠它良多……

INK PUBLISHING
文學叢書 082
閱讀的故事

作　者　唐　諾
總編輯　初安民
責任編輯　施淑清
美術編輯　黃昶憲
校　對　施淑清　唐　諾

發行人　張書銘
出　版　INK印刻文學生活雜誌出版有限公司
新北市中和區建一路249號8樓
電　話　02-22281626
傳　眞　02-22281598
e-mail　ink.book@msa.hinet.net
網　址　舒讀網http://www.sudu.cc

法律顧問　巨鼎博達法律事務所
施竣中律師
總經銷　成陽出版股份有限公司
電　話　03-3589000（代表號）
傳　眞　03-3556521
郵政劃撥　19000691　成陽出版股份有限公司
印　刷　海王印刷事業股份有限公司

港澳總經銷　泛華發行代理有限公司
地　址　香港新界將軍澳工業邨駿昌街7號2樓
電　話　852-27982220
傳　眞　852-27965471
網　址　www.gccd.com.hk

出版日期　2005年3月　初版
2015年5月10日　初版七刷
ISBN　978-986-7420-53-4

定　價　350元

國家圖書館出版品預行編目資料

閱讀的故事／唐諾 著；
--初版,--新北市中和區：INK印刻文學,
2005〔民94〕面；　公分（文學叢書；82）
ISBN 978-986-7420-53-4（平裝）
1.讀書—文集
019.07　94001129